フランチェスカに

ふたりしてずっとライオンどもから逃れていられますように

テメレア戦記4　象牙の帝国　上　目次

第一部……9

1　故国の惨状……11

2　山羊三頭が牛一頭……48

3　哨戒《しょうかい》飛行の日々……82

4　意外なる客人……111

5　もし感染していたら……179

第二部……219

6　アフリカの地で……221

7　とんでもなく臭いもの……267

8　ディメーンとサイフォと犬……306

テメレア

中国産の稀少なセレスチャル種の大型ドラゴン。中国皇帝からナポレオンに贈られた卵を英国艦が奪取し、洋上で卵から孵《かえ》った。英国航空隊ドラゴン戦隊所属。すさまじい破壊力を持つ咆吼〝神の風《ディヴァインズ・ウィンド》〟と空中停止《ホバリング》は、セレスチャル種だけの特異な能力。中国名はロン・ティエン・シエン（龍天翔）。学問好きで、美食家で、思いこんだらまっしぐら。ローレンスとの絆は深く、強い。

ウィリアム（ウィル）・ローレンス

テメレアを担うキャプテン。英国海軍の軍人としてナポレオン戦争を戦ってきたが、艦長を務めるリライアント号がフランス艦を拿捕《だほ》したことから運命が一転する。洋上で孵化したテメレアから担い手に選ばれ、国家への忠誠心ゆえに航空隊に転属するが、いつしかテメレアがかけがえのない存在に。航空隊の自由な気風になじんではきたが、規律と礼節を重んじる生真面目な性格は変わらず、奔放なテメレアをはらはらしながら見守っている。

英国の人々

ジェーン・ローランド……エクシディウムを担う豪放な女性キャプテン。ローレンスの恋人
トム・ライリー……ドラゴン輸送艦アリージャンス号艦長。元ローレンスの腹心の部下
ジョン・グランビー……イスキエルカの担い手。元テメレア・チームの副キャプテン
キャサリン・ハーコート……リリーを担う若き女性キャプテン
バークリー……マクシムスを担う。ローレンスの訓練同期生
チェネリー……ドゥルシアを担う
サットン……メッソリアを担う
リトル……イモルタリスを担う
ウォーレン……ニチドゥスを担う
ネルソン提督……〈トラファルガーの海戦〉に勝利をおさめた国家的英雄
アレンデール卿……ローレンスの父。奴隷貿易に反対する政治家
ウィルバーフォース……奴隷貿易反対論者。アレンデール卿の盟友
グレンヴィル……海軍大臣
マルグレーヴ卿……新・海軍大臣
グレイ中将……ケープ植民地総督代理
エラスムス師……奴隷出身の宣教師
ハンナ(リサボ)……エラスムス師の夫人

テメレアのクルー

フェリス……副キャプテン。空尉
リグズ……射撃手《ライフルマン》の長
フェローズ……武具師。ハーネス匠
ケインズ……テメレアを担当する竜医
ドーセット……新入りの竜医
マーティン……空尉候補生
エミリー・ローランド……見習い生。ジェーンの娘
ダイアー……見習い生
ゴン・スー……中国からチームに加わった料理人

仲間のドラゴンたち

マクシムス……バークリーが担う巨大なリーガル・コッパー種
リリー……テメレアの所属する編隊のリーダー。毒噴きのロングウィング種

イスキエルカ……………グランビーが担う火噴きのカジリク種
アルカディ………………山賊ドラゴンの長《おさ》
ヴォラティルス（ヴォリー）…ジェームズが担う逓信竜。グレーリング種

アフリカの人々とドラゴン

ディメーン……………コーサ人の少年
サイフォ………………ディメーンの弟
ケフェンツェ……………戦闘力の高いアフリカ産ドラゴン
竜王…………………内陸の謎の王国の支配者
モシュシュ王子…………内陸の謎の王国の長子

第一部

1　故国の惨状

「つぎを撃て！　ぐずぐずするな！　必要なら全部使ってしまえ！」ローレンスはキャロウェイに怒鳴《どな》った。哀れな砲手は精いっぱいやっており、叱責《しっせき》されるような不《ふ》手際《てぎわ》はなにもしていない。休みなく照明弾を撃ちつづける手は黒ずんでひび割れ、火薬の付着したところが赤剝《む》けになっている。それでも彼は指についた火薬を払おうともせず、新たな照明弾に点火しつづける。

フランスのドラゴンがふたたび襲いかかってきた。テメレアの脇腹にかぎ爪《づめ》で斬《き》りつけ、輸送用ハーネスを引きむしる。五名の兵士が宙に放り出され、ランタンの明かりの果てに吞《の》みこまれていった。輸送用ハーネスは間に合わせのもので、徴発した縞模様の絹地のカーテンで編まれている。その長いロープが風にほどけ、ゆっくりとふくらみ、裂けた端から糸をたなびかせて、闇に消えた兵士たちを追いかける。落下をまぬがれたプロイセン軍兵士らは、それぞれの命綱にしがみつき、うめきをあげた。

うめきには、ドイツ語の呪詛《じゅそ》のつぶやきも混じっていた。

要塞《ようさい》都市ダンツィヒからの救出作戦に兵士たちが捧げた感謝も、もはや底をついてしまったようだ。氷雨《ひさめ》のなかを飛びつづけた三日間、食糧は突然の出発を告げられてポケットに詰めこんだ分しかなく、休憩はただ一度、オランダの海岸におりて、冷たいぬかるみで数時間過ごしただけだった。そして英国まであと少しというとき、フランス軍の哨戒《しょうかい》ドラゴンの急襲を受け、いつ果てるとも知れない夜の戦闘がはじまったのだ。こんな状況では、恐怖に駆られた兵士たちがなにか事を起こさないともかぎらない。ピストルと剣を持った百名以上の兵士が、ふだんなら三十名ほどのクルーしか乗らないテメレアの腹にしがみついている。

ローレンスは望遠鏡を取り出し、夜空のどこかに翼のきらめきはないか、照明弾に応える信号はないかと目を凝《こ》らした。空は澄みわたり、行く手にはスコットランドの海岸線が見える。だが望遠鏡がとらえるのは、海岸沿いに点在する小さな港町の明かりばかり。下から聞こえる波の音がしだいに大きくなる。照明弾による信号はエジンバラ基地からも見えているはずだ。それでも援軍はやってこない。一頭の伝令竜《でんれいりゅう》さえ偵察に飛んでくることはない。

「キャプテン、最後の一発です」キャロウェイが硝煙《しょうえん》にむせながら言い、照明弾がヒューッと高い音とともに撃ちあげられた。はるか上空で閃光粉《せんこうふん》が音もなく白雲のような光を放ち、あちこちでドラゴンのうろこがきらめいた。漆黒のテメレアと、あでやかな原色の仲間のドラゴンたちが、青白い閃光に照らされて浮かびあがった。夜空にはおびただしい数の翼があった。十数頭のドラゴンが一斉《いっせい》に首を後方にめぐらし、きらめく瞳孔を細くして、敵の追撃を確かめた。兵士を満載した味方のドラゴンのあいだを、フランス軍の小型ドラゴン数頭が突っ切っていく。

光が炸裂《さくれつ》したあと、わずかに遅れて雷鳴のような爆発音が上空でとどろいた。そのときにはすでに光は衰《おとろ》えて、あらゆるものが闇に沈もうとしていた。ローレンスは心のなかで十を数えた。さらに十数えたが、陸地から応答はなかった。

フランスのドラゴンたちが士気を盛り返し、またも攻撃を仕掛けてきた。テメレアはかぎ爪を振りかざして敵のプ・ド・シエル〔空の虱《しらみ》〕を狙うが、大量の兵士たちを振り落とさないよう気遣《きづか》うために、いつもの切れはない。敵の敏捷《びんしょう》な小型種は、嘲笑《あざわら》うかのようにテメレアの反撃を軽々とかわし、つぎのチャンスをうかがって旋回《せんかい》をはじめた。

「ねえ、ローレンス」テメレアが振り返って言った。「みんな、どこにいるんだろう? ヴィクトリアトゥスがエジンバラ基地にいるはずなのに……。彼が怪我《けが》したときは、ぼくらが助けにいったんだから、来てくれてもいいのにね。あ、でも、どうしても助けが必要ってわけじゃないんだ。あんなちっこいドラゴンども!」余裕があるところを見せるように、首を伸ばし、関節をポキポキ鳴らす。「でも、こんなにたくさんの人間を乗せて戦うんじゃ、勝手がちがう」

テメレアがいつになく厳しい顔つきになっているのは、味方のドラゴンの守りが手薄で、そのとばっちりをテメレアが受けているからだろう。すでに横腹にいくつも傷を負って出血しているが、兵士がぎゅうぎゅう詰めになっているので、クルーによる手当てもままならない。

「とにかく全員で陸地を目指そう」ローレンスは、それぐらいしかテメレアに言ってやれることがなかった。「哨戒ドラゴンがまさか陸地まで追撃してくることはないだろう」と付け加えたものの、はたしてそうだろうかと疑念が湧いた。そもそも、フランスの哨戒ドラゴンがこんな陸近くまでやすやすと追ってくるなどとは思ってもみなかった。いったいどうやって疲弊《ひへい》しきった千余名の兵士たちをドラゴンたちからおろすのか、考えるだけで頭が痛い。

「ぼくはそのつもりだよ。だけどあいつら、戦ってばかりで前に進もうとしないんだ」テメレアは歯がゆそうに仲間を振り返った。山岳地帯の野生ドラゴンたち、アルカディとその一党が、うるさい蜂《はち》のような小型ドラゴンの攻撃にぶち切れ、わざわざ引き返してまで戦いを挑んでいる。そんなことをすれば敵を打ち負かす以前にさらに多くのプロイセン軍兵士を振り落とすことになってしまうのに、彼らはおかまいなしだ。しかし、その無神経さに悪意はなかった。彼らは人間に慣れておらず、山の生活ではせいぜい牧夫に出会うくらいだったので、いま乗せている兵士たちもちょっとした荷物程度にしか思っていないのかもしれない。しかし悪意があろうがなかろうが、兵士たちの命が危険にさらされていることに変わりはない。テメレアはたえず眼を光らせて彼らを制するしかなく、いまも空中停止《ホバリング》しながら、後方にいる彼らに、戦闘をやめて早く先へ進めと呼びかけている。

「だめ、だめだよ、ガーニ！」テメレアはそう叫んで、体色が青と白の野生ドラゴンのもとに急行した。野生種の雌《めす》ドラゴン、ガーニが、フランスの小型伝令竜、シャスール・ヴォシフェール〔残酷な狩人〕種に背後から襲いかかっていた。ガーニのような軽量の竜でも、四トンそこそこの小型伝令竜が相手なら、背後から組みついて、はばたくじゃまをすることができる。ガーニは必死にはばたこうとする敵ドラゴンの首に咬《か》みつき、頭を激しく左右に振った。プロイセン軍兵士らはガーニの竜ハーネスにしがみつきながら、敵ドラゴンの乗組員の頭を足で蹴りつけるしかなすすべがない。兵士らがぎっしりと乗っているので、フランス軍の射撃手《ライフルマン》はどこにライフルを向けようが当たるという状態だ。

ガーニを必死に引き剝がそうとするテメレアに隙《すき》ができ、待機していたプ・ド・シエルがここぞとばかりに背中に一撃を加えた。敵ドラゴンがふたたび舞いあがるとき、ローレンスは、テメレアを傷つけて赤黒い血に染まったかぎ爪が、すぐ脇をかすめていくのを見た。思わずピストルを握りしめるが、反撃するには遅い。

「ねえ、やらせてっ！　あたしにやらせてっ！」イスキエルカが暴《あば》れるせいで、テメレアの背中の竜ハーネスにつながれた革紐《かわひも》がぴんと張りつめていた。このカジリク種のドラゴンもいずれは戦力になるのだろうが、孵化《ふか》から一か月足らずでは、不用意に戦闘に飛びこめば命を落とす。なので革紐と鎖《くさり》で拘束《こうそく》し、周囲が教え諭《さと》そうとするのだが、まったく言うことを聞かない。この数日間は食事も充分ではなかったのに、五フィートも体長が伸びて、もはや革紐や鎖による拘束では、イスキエルカを押しとどめることはできなくなりつつある。

「おとなしくしてくれったら。頼むよ！」グランビーがやけっぱち気味に懇願《こんがん》した。彼は全体重をかけてイスキエルカの革紐にしがみつき、なんとか仔ドラゴンの頭を押さえこもうとした。テメレアの肩にいる若い見張り担当のアレンとハーレーが、イスキエルカに振りまわされるグランビーに蹴飛ばされないように、あわててよけた。ローレンスは搭乗ベルトのストラップを伸ばし、テメレアの首の付け根で足を踏ん張り、イスキエルカがまたもやグランビーをぶんと振った瞬間をとらえて、彼の搭乗ベルトをつかみ、なんとか押さえつけた。ベルトとイスキエルカをつなぐ革紐がバイオリンの弦のようにぴんと張って小刻みに震えている。

「あたしだって、やっつけられるもん！」イスキエルカは自由になろうともがき、頭を横から突き出して敵ドラゴンをにらみつけ、顎《あご》の両脇から炎をちろちろと出した。が、プ・ド・シエルは、小型ながらも戦闘経験が豊富にちがいない。仔竜の脅しなどにはひるむことなく、斑紋《はんもん》のある茶色の腹をさらして、やれるもんならやってみろと言わんばかりに挑発した。

「ああもうっ！」イスキエルカが体を縮め、全身の突起から怒りにまかせて蒸気を噴き出し、勢いをつけて後ろ足立ちになった。その衝撃で、ローレンスはグランビーの搭乗ベルトを放してしまった。思わず引っこめた手がじんと痺《しび》れている。一方、グランビーは宙に放り出されてイスキエルカの太い首輪からぶらさがり、そのときにはもう仔ドラゴンの口から勢いよく火焔《かえん》が噴きあがっていた。黄色みを帯びた炎は、夜空にはためく怒りの幟《のぼり》のように、空気がゆらめくほどの熱を放った。

しかし知恵の働くプ・ド・シエルはすでに風上にまわり、東から吹く強風に守られながら翼をたたんで急降下をはじめている。イスキエルカの炎が風をくらって逆流し、ガーニを引き戻そうと説得していたテメレアの横腹を焦《こ》がした。テメレアはぎゃっと叫んだ。つややかな黒い体表に火の粉が散って、絹とリネンと縄で編まれた輸送用ハーネスを危うく燃やしそうになる。

「こんちくしょう、けだものめ《フェアフールト・ウンティーア》！　おれたちはそのうち黒焦げにされちまうぞ《ヴィア・ヴェーデン・ノッホ・アレ・フェアブレンネン》」プロイセン軍将校がイスキエルカを指差して叫び、震える手で弾薬帯をまさぐった。

「やめろ！　ピストルをおさめろ！」ローレンスはメガホンでその将校に怒鳴った。

フェリス空尉と二名の背側乗組員《トップマン》が搭乗ベルトの留め具をはずし、ピストルを構えた将校のところまで這《は》っていこうとした。そうするにはプロイセン軍兵士を乗り越えていくしかないのだが、怒りと敵意でいっぱいの兵士たちは、ハーネスに両手でしがみつきながらも、肘や尻を使ってフェリスたちの進路を妨害した。

リグズ空尉が少し離れた場所で後方に向かって指示を与えていた。「撃て!」と張りあげる声はプロイセン軍兵士の罵声《ばせい》のなかでもよく通った。数挺《ちょう》のライフルが火を噴き、硝煙とともに硫黄《いおう》の刺激臭が漂った。敵ドラゴンは短い悲鳴をあげ、いささかぶざまな姿をさらして遁走《とんそう》した。翼から血のすじが細く垂れている。弾丸が弾力性のある薄い皮を破って翼に穴をあけたのだ。

敵の攻撃がしばらくやんだ。プロイセン軍兵士の一部がより安全な場所を求めてテメレアの背によじのぼろうとした。そこなら、飛行士たちが搭乗ベルトを留めつける頑丈な革製の竜ハーネスにしがみつけるからだ。しかし、革製といえども、竜ハーネスが多くの兵士の重みに耐えられるはずがない。もし留め具が壊れたり革帯が切れたりすれば、竜ハーネスの位置がずれ、革帯がテメレアの翼にからまって、そのまま真っ逆さまに海に墜落することにもなりかねない。

ローレンスはピストルに弾《たま》を込めてズボンに突っこむと、ふたたび立ちあがって剣を抜いた。仲間とともに命を賭《と》して兵士らを救い出したのだから、なんとか彼らを陸地まで送り届けたいと切に願っている。しかし、兵士たちが恐怖で錯乱《さくらん》し、テメレアの命までおびやかすような事態は許しがたい。

「アレン、ハーレー」若いふたりの士官見習いに呼びかけ、伝言を託した。「射撃手《ライフルマン》のところまで行って、ミスタ・リグズに伝えてくれ。兵士たちの暴走を止めろ。でないと、いずれ輸送用ハーネス全体が壊れてしまうだろう。それから、命綱を確保しながらを行くのを忘れるな。ジョン、きみは、あの子のそばにとどまっていたほうがいいんじゃないのか?」最後は、自分のあとを追ってきたジョン・グランビーへの問いかけだった。敵が視界から消えたことでイスキエルカは騒ぐのをやめたが、落ちつきなくとぐろを巻いたりほどいたりしながら不平を言っている。

「そりゃそうですが、お役に立ちたいんです!」グランビーが剣を抜いて言った。彼はイスキエルカの担い手になって以来、火噴き竜のそばで火薬を扱う危険を避けるためにピストルを携行していない。

ローレンスは、足さばきの悪さを自覚していたので、グランビーにあえて反論しなかった。厳密に言うなら彼はもう部下ではないし、飛行士としては中途入隊の自分よりはるかに年季《ねんき》が入っている。グランビーは先に立って、七歳から空で鍛えてきた飛行士ならではの確かな足どりで、テメレアの背を進んでいった。少し進むごとにローレンスが搭乗ベルトのストラップを差し出し、グランビーがストラップの先のカラビナを、片手だけでなんなく竜ハーネスの新たなリングに装着した。こうしてグランビーのおかげで移動の速度が増した。

フェリスと二名の背側乗組員《トップマン》が大勢の兵士たちのなかで、くだんのプロイセン軍将校と揉《も》み合っていた。そこに周囲の兵士がおおいかぶさって、マーティンの黄色い毛しか見えなくなっている。兵士たちは暴動を起こす寸前で、手当たりしだい殴り、蹴り、逃げ場所もないのに逃げだすことしか考えていない。輸送用ハーネスがあちこちでもつれ、ゆるんでいた。乗り手が体をあずける輪と帯がだらりと垂れ、輪につかまった兵士たちがもがいている。

ローレンスはひとりのプロイセン軍兵士のところまでたどり着いた。若い兵士で、目を見開いた顔は風に打たれて赤らみ、濃い口ひげが汗で湿っている。彼は竜ハーネスの革帯の下に自分の腕を必死になって突っこもうとしていた。所定の位置に彼をつないでいたストラップがはずれ、いまや命綱を失った状態なのだ。

「きみの場所に戻りたまえ！」ローレンスは近くにある輸送用ハーネスの空っぽの輪を指差し、若い兵士の腕を竜ハーネスから引き剝がした。が、つぎの瞬間、頭にガツンと衝撃が走った。思わず膝《ひざ》を突いたとき、熟《う》れたサクランボの香りがした。わけもわからず手をやると、ひたいが濡れている。命綱のおかげで落下せずにすんだが、搭乗ベルトのストラップが伸びきって、革帯が脇腹に食いこんでいた。果実酒が片頰《ほお》をしたたり、プロイセン軍兵士に酒瓶で殴られたのだと気づいた。

そこからは本能で反撃した。兵士の二発目を片手で制し、割れた酒瓶を兵士の顔に押し返す。兵士はドイツ語で罵《のの》り、酒瓶を放り出した。しばし揉み合ったのち、ローレンスはベルトをつかんで兵士を持ちあげ、突き飛ばした。バランスを崩した兵士の両手に、もはやつかむものはない。ローレンスははっとわれに返り、兵士を助けようと片手を思いきり伸ばしたが、時すでに遅く、そのままどさりと尻もちをついた。兵士はあっという間に視界から消えた。

頭は軽傷ですんだが、胸がむかつき眩暈《めまい》がした。テメレアはなんとか野生ドラゴンの群れをまとめて、いまは陸地に向かって飛びつづけている。風が強さを増した。ローレンスは竜ハーネスにしがみつきながら、眩暈が去り、手先の感覚が戻るのを待った。

そのあいだも、下のほうから大勢の兵士が這いあがってきた。グランビーが懸命に押し戻そうとするが、多勢《たぜい》に無勢《ぶぜい》で効果があがらない。兵士たちはグランビーに立ち向かうだけでなく、仲間どうしで激しくやり合っていた。ひとりの兵士が人だかりから抜け出し、竜ハーネスをつかもうとして足を滑らせ、下にいた兵士たちの上にどさっと落ちた。兵士たちは落下に巻きこまれ、もつれ合い、ひと塊になって、輸送用ハーネスの結節部のくぼみに突っこんだ。たてつづけに骨の折れる音がした。そのくぐもった音は解体されるローストチキンを思わせた。

グランビーが、竜ハーネスと連結させたカラビナでかろうじて命拾いし、宙にぶらさがったまま、足場を確保しようともがいていた。ローレンスは蟹《かに》歩きで近づき、グランビーの腕をつかんだ。眼下に泡立つ海面があり、青白い泡だけが黒い海面から浮きあがって見えた。陸地が近づき、テメレアはぐんぐんと高度を下げていく。

「プ・ド・シエルめ、まだやる気か」ようやく足場を得たグランビーが喘《あえ》ぎながら言った。

フランスのドラゴンは翼の傷に応急手当てをされていた。傷よりも相当に大きな白い当て布がなんともぶざまで、飛ぶのがいくぶんつらそうだが、果敢に追い迫ってくる。テメレアが戦闘には不利な条件をかかえていることをよく承知しているのだろう。竜か乗組員がテメレアに攻撃を仕掛けて輸送用ハーネスを切り刻んでしまえば、この兵士たちの大混乱も一瞬にして終わる。ある意味では、テメレアの荷を軽くするチャンスだ。大量の荷もろともテメレアまで失うよりはそのほうがましか……。あえて危険を冒してでも荷を軽くしたいという誘惑が、テメレアのクルーたちの心に忍び寄った。

「兵士たちを見捨てねばならないかもしれない」ローレンスは押し殺した声で言い、輸送用ハーネスと竜ハーネスの連結部分を見あげた。テメレアを守るためとはいえ、百人以上の兵士を死に追いやって、良心の呵責《かしゃく》に耐えられるかどうか……。だいたいそんなことをして、カルクロイト将軍に合わせる顔がない。テメレアには将軍の年若い側近たちも乗りこんでおり、彼らはいまも兵士たちの混乱を鎮めようと最善を尽くしている。

リグズと彼の率いる射撃手《ライフルマン》たちが敵ドラゴンに発砲し、つぎの一斉射撃に備えた。プ・ド・シエルは距離を保って、攻撃のチャンスを狙っている。イスキエルカが身を起こし、またも火焔を噴射した。今回、テメレアは向かい風を受けて飛んでいたので、イスキエルカの炎に焼かれることはなかったが、テメレアの背に乗る全員がただちに身を伏せて炎をかわした。炎はフランスのドラゴンに届く前に、宙で先細りになり消えてしまった。

乗組員が気を散らされた隙に乗じて、プ・ド・シエルが突っこんできた。イスキエルカがつぎの噴射に備えて力をためており、射撃手《ライフルマン》たちはまだ身を起こせずにいる。

「まずい」グランビーがつぶやき、イスキエルカにたどり着くより早く、下のほうから、遠くの雷鳴を思わせる低いとどろきが聞こえた。闇のなかに咲く赤い小さな花のように、地上の大砲が火を噴き、煙があがった。眼下に沿岸砲台があるのだ。

イスキエルカの噴く黄色い炎に照らされ、二十四ポンド砲弾がテメレアの横をかすめてプ・ド・シエルの胸を直撃するのが見えた。砲弾があばらを貫通するとき、プ・ド・シエルは紙のようにくしゃっと体を折り、そのままきり揉みになって、岩場に叩きつけられた。テメレアの一行はすでに海岸線を越え、陸地の上を飛んでいた。行く手では、たっぷりと毛を蓄えた羊たちが、ドラゴンの出現に驚いて逃げまどっていた。テメレアたちはその上を過ぎ、雪の積もった草原を越えた。

そこはダンバーという小さな港の村だった。村人たちはドラゴン隊の突然の飛来に怯《おび》えながらも、二か月前に築かれたばかりの港の砲台がはじめて活躍したことに大喜びだった。五、六頭の伝令竜を追い払い、一頭のプ・ド・シエル〔空の虱〕種を仕留めたことが、一夜のうちに、一頭のグラン・シュヴァリエ〔大騎士〕と数頭のフラム・ド・グロワール〔栄光の炎〕をさんざんにいたぶって撃墜《げきつい》した話にふくれあがり、村じゅうがこの話に沸《わ》きたち、在郷軍兵士らが意気揚々《いきようよう》と通りを歩いていた。

しかし、アルカディが村の羊を四頭たいらげた直後から、村人たちの態度がいささか変化した。ほかの野生ドラゴンたちも、この長《おさ》に負けず劣らずの食欲を発揮した。テメレアはこの土地特有の、黄色っぽい長毛のハイランド牛二頭に食らいつき、ひづめや角までぺろりとたいらげた。村人が悲しげにあとから言うには、賞までとった自慢の牛だった。

「すっごくおいしかったけどね」テメレアはすまなそうに言うと、横を向いて、もさもさした牛の毛をペッと吐き出した。

日頃は所有権に厳格なローレンスだったが、長く苦しい飛行のあとだけに、ドラゴンたちを責める気にはなれなかった。支払いを迫る村人もいたが、底なしの胃袋を持つ野生ドラゴンたちの食事代まで自分の財布から出すつもりはない。これぐらいは海軍省が払ってしかるべきだろう。窓の外で戦闘がつづいていようが、ぬくぬくした暖炉の前で命令を発するのみで、援軍も出さずに兵士を死なせるのが彼らのやり方なのだから。

「そんなに長く、きみたちに迷惑をかけるつもりはない。エジンバラ基地から返信が戻りしだい、わたしたちは基地に移動することになるだろう」ローレンスは村人たちの抗議の声にそっけなく返した。馬の伝令がエジンバラに向けて出発したばかりだった。

村人たちは、ドラゴンよりむしろプロイセン軍兵士たちを温かく迎え入れた。多くが若い兵士たちで、苦しい逃避行によって疲れきっていた。彼らをまとめるカルクロイト将軍も、負傷した腕を三角巾《さんかくきん》で吊《つ》って、アルカディからおりてきた。地元の医者がためらいつつも将軍を診察し、カッピング治療で悪い血を吸い出した。そののち、将軍は暖をとるために近くの農家に案内され、ブランデーと白湯《さゆ》をふるまわれた。

兵士たちはそこまで手厚くは扱われなかった。切り落とされた輸送用ハーネスがもつれて大きな山になり、すでに変色しつつある兵士たちの遺体がからまっていた。フランス軍の攻撃で死んだ者もいれば、パニックを起こした仲間に押しつぶされて窒息した者、喉《のど》の渇《かわ》きから死んだ者、恐怖のためにショック死した者もいた。

その日の午後、およそ千名のうち死んだ兵士六十三人の葬儀が行われた。凍った大地につるはしで掘られた浅く長い墓穴に寝かされた兵士のなかには、名前すらわからない者もいた。生き残りの兵士たちが、泥だらけの軍服と汚れた顔のまま、押し黙って葬儀に参列した。異国の言葉を解さない野生ドラゴンたちも、遠巻きに尻を落としてすわり、神妙な面持ちで見守っていた。

エジンバラ基地からの返信はわずか数時間で届いた。しかし、なんとも奇妙で理解しかねる文面だった。最初に記されている命令は妥当なものだ。プロイセン軍兵士らをダンバーに残し、村に宿営を張れ――。ドラゴンたちをエジンバラまで移せという命令も予想どおりだった。しかし、カルクロイト将軍と配下の将校たちを同伴するようにという命令はどこにもなかった。いや、それどころか、プロイセン軍関係者は誰ひとり連れてきてはならないと厳命されていた。またドラゴンたちは広く快適な基地内に入ることを許されず、テメレアも含めて全頭、エジンバラの街路に寝かせるようにとあり、最後は指揮権を持つ空将に報告書をただちに提出せよと結んであった。ローレンスは込みあげる感情を抑えこみ、カルクロイト将軍の代理を務めるザイバリング少佐のところまで説明に行った。できるかぎり嘘《うそ》がまじらないように、すなわち、海軍省はカルクロイト将軍のご快復を待って、正式に招待するつもりである、と告げる。

「ふふん、また飛ばなきゃならないの？」テメレアがおっくうそうに体を起こし、眠っている野生ドラゴンたちを鼻先で小突いてまわった。みな、食事のあとは倒れこむように眠ってしまったのだ。

エジンバラまでは速度を落として飛んだ。日がずいぶん短くなっていた。クリスマスまで一週間もないことに、ローレンスはふいに気づいた。エジンバラに着くころにはとっぷりと日が暮れていたが、ひときわ高い岩の丘に立つエジンバラ城の窓や壁にたいまつが焚《た》かれ、灯台の役割を果たしていた。ふもとも基地の敷地だが、大半が闇のなかに沈んでいる。そこに隣接して、中世そのままの建物が密集する街があった。

テメレアは、いかにも窮屈な街並みの上空で、降下をためらうように空中停止《ホバリング》した。尖塔やとんがり屋根の家々がひしめく街は、さながら鎗《やり》が突き立った落とし穴のようだ。「うまく着地できるかどうかわからないよ」テメレアは不安そうに言った。「きっとどれか壊しちゃうよ。なんで、こんなに小さくつくったのかな。北京《ペキン》みたいに広くつくれば便利なのに」

「きみが怪我をしそうなら、出直そう。だいたい、命令そのものがおかしいんだ」ローレンスは言った。もはや我慢も限界に近かった。

それでもテメレアは古い大聖堂の前の広場になんとか着地してみせたが、壊した建物の石飾りは数個ではすまなかった。野生ドラゴンたちはテメレアに比べれば体が小さいので、着地にそれほど苦労はしなかった。ただ、彼らは羊や牛でいっぱいの草原に別れを告げて新しい環境に置かれたことに神経を尖《とが》らせていた。アルカディは身を低くして、建物の窓に目を近づけ、空っぽの建物のなかをのぞきこんだ。テメレアはそれを横目で見ながら質問した。

「ここ、ドラゴン舎じゃなくて、人間が暮らすとこだよね、ローレンス?」しっぽを快適な位置に直してつづけた。「宝石とかすてきなものとかを売ってるところだよね? でも、人間はどこへ行ったのかな」

ローレンスには、街の住民がことごとく逃げていったにちがいないことがわかっていた。街の裕福な商人であろうが、今夜、突然飛来したドラゴンたちから遠く離れて安全に眠れるのなら、どぶのなかでも気にしないだろう。

ドラゴンたちは、街のなかにそれぞれ落ちつける場所を見つけた。野生ドラゴンはごつごつした地面で眠るのが当たり前だったので、なめらかな丸い敷石の寝床に眠れることを喜んだ。「ぼくも道で寝るのは平気だよ、ローレンス。ここは乾いてるしね。それに、敷石の模様はおもしろいから、朝起きて見るのが楽しみだよ」テメレアは自分を納得させるように言うと、頭を一本の路地に、しっぽを反対側の路地に突っこんだ。

しかしローレンスは心の底で思った。一年の長きにわたって故国を離れ、任務をまっとうし、地球を半周もして戻ってきた者たちが、こんな扱いを受けていいはずがない。もちろん戦闘時には、牛小屋のほうがよほどましと思えるような場所で眠ることもある。しかし戦場でもないのに、不健康な冷たい石の上に、長年の汚れが染みついた路上に、まるで荷物かなにかのようにドラゴンたちを寝かせていいわけがない。ドラゴンには、せめて街はずれの農地を提供してほしかった。

悪意があってのことではないだろう。ドラゴンのことを扱いづらい家畜程度にしか考えない連中ならば、ドラゴンたちがどう思うかなどおかまいなしに、このような軽率なやり方をとる。こういった考えは英国においては根深いものがあり、ローレンスも、中国でドラゴンが社会の一員として迎え入れられているようすを目《ま》の当たりにしなければ、それがいかに傲慢《ごうまん》な考えであるかに気づけなかったかもしれない。

「まあね……」テメレアが、わかってるよ、と言いたげに切り出した。ローレンスは自分の携帯用寝具をテメレアの頭に近い建物の床に広げて横になっており、窓をあけているので会話をつづけることができた。「この国がどんなだかはよく知ってるからね、驚いたりしないよ、ぼくは。それに、自分の居心地をよくするために戻ってきたんじゃないんだ。だったら、中国に残ればよかったんだから。ぼくは、仲間のためにドラゴンの待遇《たいぐう》をよくしたいんだ。自分専用の快適なドラゴン舎がほしいわけじゃなくて。でも、自由はほしいな、やっぱり。ねえ、ダイアー。歯の隙間に肉の筋がはさまってる。取ってくれないかな？　前足がうまく届かないんだ」

テメレアの背中でまどろんでいたダイアーが跳ね起きた。ドラゴン用の楊枝を袋から一本取り出すと、テメレアの開いた顎《あご》まで飛んでいき、肉の筋を掻き出しにかかる。

「自由を手にするのは、よほど幸運が味方しないと無理だろう。快適なドラゴン舎なら、それほどむずかしくないかもしれないが」ローレンスは言った。「いや、あきらめろと言っているわけじゃない。あきらめることなんかない。しかし、国を出ていったときよりは、もう少し敬意をもって迎えられるだろうと期待していたよ。そして、それが、わたしたちの目標を達成するための後押しになってくれるだろうと」

テメレアは、ダイアーがふたたび背に戻るのを待ってから答えた。「ぼくは信じてるよ。ぼくらの功績を評価して、ちゃんと話を聞いてもらえるって」それはローレンスにとって同調しかねる楽観論だった。「マクシムスやリリーに会ったら、きっと味方になってくれるだろうし。もしかしたら、エクシディウムだって……。彼にはたくさんの戦功があるから、彼が話せば、すごく説得力があるだろうね。エクシディウムなら、ぼくの主張が理にかなってることをわかってくれる。エロイカやあいつの仲間みたいに愚かじゃない」テメレアは恨みをにじませて言った。

プロイセン空軍のドラゴンたちは、ドラゴンに自由と教育を与えるべきだと主張するテメレアをせせら笑った。彼らの担い手と同じく、軍の規律を重んじるという伝統を好み、テメレアが中国から取り入れた考え方を軟弱だと決めつけたのだった。

「率直に言うことを許してほしいんだが、きみがもし、英国のすべてのドラゴンを味方につければうまくいくと信じているのなら、それはちょっとちがうな。きみの仲間が集まっても、国会に強い影響力を持つことはない」ローレンスは言った。

「そうかもね。でも、国会に行って意見を言うことはできるんじゃない?」テメレアは言った。テメレアが望むほどの注目は得られないかもしれないが、それならありえない話ではないだろう。

ローレンスはテメレアにそのようなことを伝えたのちに、言い添えた。「政治的変革を推進できるような人たちから支持が得られるといいんだが……そうするために、なにかよい方法を考えよう。父に助言を求められなくて申し訳ない。いまは父との関係が思わしくないからね」

「いいんだよ、そんなことは」テメレアは言い、冠翼《かんよく》をぺたりと寝かせた。「たぶん、あなたの父上はぼくらを助けてくれないだろうし、そんな人の力を借りなくたって、ぼくらはきっとうまくやれるよ」テメレアは、その強い忠誠心によって、いかなる立場にあろうが、ローレンスを冷遇する者に怒りを示した。それに加えて、ローレンスの父であるアレンデール卿《きょう》が航空隊を嫌悪していることを、まるで自分に向けられた嫌悪であるかのように受けとめている。まだ直接会ってもいないのに、テメレアはアレンデール卿を自分とローレンスを引き離そうとする存在と見なし、激しい感情をあらわにした。

「わたしの父は半生を政治に捧げてきた」ローレンスは言った。ことに、アレンデール卿は奴隷貿易廃止運動に長年尽力しており、活動をはじめたころには周囲からひどい蔑《さげす》みも受けた。それと同じことがテメレアにも起こるのではないかとローレンスは心配している。「父の助言は大いに役立つはずだよ。できるなら、関係を修復して、父にも相談したいと思っている」

「あれ、ずっと持ってたいけどなあ……」テメレアがぼそりと言った。あれとは、ローレンスが父を懐柔《かいじゅう》するために、中国からの手土産《てみやげ》とするつもりで買った、優美な深紅《しんく》の壺《つぼ》のことだった。五千マイル以上もいっしょに旅をするうちに、テメレアは彼のほかの宝物と同じように、あの壺にも所有欲が湧いてきたらしい。ローレンスが父親をかばうような発言をしたものだから、ついにあの壺が手もとから離れていくのではないかと心配し、テメレアはため息をついた。

一方、ローレンスは、行く手に待ちうける困難がいかに大きなものか、その途方もない目的をかなえるには自分がいかに非力であるかを思い知っていた。父の政友、ウィリアム・ウィルバーフォースが実家を訪ねてきたとき、ローレンスはまだ少年だった。ウィルバーフォースは、父とともに奴隷売買に反対し、それを廃止しようと国会で活動をはじめたばかりだった。あれから二十年——。ローレンスより能力も財力も権力も勝る人々が果敢に闘ってきたにもかかわらず、二十年のうちに、おそらく百万人以上の黒人が故郷の港から奴隷船で送り出されてきた。

テメレアが卵から孵《かえ》ったのは一八〇五年、まだ去年の初めだ。若いテメレアには、その高い知性をもってしても、政治的発言ができる立場を得るまでには、もどかしいほどの亀の歩みが必要であることを本当の意味で理解するのはむずかしいのだろう。その歩みののろさは、目指すものがどんなに正しかろうが、必要だろうが、利己心から遠いものであろうが、まったく関係がない。だが、これ以上失望させたくなかったので、ローレンスはテメレアにおやすみを言った。

やがて、竜の寝息が開いた窓をカタカタと鳴らしはじめた。窓を閉めようとしたとき、ローレンスには城壁の向こうにある基地までの距離が、中国からここまでの長い旅路以上に遠く思えたのだった。

エジンバラの街は朝になっても静かだった。灰色の敷石の上にドラゴンたちが眠っているだけで、ほかは閑散としていた。テメレアは街の煙ですすけた大聖堂の前に、巨大な体をでんと横たえていた。しっぽは横幅がかろうじておさまる路地に長々と伸びている。空は青く晴れわたり、幾すじかの雲が海に向かって流れ、ピンクとオレンジの混じり合った朝日が敷石を照らしはじめている。

ローレンスが外に出てみると、起きているのはサルカイだけだった。彼は一軒の瀟《しょう》洒《しゃ》な屋敷の玄関口に、寒そうに背中を丸めてすわっていた。彼の背後にある重厚な玄関扉は開かれており、タペストリーのかかったがらんとした廊下が見える。サルカイの手には湯気をたてるお茶のカップがあった。「あなたも一杯、いかがですか？」彼はローレンスに尋ねた。「この家の主は、それくらいは渋らないと思いますよ」

「いや、呼び出されているので」と、ローレンスは答えた。こんなに早朝から起きてきたのは、伝令に起こされて、ただちに城に来るようにという命令を受けたからだった。夜遅く着いたことをわかっていながら、まったく無礼な扱いだ。さらに悪いことに、伝令の少年は、腹をすかせたドラゴンたちの食事をどうするかについて、なにも指示を受けていなかった。野生ドラゴンたちが目覚めたときになにを言い出すか、ローレンスは考えたくもなかった。

「心配するにはおよびません。彼らなら、自力でなんとかするでしょうから」ローレンスにはうれしくもない予測だったが、サルカイは慰めるように自分のお茶のカップを差し出した。ローレンスはため息をつき、差し出された熱く濃いお茶をありがたく飲みほした。サルカイにカップを返したとき、ふと彼の表情の変化に気づいた。サルカイは大聖堂広場の片隅をかすかに口の端をゆがめて見やった。

「なにか不都合が？」ローレンスはサルカイに尋ねた。テメレアのことを心配するあまり、仲間への配慮が欠けていた。ことにサルカイに対してはもっと気遣いを見せるべきだった。

「いえ、なにも。くつろいでいます、故国ですから」サルカイが答えた。「ここにいたのはずいぶん前のことですが、当時は、はからずも最高民事裁判所がなじみの場所でした」そう言って、議事堂広場の向こうにある建物を顎でしゃくってみせた。

スコットランド最高民事裁判所。そこは希望が尽き果てるところ、いつ終わるとも知れない訴訟が、法律用語と財産権をめぐる論争が繰り広げられる、悪名高き場所だ。しかしいまそこに弁護士や判事や原告の姿はなく、かつての調停の名残《なごり》なのか、捨てられた書類が散らばって、テメレアの脇腹に吹き寄せ、白い繃帯《ほうたい》のようになっている。サルカイの父親は資産家だったと聞いていた。しかし、サルカイはそうではない。ネパール人女性から生まれたことが、英国の法廷では不利な条件として働いたのかもしれない。彼の特異な生い立ちが、裁判の相手にまんまと利用されたのだろう。サルカイがスコットランドを故郷と見なしていたとしても、そこに戻った喜びを感じているようには見えなかった。「頼みがあるんだが」と、ローレンスはためらいがちに切り出し、雇用契約を延長してくれないだろうかと提案した。これまでの任務に対する支払いに関してはすでに話がついていた。つまり、北京からシルクロードを経由する旅の案内役を務めた件についてはすでに支払い済み。助っ人としてパミール高原の野生ドラゴンを掻き集めてきた仕事には多額の報奨金が支払われるはずだった。

だが、野生ドラゴンたちが英国航空隊に落ちつくためには、サルカイの存在がぜひとも必要だ。なぜなら、あの奇妙な抑揚《よくよう》を持つ野生ドラゴンの言語、ドゥルザグ語を操れるのは、テメレアのほかにはサルカイしかいないのだから。「きみさえよければ、ドーヴァー基地のレントン空将に話してみようかと思っている」と、ローレンスは付け加えた。エジンバラ基地で指揮をとっているのが誰にせよ、昨夜からの待遇を振り返ると、その人物とこの件について話し合いたいとはみじんも思わなかった。

サルカイは返答を避けるように、ただ肩をすくめて言った。「使者が心配しているようですよ」彼が示すほうを見やると、伝令の少年が広場の隅でそわそわしながら、ローレンスを待っていた。

ローレンスは少年のあとについてしばらく丘の道をのぼり、城門に着いた。そこから司令官室までは、赤い軍服の海兵隊に案内された。道がつづら折りになって、基地本部の建物までつづいている。途中に中世の面影《おもかげ》を残す石敷きの庭があったが、早朝だけに人けもなく、ひっそりとしていた。司令官室のドアは開かれていた。ローレンスは姿勢を正し、冷ややかな表情をつくり、足を踏み入れた。「失礼します」壁の上方をにらみつけてから、おもむろに視線をおろしたとき、そこに意外な人物を見つけ、思わず声をあげた。「レントン空将？」

「ローレンスか。よく来てくれた。まあ、すわれ」レントンは衛兵をさがらせ、扉を閉めさせた。部屋の壁にはかび臭い本棚が並んでいた。空将の机には小さな地図が一枚と書類数枚しか置かれていない。レントンはしばし押し黙ったのちに、ようやく口を開いた。「会えてよかった、ローレンス……。実に、実に」

ローレンスはレントンの風貌を見て肝《きも》をつぶした。英国を離れていた一年のあいだに十歳ほども老《ふ》けたように見えた。頭は白髪と化し、目はうっすらと潤《うる》み、下顎がだらしなくたるんでいる。「お変わりなければいいのですが……」ローレンスは深く憂《ゆう》慮《りょ》して言った。レントンがエジンバラ基地に移り、北の地の閑職に甘んじているのも、これではしかたないという気がした。ただ、どんな病気が彼をここまでやつれさせたのか、そして現在彼に代わって誰がドーヴァー基地を仕切っているのかが気になった。レントンは、ローレンスの希望を打ち消すように片手を振り、沈黙のあとに言った。

「そうか……きみはなにも聞かされていないのだな。まあ、そうだろう。外部に洩《も》れないように、われわれは箝口令《かんこうれい》を敷いていた」

「なにも聞かされておりません」ローレンスのなかで怒りが再燃した。「なにも聞いておりません。なにひとつ伝わってきませんでした。毎日、同盟国の人々に英国航空隊からなにか知らせはないかと尋ねられました。聞いても無駄だと彼らが思うようになるまでずっと」

ローレンスはプロイセン軍の指揮官たちに、一軍人の誇りを賭けて確約したのだった。英国航空隊はあなたがたを見捨てない。約束された英国ドラゴン二十頭の援軍は、一国の存亡を賭けたこの過酷な戦いに、対ナポレオン戦争の流れを変えるために、かならずやってくる、と。そして、ローレンスとテメレアはプロイセン王国にとどまり、いっこうにやってこない英国ドラゴン隊に代わって戦った。絶望が押し寄せるなか、ローレンスもテメレアもそのクルーも懸命に戦いつづけたが、英国からの援軍は最後までやってこなかった。

ローレンスが話し終えても、レントンは沈黙をつづけていた。やがて、なにかを自分に言い聞かせるようにうなずくと、低い声で話しはじめた。「ああ、そのとおりだ」重ねた指先を机にトントンと打ちつけながら、文字を追うでもなく書類に視線を落としている。

ローレンスはさらに語気鋭く言った。「レントン空将、あなたがあのような同盟国に対する裏切り行為に加担しているとは思えないのです。あの裏切りはあまりに近視眼的だ。約束の二十頭を送りこまなければ、ナポレオンに負けることはわかりきっていました」

「だから?」レントンが視線をあげた。「なあ、ローレンス。それについて議論の余地はない。秘密にしていたことは悪かった。だが、ドラゴン隊を送りこむことについては、選択の余地すらなかったんだ。送りこめるドラゴンが一頭もいなかったのだからな」

ヴィクトリアトゥスの脇腹が、弱々しくふくらんではしぼんでいた。鼻孔《びこう》が赤らんで大きく開き、鼻汁が周囲に厚く固まり、口の端にはピンクの乾いた泡がこびりついている。数回息をつくたびに薄目をあけるが、衰弱しており、ほとんどなにも見えていないようだ。きしむような音をたてて咳《せ》きこむと、地面に血の泡が点々と散った。そのあとは、また眠りのなかに沈んでいった。いまは眠ることしかできないようだ。ヴィクトリアトゥスのキャプテン、リチャード・クラークが、そばに置かれた簡易寝台に横たわり、片腕で両目を覆《おお》い、もう一方の手をヴィクトリアトゥスのひたいに置いていた。ひげは伸び放題、服は薄汚れ、ローレンスたちが近づいても微動だにしなかった。

レントンがローレンスの腕に触れて言った。「こういうことだ。もう行こう」彼はゆっくりと横を向き、杖《つえ》をつきながら、ローレンスを城につづく道のほうへと誘った。基地本部につながるその道に、もはや以前のようなのどかさはなく、ひっそりとして陰鬱《いんうつ》な空気がただよっていた。

ローレンスは勧められたワインを断った。頭のなかが真っ白で飲み物のことまで考えがまわらなかった。「おそらくは、ある種の肺感染症だろう」と、レントンが窓から外を見ながら言った。ヴィクトリアトゥスとほかの十二頭のドラゴンが、エジンバラ基地の庭に、樹木と蔦《つた》の這う石壁がつくる風よけで一頭一頭隔《へだ》てられて、横たわっているのが見える。

「感染は広範囲におよんだのですか?」ローレンスは尋ねた。

「いたるところに飛び火した」レントンが答えた。「ドーヴァー、ポーツマス、ミドルズブラ。ウェールズやハリファックスの繁殖場。そう、ジブラルタルもだ。伝令竜が飛んでいく場所はどこでもだ」彼は窓から部屋のほうに向き直り、椅子に腰かけた。

「ばかなことをした……。最初はただの風邪《かぜ》だと見くびっていた」

「中国に向かう途中、喜望峰《きぼうほう》を通過する前に、ドーヴァー基地で風邪が流行っているという話を聞きました。あれ以来なんですか?」

「最初は、ハリファックスだった。一八〇五年の九月。竜医たちは、北米種のドラゴンが発端だろうと言っている。先住民が昔から乗りこなしてきた大型種の一頭だ。乗り手とともに入植地を襲って捕獲され、しばらくハリファックスの繁殖場に囚《とら》われていた。英国で最初に感染したのは、そいつといっしょにドーヴァーへ移送されたドラゴンなんだ。そしてつぎはウェールズ。くだんのドラゴンはドーヴァーからウェールズの繁殖場に送られていた。しかし、そいつはいまも元気だ。咳《せき》もなく洟《はな》も垂らしていない。いま英国でまともな健康状態を保っているのは、ほとんどそいつだけだ。アイルランドに緊急避難させた孵化前のいくつかの卵は別としてだがな」

「お聞きおよびかとは思いますが、二十頭の新しいドラゴンを連れてきましたよ」いささかの慰めにでもなればと思って、ローレンスは言った。

「ああ、どこだ？ ……トルキスタンから来たやつらだな。きみからの手紙を正しく理解していればだが……山賊《さんぞく》のようなドラゴンたちではないのか？」

「まあ縄張り意識が強い連中ではありますね」ローレンスは言った。「従順とは言いかねますが、性根《しょうね》はいい。ただ、英国全土を守るのに、二十頭のドラゴンで足りるかどうか――」少し間をおいて、付け足した。「レントン空将、なにかできるはずです。いや、なにかしなければ！」

レントンはかすかに首を振った。「通常の治療が効いているように見えた、最初のうちはな。咳が鎮まり、食欲は落ちていたものの、飛ぶことはできた。風邪なんてドラゴンにとっちゃたいしたことじゃない。だが、風邪にしては長すぎた。しばらくすると、ミルク酒が効かなくなった……そして何頭かが急激に悪化して……」

ここでレントンは口をつぐみ、しばし黙りこんでから、絞り出すように言った。

「わがオヴェルサリアが死んだ」

「ああ、まさか！」ローレンスは思わず叫んだ。「そんなことが……心からお悔やみ申しあげます」オヴェルサリアを失うとは、なんという大きな損失だろう。彼女はレントンとともに四十数年空を飛びつづけ、この十年はドーヴァー基地に所属し、イギリス海峡を守る主力ドラゴンになっていた。ドラゴンとしてはまだ比較的若く、これまでに四個の卵を産み、英国のなかでは比肩《ひけん》しうるものがいないほどの、みごとな飛行能力を誇っていた。

「あれは……八月だった」ローレンスの言葉など聞こえなかったかのように、レントンはつづけた。「インラクリマスを追うように逝《い》った。そのあとがミナキトゥス。三頭がほかのドラゴンよりとくに病《やまい》が重かった。若いドラゴンはなんとか持ちこたえ、老いたものは病状がぐずぐずと同じところにとどまった。その仲間のドラゴンたちが死んでいった。いや、先に死ぬことになったと言うべきか。おそらく、いずれは、全頭が死滅するだろう」

2　山羊三頭が牛一頭

「キャプテン！」竜医のケインズが声をかけてきた。「すまん、申し訳ない。どんなぼんくら竜医だろうが、銃創《じゅうそう》に繃帯ぐらいは巻ける。今度わたしの後任としてあんたのところに行くのは、そのぼんくらになりそうだ。隔離場《かくりじょう》に病気のドラゴンがあふれとるのに、わたしが健康なドラゴンの面倒を見るわけにはいかんからな」

「承知している、ミスタ・ケインズ。それ以上の説明は不要だ」ローレンスはケインズに返した。「それはそうと、ドーヴァー基地までテメレアに乗っていったらどうだ？」

「無理だな。ヴィクトリアトゥスが週末まで持ちそうにない。ここにとどまって、ドクター・ハローと解剖《かいぼう》に立ち会わなきゃならん」歯に衣《きぬ》着せぬ物言いに、ローレンスはたじろいだ。「解剖からこの竜疫《りゅうえき》の特性がわかればいいんだがな。まあ、何頭かの伝令竜はまだ飛んでいるから、それに乗せてもらうことにする」

「わかった」ローレンスは言い、竜医と握手を交わした。「それでは、近いうちに会おう」

「いや、会いたくない」ケインズがいつもながらぶっきらぼうに言った。「あんたらに会うとしたら、それはわたしの患者がいなくなったときだ。そして、竜疫の経過を見るかぎり、それは全ドラゴンが死滅したときってことだ」

ローレンスはケインズの言葉にそれほど打ちのめされはしなかった。もう充分に絶望を味わっていた。それに、竜医はおおかた海軍の軍医たちほど無能ではなく、ケインズが言うほどには、彼の後任の腕前を心配していない。むしろ残念なのは、この仁義に篤《あつ》い男を、度胸と勘にあふれる、誰もが認める変人をチームから失うことだった。テメレアもきっと残念がるだろう。

「ケインズは、怪我《けが》を負ったわけじゃないよね?」ケインズがチームから離れることを伝えると、テメレアは確かめるように言った。「病気でもないんだよね?」

「そうだよ、テメレア。でも、ほかで必要とされているんだ」ローレンスは言った。「ケインズは監督医になった。彼が、病気を患《わずら》った仲間の治療にあたるのを、きみはじゃまできないと思うけどな」

「まあね。マクシムスやリリーが彼を必要としてるなら……」テメレアは残念そうに言い、かぎ爪で地面を引っ掻いた。「すぐに仲間に会える？　そんなひどい病気に罹《かか》るなんて信じられない。マクシムスはとびきりでかいから。中国にだって、あんなでかいドラゴンはいなかった。きっとすぐに回復するよ」

「愛しいテメレア、そうでもないらしいんだ」ローレンスは落ちつかない気分で言った。「この竜疫《りゅうえき》から回復したドラゴンはまだいない。だから、きみは隔離場にぜったい近づかないほうがいい」

「でも、どういうこと？　もし回復しないんだったら、マクシムスやリリーは――」

テメレアははっと口を閉ざした。

ローレンスは視線を逸《そ》らした。テメレアがすぐに理解できないのも無理はない。元来ドラゴンは頑健《がんけん》な生きもので、多くの種が一世紀かそれ以上の寿命を持つ。マクシムスやリリーも戦闘で命を落とさないかぎり、人間より長く生きると思われて当然だった。

黙っていたテメレアが苦しげに切り出した。「マクシムスとリリーに話したいことがたくさんあるんだよ。そもそも、ここに戻ってきたのは仲間のためだ。ドラゴンだって読み書きができて、財産を持って、戦闘以外のことをしてもいい。そういうことを仲間に知ってほしいんだ」

「きみに代わってぼくが手紙を書くよ。きみの挨拶《あいさつ》を添えて、マクシムスとリリーに送ろう。きみが元気で、病気にも感染していないと知ったら、彼らはきっと喜んでくれる」ローレンスはそう言ったが、テメレアはなにも答えず、うなだれた。ローレンスはまた言った。「彼らの近くに行くことになる。きみが望むなら、毎日手紙を書いてもいい。任務を終えたあとにね」

「どうせ哨戒《しょうかい》飛行だよね」テメレアがいつになく苦々しげに言った。「それから、意味もない編隊飛行の訓練でしょ。みんな病気でなんにもできないっていうのに」

ローレンスは慰めも返せず、膝に載せたオイルクロスの包みを見おろした。書類や手紙をまとめたその包みのなかには、最新の命令書も入っていた。命令書にはそっけなく、すぐにドーヴァー基地に移動せよと記されていた。ドーヴァーに着いたら、テメレアの予想どおりになるだろうことは、ローレンスにも充分察しがついた。

ドーヴァー基地に到着しても、ローレンスの気分は晴れなかった。基地の司令本部へただちに報告に向かったが、新しい司令官の執務室の前で三十分近く待たされた。オーク材の厚い扉に隔てられてはいたが、なかでわめいているのがジェーン・ローランドだということは声の調子からわかった。しかし、彼女に応じる男の声には聞き覚えがない。突然、扉がバンッと開き、海軍の軍服を着た長身の男が飛び出してきた。服も表情も乱れ、頬ひげのある顔を怒りで紅潮させている。ローレンスは驚いて立ちあがったが、男は足を止めることもなく、ローレンスをぎろりとにらみつけただけで立ち去った。

「どうぞ、ローレンス。なかに入って」ジェーンに呼ばれ、部屋に足を踏み入れた。ジェーンは新しい司令官と並んで立っていた。その初老の人物は――なんということだ――黒のフロックコートに半ズボン、バックル付きの靴という、いかにも貴族然とした装いでおつにすましていた。

「ドクター・ワッピングははじめてね」とジェーンが言った。「先生、ご紹介します、こちらはキャプテン・ローレンス。テメレアに騎乗しています」

「司令官、ただいま戻りました」ローレンスは膝を曲げて深く頭をさげ、混乱と幻滅を押し隠した。竜疫が蔓延《まんえん》するこの非常事態に、基地を内科医の監督下に置くとは、まったく事情を知らない門外漢の判断だとしか思えない。おそらくは、なんらかの政治的圧力が働いたのだろう。財力では勝てない親類に自分の影響力をひけらかしたい誰かが、縁故《えんこ》をたどって彼を空将という地位まで押しあげたのかもしれない。これではまるで、軍艦に乗りこんだこともない一介《いっかい》の外科医を、いきなり病院船の艦長に抜擢《ばってき》するようなものだ。

「キャプテン、お近づきになれて光栄です」ドクター・ワッピングが言った。「では、空将、わたくしはこれにて失礼します。お見苦しいところをさらして、申し訳ありませんでした」

「お気遣いなく、先生。軍需部《ぐんじゅぶ》糧食《りょうしょく》委員会はとんでもない悪党。言い負かしてやって、溜飲《りゅういん》がさがりました。では、よい一日を」そう言ってワッピングを送り出したあと、ジェーンはいきなり話しはじめた。「ねえ、ローレンス、信じられる？　糧食委員会の連中ときたら、かわいそうなドラゴンたちが小鳥みたいに食が細くなっても、まだ家畜の調達をしぶってる。どうせ、今度は病気になったか痩《や》せ細った家畜を送りこんでくるにちがいない。――あら、こんな〝お帰りなさい〟ってないわね」ローレンスの肩をつかまえ、両頰に音をたててキスをした。「すごい恰好《かっこう》ね。その上着、どうしたの？　ワインでもいかが？」ジェーンはローレンスの返事を待たず、ふたり分のグラスにワインを注いだ。ローレンスはショックから立ち直れないままグラスを受け取った。「あなたからの手紙はすべて読んでるわ。だから、あなたが経験してきたことは、だいたいわかってるつもり。こちらから手紙を書かなかったことは許してね、ローレンス。機密を守るために言葉を選ぶより、いっそなにも書かないほうが簡単だったから」

「いや、いいんだ、そんなことは」ローレンスは暖炉に近づき、ジェーンの隣《となり》に腰かけた。ジェーンの上着が、執務用の椅子の肘掛けにかかっていた。その上着の肩には四本の金の線章が、胸もとには金のモールが輝き、彼女が空将に昇進したのは間違いないことがわかる。その顔も以前とは変わっていたが、こちらはよい変化とは言いがたかった。前より五、六キロは痩せて、黒髪は短く刈られ、灰色のものが混じっていた。

「悪いわね、ひどい見てくれで」ジェーンは悲しげな声を出し、あわててローレンスが謝ると、笑い飛ばして言った。「なによ、ローレンス。だれだって老けていくのよ。レントンにはもう会った？　かわいそうに、愛するオヴェルサリアが死んだあと、三週間は気丈《きじょう》にふるまってたわ。でもある日、寝室で倒れているところを発見された。卒中の発作でね。一週間はまともに口もきけなかった。順調に回復してるようだけど、以前のレントンと比べたら、まるで抜け殻《がら》のよう」

「気の毒だ」ローレンスは言った。「でも、きみの昇進には乾杯しなければ」口ごもらずにそう言うだけで精いっぱいだった。

「ありがとう」ジェーンが返した。「こんなにつぎつぎに難題が降りかかってこないんなら、出世に有頂天《うちょうてん》になってたわ。全部まかせてくれるならまだしも、海軍省からやってくるばかどもまで相手にしなくちゃならないのにはうんざりよ。ここへ来る前にさんざん言い聞かされてるはずなのに、まだにやにや笑いを浮かべてすり寄ってこようとする。わたしが竜使いだってこと、信じてないのかしら。ぴしゃりとやり返してやろうものなら、驚きに目を剝《む》くの」

「慣れることができないんだろうな」ローレンスは男たちの気持ちがわからないでもなかった。「そもそも、海軍省はなんでまた……」と言うそばから、複雑な問題に踏みこんでしまったことに気づいた。英国種のなかで最大の攻撃力を誇る戦闘竜、ロングウィング種は女性の担い手しか受けつけないため、女性飛行士は航空隊にとって否《いや》応《おう》もなく不可欠の存在となる。だがローレンスは、本来社交界に身をおくべき淑女《しゅくじょ》が戦場へ出ていくことに憂慮の念をいだいてきた。そういった女性は、幼少期から飛行士として育てられ、ロングウィング種のキャプテンになれば、ドラゴン編隊の司令官を務めることもある。それでも、ドラゴン編隊司令官の持つ権限は、英国艦隊の提督のそれにははるかにおよばない。ところが、ジェーン・ローランドはいまや、本土防衛の要《かなめ》となる、英国最大のドラゴン基地の司令官になったのだ。

「直接聞いたわけじゃないけど、上層部には選択の余地がなかったみたい」ジェーンが言った。「キャプテン・ポートランドは、いまもジブラルタル基地から戻ってこられない。レティフィカトがもう長い航海には耐えられそうにないの。そうなると、ドーヴァー基地の司令官候補はわたしかサンダーソンしかいない。だけど、サンダーソンはすっかり弱気になってしまって……。絶望にからめとられて、部屋の隅にうずくまり、めそめそ泣いてるわ。九つもの海戦を戦い抜いてきた歴戦の飛行士なのに」

そう言うと、ジェーンは乱れた髪に手をやり、ため息をついた。「気にしないで、ローレンス。聞き流して。ただ、じれったいのよ。サンダーソンのドラゴン、アニモシアがかわいそうで……」

「きみのエクシディウムはどうしてる？」ローレンスは思いきって尋ねた。

「エクシディウムはしたたかだわ。体力を温存する方法を知ってるし、食欲はないけど、食べなくちゃいけないとわかってる。まだ当分は持ちこたえられると思う。彼は一世紀近く軍務に就いてるわ。あの年齢ならふつうは、あらゆる任務から退いてるか、あるいは引退して繁殖場にいるでしょうね」ジェーンはにっこりした。無理してほほえんでいるようにも見えた。「へこたれるもんですか。さあ、喜べる話をしましょうよ。二十頭のドラゴンを連れてきてくれたそうね。役に立ってくれるかしら。これから会いにいきたいわ」

「この子には手を焼いてます」グランビーが声を潜めて言った。そばではイスキエルカが蛇《へび》のようにとぐろを巻き、体じゅうの突起から蒸気を細く噴き出していた。「ぼくが監督しきれていないんです。申し訳ありません」

イスキエルカは、自分の満足のいくねぐらを勝手にこしらえていた。テメレアの隣の土地を宿営としてあてがわれると、自分で深い穴を掘って、灰で満たした。その灰をつくるために二十数本の若木が乱暴に引き抜かれ、穴のなかで燃やされた。そのあとイスキエルカは灰のなかに集めてきた丸い石を加え、それを心地よい熱さまで炙《あぶ》り、ぬくぬくの寝床に身を横たえた。その作業の炎と煙はかなり離れたところ——近隣の農家からも見えたので、まだ彼女の到着から数時間だというのに、村の警鐘《けいしょう》が鳴り、数件の苦情が基地に届くことになった。

「いいえ、あなたはよくやってくれたわ。異国の片田舎で、それも戸外で、牛の頭すらなかったのに、この子にハーネスを装着した」ジェーンがまどろんでいるイスキエルカの脇腹をぽんぽんと叩いて言った。「上層部は、火噴きさえいればと言いつづけてきた。ついに念願の火噴きを手に入れたと知ったら、英国海軍省はあなたを称《たた》えるにちがいない。よくやったわ、ほんとうに。あなたを空佐に昇進させられることを、心からうれしく思うわ、キャプテン・グランビー。ローレンス、あなたが、この栄誉を授ける役を引き受けてはどう？」

ローレンスのクルーのほとんどがイスキエルカの宿営にいて、彼女が掘った穴から飛び出す火の粉を叩き消していた。火の粉が引火して、基地を燃やしてしまうのではないかと恐れたのだった。全員が灰まみれでへとへとだったが、これから起きることを予測したのか、みなでそこにとどまっていた。フェリス空尉が低い声で指示すると、全員がその場に整列した。ローレンスは、クルーたちの見守るなかで、グランビーの軍服の肩に二本目の金の線章を留めつけた。

そのあとジェーンが「諸君《ジェントルメン》！」と声をかけ、グランビーのために全員で「万歳《フレー》！」を三唱した。病のドラゴンたちを気遣って声はいくぶん抑えたが、心からの祝福だった。フェリスとリグズが近づいて、グランビーと握手を交わした。

「まだイスキエルカは幼いけど、あなたのクルーも徐々に選んでいきましょう」階級授与のあと、野生ドラゴンたちに会うために基地のなかを歩きながら、ジェーンがグランビーに言った。「残念ながら、いまやクルーが不足することはないの。イスキエルカには日に二回食事を与え、成長のためになにか補ったほうがいいか確認して。起きてる時間は、わたしがロングウィング種と同じ飛行訓練をあなたたちに行うわ。ロングウィング種がみずからの強酸にやられるように、イスキエルカも自分の炎で自分を焦《こ》がすことがあるかもしれない。もちろん、ないに越したことないけど」

グランビーがうなずいた。航空隊育ちの彼は女性の上官にも動ずるところがなかった。サルカイも同様だった。彼は、野生ドラゴンたちに意見できる者のひとりとして、あと少し滞在を延ばせないだろうかとジェーンから要請された。彼はどこかおもしろそうに、しかしいつもの超然とした態度は崩さず、彼女の話に耳を傾けていた。ただ最初に一度、ローレンスにもの問いたげな視線を投げかけた。ジェーンが唐突に野生ドラゴンに会いにいこうと言い出したので、サルカイと彼女を引き合わせる前に、ローレンスから事情を説明しておく時間がなかったのだ。が、サルカイは驚くようすは見せず、礼儀正しくお辞儀し、落ちつき払って自己紹介した。

アルカディとその仲間たちの宿営も、イスキエルカの宿営と似たり寄ったりの混乱ぶりだった。木々はことごとくなぎ倒されて一か所に集められ、大きな山が築かれていた。パミール高原の極寒の地で生きてきた彼らにとって、スコットランドの十二月の冷気などなにほどのものでもなかったが、ローレンスたちを見つけると、まずは湿気の多さに文句を垂れ、目の前にいるのがこの基地の司令官だとわかるや、さっそくアルカディが代表となって、割り当ての牛の頭数に関する交渉をはじめた。それぞれ一日につき牛一頭という条件に釣《つ》られて、英国で軍務に就こうと決めたのだった。

「彼らの主張はこうです――もし、なんらかの事情で牛一頭が割り当てられなかった場合、それを貸しと見なし、将来埋め合わせをしてほしい」サルカイがドゥルザグ語から通訳すると、ジェーンが声高らかに笑った。

「彼らにこう伝えて。どんなときも、あなたがたを飢えさせることはないと。それでも心配なら、記録をつけましょう。彼らが倒したこの木を、それぞれが一本、採食場に運んで、牛一頭と交換の証《あかし》とする」ジェーンは、こんな交渉をいやがるどころか楽しんでいるように見えた。「ついでに、ほかの家畜との交換レートを決めておきましょう。牛一頭は豚二頭、あるいは羊二頭に相当する。種類もいろいろあったほうがいいんじゃない？」

野生ドラゴンたちがひたいを合わせて相談をはじめた。低いつぶやき、シュッと息を吐く音、甲高い笛のような声――さまざまな声が飛び交い、不協和音を奏《かな》で、彼らの奇妙な言語による内輪だけの議論がつづいた。やがてアルカディが振り向き、その取引に応ずると宣言した。ただし、山羊《やぎ》は三頭で牛一頭と見なすという条件付きだった。山羊の評価が低いのは、彼らの故郷ではたやすくつかまえられて、しかも痩せているためらしい。

ジェーンが取引を結んだしるしにアルカディに一礼した。アルカディはふむとうなずき、いたく満足げな顔になった。眼からはじまり首までまだらに広がる赤い体色が、その表情と相まって、ますます悪漢《あっかん》めいた印象を与えている。

「あれは、ならず者の集団ね。抜け目がない」野生ドラゴンたちの宿営をあとにして執務室に戻る途中、ジェーンが言った。「でも、彼らの飛行能力はすばらしいにちがいない。あの針金のような筋肉なら、同体重のドラゴンのなかでは抜きん出ているはずよ。喜んでおなかいっぱい食べさせてあげましょう」

「いいえ、なんの問題もありません」基地本部棟の使用人頭が陰鬱な声で言った。ローレンスとその部下たちが予告もなくあらわれて宿泊する部屋を求めたというのに、本部棟には空き部屋がいくらでもあった。寒くて湿気の多い季節にもかかわらず、基地のキャプテンと士官たちのほとんどが、病気のドラゴンに付き添って隔離場で野営していた。その奇妙な静けさは、〈トラファルガーの海戦〉前夜、ほぼすべてのドラゴン編隊がフランス・スペイン連合艦隊と戦うべく基地を離れて南下したときを思い起こさせた。

みなでグランビーの昇進を祝って乾杯したが、宴《うたげ》はすぐにお開きとなった。ローレンスもそこにとどまりたい気分ではなかった。飲んべえの空尉たちが数人、隅《すみ》の薄暗いテーブルに静かに集まっていた。ひとりの老いたキャプテンが、ブランデーのボトルをかかえ、頭を安楽椅子の肘掛けにあずけ、いびきを掻いていた。ローレンスは部屋に戻り、暖炉のそばでひとりきりの夕食をとった。両隣の部屋に人がいないため、夜の冷えこみはいっそうきつかった。

やがて、控えめなノックの音がした。ジェーンがやってきたか、部下がテメレアから伝言をあずかってきたかだろうと、ローレンスは想像した。ところがドアをあけると、意外なことにサルカイが立っていた。「入りたまえ」ローレンスはそう言ったあとで、遅まきながら付け加えた。「こんな状態ですまない」部屋にはまだ荷物が散らかり、ものぐさな同僚のワードローブから拝借した部屋着は、しわだらけで腰のあたりがぶかぶかだった。

「お別れを言いにきました」サルカイが言った。ローレンスが問いかけるように視線を返すと、彼は首を横に振った。「いいえ、不満はなにもありません。ただ、わたしはあなたのお仲間ではない。通訳としてここにとどまりたいとも思いません。きっとすぐに退屈するでしょう」

「わたしからローランド空将に話させてもらえないだろうか。たぶん、なんらかの許可が――」ローレンスの言葉は尻すぼみになった。話を持っていけば、なにがどうなるか、どう対処されるのか、確信があるわけではない。想像できるのは、陸軍や海軍よりは航空隊のほうが規定に縛られない判断がなされるだろうということぐらいだ。実現不可能かもしれないことを、いまここでサルカイに約束するのはためらわれる。

「ローランド空将とはもう話をしました」サルカイが言った。「そして許可がおりました。おそらく、あなたが考えておられることとはちがうでしょうが……。わたしはトルキスタンに戻り、新たな野生ドラゴンを集めて、また戻ってくるつもりです。今回と同じ条件で服務するように説得できたとしての話ですが」

いまいるドラゴンたちがもう少し御《ぎょ》しやすければ、ローレンスとしてもこの話を聞いて喜べたかもしれない。サルカイがいなくなれば、彼らがいま以上に扱いにくくなることは目に見えていた。しかし、反対することもできなかった。誇り高きサルカイが、現在のような端役《はやく》に甘んじつづけるとは思えなかったのだ。けっして孤独感に耐えかねて帰るというわけではないだろう。「無事に戻ってくることを祈っている」ローレンスはそう言うと、グラス一杯のポートワインと夕食を彼にふるまった。

「なんとも風変わりな人物を見つけてきたものね、ローレンス」翌朝、ジェーンが彼女の執務室で言った。「海軍省がうるさくなきゃ、あの人に彼の目方と同じだけの黄金をあげたいくらいよ。二十頭のドラゴンたちを説得して山奥から連れてくるなんて、まるで魔術師マーリン？　それとも聖パトリックかしら。ともあれ、あなたの大事な助っ人を奪ってしまってごめんなさい。悪く思わないで。あなたには文句を言うだけの権利がある。ナポレオンが席捲《せっけん》する大陸からイスキエルカと一個の卵を持ち帰るだけでも奇跡だというのに、二十頭の愛すべき悪党たちまで仲間に引き入れてくれて。でもね、わたしとしては、まだチャンスがあるのに、それを見逃すわけにはいかないの。野生ドラゴンが、どんなにさもしくて痩せっぽちだろうが、なんの問題もないわ」

ジェーンの机にヨーロッパ地図が広げられていた。ドラゴンをあらわす駒《こま》が、いまは亡きプロイセン王国の西の国境からロシアに向かう道のりに点々と置かれている。「イエナからワルシャワまでわずか三週間……」とジェーンがつぶやき、彼女のチームの見習い生の少年がグラスにワインを注いだ。「あなたから直接聞かなきゃ、わたしはこの噂《うわさ》の真偽《しんぎ》について考えようともしなかった。そして海軍からも同じ知らせが届かなきゃ、あなたの正気を疑ってたにちがいない」

ローレンスはうなずいた。「ナポレオンのドラゴン戦術について、きみに伝えたいことがたくさんある。旧来のものとはまるでちがうんだ。編隊で応戦しても、まるで歯が立たないだろう。イエナの戦いでプロイセン軍は大敗した。総崩れだ。ナポレオンの新たな戦法に英国は早急に対抗策を講じなければ――」

だが、ローレンスが話しきらないうちに、ジェーンはかぶりを振った。「ねえ、ローレンス。まともに飛べるドラゴンは四十頭もいないのよ。あいつの頭がイカレてないかぎり、英国侵攻には百頭を下らないドラゴンを動員し、海を渡ってくる。いまの英国を倒すのに、巧みな戦術なんかいらない。英国側にしてみれば、新しい戦術に投入できるドラゴンなど一頭もいない」

絶望的な見通しを聞かされ、ローレンスは沈黙した。四十頭のドラゴンで、イギリス海峡の海岸線を警戒し、海上封鎖する軍艦を守らなければならないとは……。

「いまはとにかく時間がほしい」ジェーンがつづけて言った。「目下、アイルランドに十数頭の幼竜を避難させている。これから半年のうちに、その倍の卵が孵化するはず。つまり、近い将来、そのうちの多くが成竜になる。ナポレオンがわたしたちに一年の猶予《ゆうよ》をくれたら、状況はかなり好転するでしょう。海岸線に新たな砲台が築かれ、幼竜が成長し、野生ドラゴンたちが戦闘竜として力をつける。そしてもちろん、英国にはテメレアと新入りの火噴きドラゴンがいる」

「ナポレオンが一年も猶予をくれるだろうか」ローレンスは、地図上の駒を見おろしながらつぶやいた。イギリス海峡に臨む海岸線に配された敵ドラゴンの数は、まだそれほど多くはない。だが、ナポレオンのドラゴン部隊がいかに迅速に移動するかを、ローレンスは大陸で目撃していた。

「この英国の惨状を知ったが最後、すぐに襲いかかってくるでしょうね」ジェーンが言った。「でも、あいつはいまワルシャワにいて、ポーランド人の伯爵夫人にのぼせあがってる。稀代《きだい》の美女らしいわ。だからあいつが恋にうつつを抜かしつづけてくれることを祈るしかない。もし、あいつの勘がいまも冴《さ》えているなら、冬の夜間にイギリス海峡を渡ろうと考えつくでしょう。そして、いまはもう冬……」

ジェーンはさらに言った。「英国本土の守りが手薄だと知ったら、あいつはさっさと英国を片づけて、その女性のもとへ戻ろうと考えるはず。だからいまわたしたちにできるのは、あいつを闇のなかに置いて、けっして真実を伝えないことよ。一年あれば、対抗策を考えられる。そのときまで、あなたにやってほしいのは——」

「ふふん、哨戒飛行でしょ」テメレアがうんざりしたように言った。

「すまない、愛しいテメレア」と、ローレンスは言った。「きみには悪いと思う。でも、仲間を救うためには、彼らができなくなった日常の任務を引き受けるしかないんだ」それを聞いてテメレアはしょんぼりし、しばらく考えこんでいた。ローレンスは励まそうとしてさらに言った。「でも、きみの目標を捨てるわけじゃない。それはぜんぜんちがう。母に手紙を書いてみよう。よい助言をくれそうな知り合いにも。目標に向かって進むために、いまなにをすべきか――」

「そんなことしてなんの意味があるの?」テメレアが悲しげに問いかけた。「仲間がみんな竜疫に罹って、手のほどこしようがないのに……。なにかを訴えようにも、彼らはロンドンまで飛んでいくことも許されない――もちろん、一時間以上空を飛べたとしての話だけどね。それにアルカディは、自由なんてどうだっていいんだ。ほしいのは牛だけ。こんな状態じゃ、哨戒飛行に出かけたほうがましだよ。いいよ、やるよ、編隊飛行だってなんだって」

この陰鬱な雰囲気は空に舞いあがっても変わらなかった。テメレアのあとにつづく十数頭の野生ドラゴンは、空を見張ることより仲間内のけんかに気をとられていた。

テメレアは彼らをたしなめようともしなかった。サルカイが去ったあと、運のない数名の飛行士が野生ドラゴンの背に乗ることになったが、彼らに野生ドラゴンたちを監督できるとは到底思えなかった。

もはや飛行士が不足することはなく、飛行士の多くがドラゴンを看病するために地上任務に就いていた。青年士官たちが野生ドラゴンに騎乗する任務をあてがわれたのは、ひとえに言語習得能力を期待されてのことだ。成竜となった野生ドラゴンに新しい言語を習得させるのは不可能なので、飛行士たちが彼らの言語を覚えるほかに道はない。

ヒュッと口笛のような音を発したり、クッと喉を鳴らしたりと、ドゥルザグ語は風変わりな発声を特徴とする。それに耳を傾けるのは最初こそおもしろいのだが、すぐに聞きあきて、耳障《ざわ》りにすらなってくる。しかし、それに耐えなければならない。いまこの言語を流暢《りゅうちょう》に操れるのはテメレアしかおらず、あとはローレンスの若い部下ふたりが、パミール高原からイスタンブールへの道中で習い覚え、どうにか片言を話せるようになっていた。

そのためにローレンスは、すでに減っていたクルーからさらに二名を失った。

射撃手《ライフルマン》のダンと、腹側乗組員《ベルマン》のウィックリー。ふたりはドゥルザグ語で基本的な信号を野生ドラゴンに伝えることができたし、若いとはいえ、とんでもなく見当違いな命令を下すほど未熟ではないと判断されて、野生ドラゴンの乗り手に抜擢《ばってき》された。ふたりはアルカディの背に乗るため、建前上は野生ドラゴン全体の監督権を握ることになった。

しかし当然ながら、生まれたばかりのドラゴンにハーネスを装着して得られる生涯の絆《きずな》は、彼らと野生ドラゴンのあいだに生まれるはずもない。そのうえ、アルカディは与えられた命令よりも彼自身の気まぐれな衝動のほうを優先し、哨戒活動についても、「よっぽど阿呆《あほう》なドラゴンでないかぎり海を縄張りにしようなどとは考えないから、海の上を飛んでも意味がない」という独自の見解を持っていた。ローレンスの見るところ、この野生ドラゴンの長《おさ》が新たな好奇心の対象に飛びついていくのは時間の問題だった。

ジェーンは、野生ドラゴンたちが基地からはじめて遠出する場所として、海岸線沿いのコースを選んだ。本格的な交戦はまず起こらず、陸にも近く、海岸の断崖やポーツマスの港が彼らを楽しませるだろうと考えたのだ。予想どおり、彼らはポーツマス港を行き交う船にいたく興味を引かれ、テメレアが大声で呼びとめなければ、喜んで港まで見物にいこうとした。

一行はサウサンプトンを過ぎ、ウェイマスを目指してさらに西へ、ゆるい速度で飛んだ。野生ドラゴンたちは気晴らしにアクロバット飛行をはじめた。地球の屋根のような山岳地帯に生まれたドラゴンでなければ眩暈《めまい》を起こしそうな空の高みまで一気に上昇し、無謀な急降下を試み、海面すれすれまで突っこんで、水しぶきをあげた。エネルギーの浪費でしかなかったが、以前に比べればいまは暴食の結果として栄養状態もよかったので、ローレンスは多少の浪費には目をつぶろうと考えた。ただし、野生ドラゴンたちの背で振りまわされている飛行士たちはそうは考えていないにちがいない。

「ちょっとだけ魚を獲《と》ってもいいかな？」テメレアがそう言って後ろを振り返ったとき、群れの上空にいたガーニが素《す》っ頓狂《とんきょう》な叫びをあげた。たちまち世界がぐるんと回転し、テメレアがさっと身をかわした。ペシュール・レイエ〔縞のある漁師〕が横をかすめ去り、シャンパンを抜くような発砲音がその背から聞こえた。

「全員、持ち場につけ！」フェリス空尉が声を張りあげ、飛行士たちがあわただしく動き、腹側乗組員《ベルマン》たちが、下方にいる敵ドラゴンに向かって爆弾を投下した。アルカディと仲間のドラゴンたちは、すさまじい金切り声で互いを呼び合い、息巻いて旋回し、フランスのドラゴンに真《ま》っ向《こう》勝負を挑んでいった。敵は小規模の偵察隊で、ローレンスが低く垂れこめた雲のなかを確認したところ、六頭のドラゴンがいた。ペシュール・レイエが最大で、あとは軽量級ドラゴンと伝令竜しかいない。敵は数でも体格でも劣っていながら、無謀《むぼう》にも英国の海岸線に接近しようと試みていた。

無謀なのか、意図的に敵地に踏みこんできたのか――。前に交戦したとき、英国の基地から援軍がやってこなかったことを敵が見逃すはずはないと、ローレンスは苦々しく考えた。

「ローレンス、ぼくはペシュールを追う。ほかはアルカディたちにまかせよう」テメレアはそう言うと、首をひねって仲間のようすを確認し、急降下を開始した。

野生ドラゴンたちは肝《きも》が太く、けんか戦法に長《た》けていた。小型ドラゴンたちを彼らにまかせても問題ないとローレンスは判断した。「深追いするな！」ローレンスはメガホンを通して叫んだ。「敵ドラゴンを海岸線から引き離すだけでいい。できるかぎり迅速に――」乾いた発砲音が下から断続的に聞こえてきた。

当然ながら、ペシュールはテメレアとの歴然とした能力差を自覚していた。テメレアのほうがより敏捷に飛行することができたし、体格においてもはるかに勝《まさ》っている。一度は危険を冒して襲いかかったものの、ペシュールも彼のキャプテンも、同じ幸運が二度つづくとは考えていない。先刻は、テメレアがかろうじて身をかわすと、ペシュールは横をかすめて降下し、ぎりぎりで海面にぶつかるのを避けた。その間、敵ドラゴンの背から発砲がつづいていた。

ローレンスは、野生ドラゴンたちが激しくわめいている上空に注意を向けた。彼らの姿が豆粒のように小さく見えた。空気の薄い高みまで敵ドラゴンをおびき寄せ、戦いを有利に進めようという魂胆《こんたん》なのだろう。「望遠鏡はどこだ？」ローレンスが問うと、アレンがすぐに差し出した。

野生ドラゴンたちは敵を愚弄《ぐろう》し、挑発していた。敵ドラゴンの群れに突っこんでは、ギャーギャーと騒いで逃げていくだけで、本格的な戦闘は避けている。野生の世界で敵対する群れを追い払うためによく使われる手であり、とくに数で勝っている場合には効果がある。しかし、フランスのドラゴンたちもそう簡単には退散しなかった。五頭の敵ドラゴンはすべてが小さなプ・ド・シエル〔空の虱《しらみ》〕で、緊密な隊形にまとまると、即座に野生ドラゴンの群れに突っこんだ。

まだ敵を威嚇《いかく》しつづけていた野生ドラゴンたちは、一瞬逃げ遅れ、銃撃を浴びた。本物の痛みがもたらす甲高い叫びがあがった。テメレアは上空での戦いに備え、脇腹を帆《ほ》のようにふくらませ、思いきり息を吸いこんで、上昇を開始した。しかし彼らのいる場所まで簡単には行きつけないし、またはるか上空はテメレアにとってけっして有利な戦場ではない。

「やつらを撃て！　早く！　味方には降下せよと信号を送れ！」ローレンスは信号手のターナーに叫んだ。期待はしていなかった。が、ターナーが信号旗を示すや、野生ドラゴンたちは急降下し、テメレアの周囲に集まった。

アルカディが、心配そうになにごとかつぶやきながら、彼の補佐役の雌ドラゴン、リンジのそばを飛んでいた。いちばんひどい傷を負ったのがリンジで、濃いグレーの体表に赤黒い血がすじができていた。運悪く銃弾が右の翼に当たり、二本の骨のあいだのやわらかな皮膜を斜めに傷つけ、長い畝《うね》のような傷をつくっていた。翼をかばおうとして、体を空中で奇妙なかたちに傾けている。

「彼女を陸地まで護衛してくれ」ローレンスは命令した。ドラゴンたちが至近距離に集まっているため、メガホンを使わなくても、声はしっかりと届いた。「いま一度、それぞれのドラゴンに、銃撃はかならずかわせと伝えてくれ。いきなり過酷なレッスンになって申し訳ない。さあ、みんな固まって――」だがこのとき、フランスのドラゴンたちが矢じりの隊形で急降下してきたため、密集していたドラゴンたちは散りぢりになった。

敵ドラゴンもすぐに分散した。たとえ全員で挑んでもテメレアにはかなわないと見たのか、それぞれに野生ドラゴンを追った。彼らにとっては珍しい体験だったかもしれない。プ・ド・シエルはフランス空軍においては最軽量級の戦闘竜であるにもかかわらず、野生ドラゴンに対してはまるで重量級になったかのように戦うことができた。翼長や体長に大差はないが、胸板の厚いフランスのドラゴンに対して、野生ドラゴンは腹にくぼみができるほど細身で、鋭利な刃物のようだった。

野生ドラゴンたちは前より用心深くなったが、仲間を傷つけられたこと、みずからも小さな傷を負ったことに苛立《いらだ》ち、いっそう猛々《たけだけ》しくなっていた。敵の一斉掃射を牽《けん》制《せい》し、挑発するすべを早くも覚え、得意とする突撃でふたたび接近戦を試みる。群れのなかでもとりわけ小さなガーニとまだらのレスターが一頭のプ・ド・シエルに立ち向かった。そこへ横合いから、小さくても策略家のヘルタズが、かぎ爪を赤い血で染めながら、しつこく攻撃した。ほかのドラゴンたちは一対一で戦っているが、けっして防戦一方ではなかった。しかしローレンスはこれ以上戦うのは危険と判断し、テメレアにドゥルザグ語で指示を伝えさせた。「アルカディ！ ブネッズィ・スリィ・タクォーム――」だがテメレアは指示を最後まで伝えずに言った。「だめだ、ローレンス。みんな、聞いちゃいない」

「まずいな。このままにしておくのは」ローレンスは言った。一見すると一対一の戦いのように見えるが、敵ドラゴンは仲間どうしで背と背を向け合って、背後からの攻撃を巧みに避けていた。そのために自然と敵ドラゴンが集まり、いつでも隊形を組んで破壊的な攻撃に移れる状態にあった。「固まっているあいつらを追い散らせないか？」

「仲間を傷つけないで攻撃するにはどうしたらいいんだろう？」テメレアが返した。

「みんな密集してるし、すごく小さなドラゴンもいるし」テメレアは空中停止《ホバリング》しながら、悔《くや》しそうにしっぽを揺すった。

「キャプテン！」フェリス空尉の声がして、ローレンスは振り向いた。「恐れながら、進言いたします。空中戦では〝敵弾を受けるくらいなら肉弾を受けよ〟が鉄則です。体当たりをくらっても、ダメージは一瞬。たとえそれが響いても、ここからなら陸まで運んでいけます」

「なるほど。感謝する、ミスタ・フェリス」ローレンスは、フェリスの意見に大きくうなずいた。

副キャプテンだったグランビーがイスキエルカの担い手になれたことを、心からうれしく思っていた。英国にドラゴンが不足しているいま、生まれた竜と絆を結べることがどれほど貴重かは承知している。しかし、飛行士として訓練期間の短い自分の欠点を補ってくれたグランビーがもういないことを、ローレンスは強く意識せずにはいられなかった。だが、いまは副キャプテンとなったフェリスが、ときに痛々しいほど懸命に、グランビーの代わりを務めようとする。一年前に英国を発《た》つとき、フェリスは第三空尉だった。十九歳の青年には経験を積んだ士官のような自信をもってキャプテンになにか意見することはむずかしかったにちがいない。

テメレアは頭をおろし、息を深く吸いこむと、密集したドラゴンたちに突進し、鳩《はと》の群れに突っこむ猫のように、ドラゴンたちを蹴散《けち》らした。敵も味方も入り乱れ、宙返りを打ち、とりわけ興奮した野生ドラゴンたちはけたたましい叫びをあげて、てんでんばらばらに行動した。そのあいだにフランスのドラゴンたちは隊形を立て直し、編隊のリーダーとおぼしきドラゴンから信号旗が振られ、プ・ド・シエルが合流し、フランスの全ドラゴンが撤退をはじめた。

アルカディも仲間のドラゴンも逃げていく敵ドラゴンを追跡することはなく、大はしゃぎでテメレアに近づくと、突進してきたテメレアに文句を言い、自分たちの勝利と敵の逃走を自慢げに語りはじめた。お節介なテメレアが飛びこまなくても充分に勝てたと、アルカディは言いたいらしかった。「それ、事実とちがうよ、ぜんぜん」テメレアが憤慨《ふんがい》した。「ぼくが行かなきゃ、きみたちはやられてた」それだけ言うと、憤《いきどお》りに冠翼を逆立て、陸を目指しはじめた。

やがて、野原のまんなかにすわって翼の傷を舐《な》めているリンジが見つかった。そばには血のついた羊毛の山が数個あり、殺戮《さつりく》の臭いが漂っている。リンジがちゃっかり気晴らしと慰めを手に入れたのは明らかだったが、ローレンスは目をつぶることにした。アルカディがさっそく英雄気どりになって、彼女の前を行ったり来たりしながら、戦いのようすを再現しはじめた。ローレンスがあとで聞いたところによると、その熾烈をきわめる戦いは十日間以上もつづき、敵のドラゴンは数百頭におよび、アルカディが大活躍して撃破したというところまで話がふくらんでいた。テメレアはその場でフンッと鼻を鳴らし、しっぽをバシッと地面に打ちつけた。ところがほかの野生ドラゴンたちは、その改変された物語にやんやの喝采《かっさい》を送り、ところどころで前に飛び出しては自分の派手な手柄話をはさみ入れるのだった。

ローレンスはテメレアからおりて、リンジのようすを竜医に確認させた。チームに新しく配属された竜医は、ドーセットという名だった。痩せて神経質そうな青年で、眼鏡をかけ、吃音癖があった。リンジを診ているドーセットに、ローレンスは尋ねた。

「この状態でドーヴァーまで飛んでいけるだろうか?」銃弾にえぐられた傷は見るからに痛々しく、リンジは不安そうに翼を閉ざして診察を逃れようとした。それでも、アルカディの芝居っけたっぷりの戦いの再現が彼女の気を逸らすのに大いに役立ち、ドーセットは傷口になんとか手当てをほどこすことができた。

「だめです」ドーセットは、ここは譲らないという断固たる態度で言った。「い、一日静養し、湿布する必要があります。肩にめりこんだ弾《たま》は、て、摘出します。近いうちに。でも、ここでは無理です。ウェイマス基地に伝令竜の発着場がありますが、そこは正規のルートから外されているため、か、感染の恐れはありません。か、彼女をなんとかそこまで移送する手段を見つけなくては」ドーセットはリンジの翼から手を放し、ローレンスを振り返ると、涙ぐんだ目をぱちぱちさせた。

「わかった」ローレンスは言った。ドーセットのきっぱりとした言い方以上に、その奇妙な動揺に面食《めんく》らった。「ミスタ・フェリス、地図はあるだろうか?」

「はい、キャプテン。ですが、ここからウェイマス基地までの距離なら、海上を飛ぶとして直線距離で十二マイルです」フェリスが地図をおさめた革製の容器をあけるのをためらいつつ答えた。

ローレンスはうなずき、地図はいらないというしるしに片手を振った。「テメレアなら、彼女を支えていけるだろう」

だが、リンジの体重よりも、むしろ提案された計画に対する彼女の煮え切らない態度のほうがよほど問題だった。そのうえアルカディが突如《とつじょ》、激しい嫉妬《しっと》に駆られ、その役は自分が引き受けると言い出した。誰が見ても無理なのは明らかだった。アルカディより数トンは重いリンジを背中に乗せていては、地上から浮きあがることさえむずかしい。

「いい加減にしろ！」いつまでもぐずぐずしているリンジに業《ごう》を煮やして、ついにテメレアが言った。「ぼくに咬みついたりしないかぎり、きみを放り出すようなことはしない。黙って横になってくれ。どうせたいした距離じゃないんだから」

3

哨戒《しょうかい》飛行の日々

ウェイマス基地にたどり着いたのは、日が沈む少し前だった。その道中、リンジは自力で飛んでいくと五、六回は言い出し、テメレアの背に二度もかぎ爪を立て、体をよじって背側乗組員《トップマン》二名を宙に放り出した。二名は搭乗ベルトのカラビナが竜ハーネスにきちんと連結されていたので命拾いしたが、リンジに跳ね飛ばされて体には青痣《あざ》ができ、気分も悪くなった。その後、仲間に支えられて地上におり、基地の小さな宿舎に運ばれてブランデーをたっぷり飲まされた。

銃弾の摘出を前にまたもリンジは一悶着《ひともんちゃく》起こし、ドーセットがメスを持って近づくと、尻をよじって後ずさり、もうなんともないと言い張った。彼女の言い逃れに我慢できなくなったテメレアが低くうなると、その音は硬く乾いた地面に反響した。リンジはぺたりと地面に伏せ、手術の準備にランタンで照らされても文句ひとつ言わなくなった。

「さあ、こ、これでおしまいだ」ドーセットが、三個目の弾を取り出して言った。「新鮮な生肉を食べて、ひと晩ぐっすり休むといい。じ、地面が少し硬いな」最後は不満そうに付け加え、リンジの肩からおりると、血だらけの三個の弾丸を金属トレーに転がした。

「ここが英国でいちばん硬い地面だって、ぼくは気にしないな。牛一頭食べたら、ぐっすり眠れるよ」浅い傷の手当を受けながら、疲れきったテメレアはローレンスが鼻づらを撫《な》でやすいように頭を押しつけた。そのあと、牛一頭を角からひづめまで、たった三口で頬張った。最後のひと口は牛の尻と二本の後ろ肢で、頭を大きくのけぞらせてごくりと呑みこんだ。

牛を連れてきた農夫は、口をあんぐり開いて、身の毛もよだつ光景に呆然《ぼうぜん》としていた。農夫のふたりの息子も目玉が飛び出しそうだった。ローレンスは代金に数ギニーを上乗せして、親子をさっさと追い返した。ドラゴンがどんなに獰猛《どうもう》かという噂がこれ以上流れるのは、テメレアの目的にとってけっして良いことではないと思ったからだ。

野生ドラゴンたちは傷ついたリンジの周囲に集まり、彼女に風が当たらないように折り重なって、精いっぱい快適に眠れるように互いの体を枕にした。さらに小さい野生ドラゴンたちは、テメレアが眠りに落ちると、すぐにその背に這いのぼった。

野宿には冷えこみすぎていたが、哨戒飛行だったのでテントは持参していなかった。基地の宿舎は狭すぎてキャプテン専用の場所がとれなかったので、近場で宿をさがすことにした。哨戒活動に出た一行が帰ってこないことが騒ぎにならないように、早めにドーヴァー基地に使者を送り出した。野生ドラゴンだけを基地に返すのは、騎乗する飛行士たちがまだ不慣れなだけに、今回は避けたほうがよいだろうと判断した。

基地の係員に宿について問い合わせていると、フェリスが近づいてきて言った。

「キャプテン、ぼくの実家がウエイマスにあります。今夜、キャプテンが泊まってくださるなら、母は喜ぶと思います」いかにも容易なことであるかのように提案しながら、フェリスの顔に不安げな表情がよぎった。

「それはありがたい、ミスタ・フェリス。ただ、きみの母上を家から追い出すようなことにならなければいいのだが」ローレンスはフェリスの不安を見逃さなかった。

フェリスは、もし家の屋根裏があいていて、台所にパンのひとかけでも残っているのなら、上官を招待するのが礼儀だと考えたのかもしれない。ことに航空隊でローレンスの部下となった青年士官たちは、紳士《ジェントルマン》と呼ばれる階級ながら落ちぶれてなお体面を保とうとする、いわゆる〝斜陽族〟出身者が多かった。そして、ローレンスが実家を自慢するわけでもないのに、彼らがローレンスに引け目を感じやすいこともよく知っていた。確かに、ローレンスの父は社会的地位の高い人物だったが、海軍に入隊して以来、実家で過ごしたことは合わせて三か月もなく、母親は別として、父も息子もそれをさほど残念だとは思っていなかった。またローレンスは、実家のベッドよりハンモックで眠る生活に慣れていた。

フェリスに迷惑をかけたくはなかったが、ほかに今夜の宿は見つかりそうになく、屋根裏とパンひとかけのもてなしだろうが、そこに落ちつきたいという欲望に負けてしまうほど疲れきっていた。喧噪《けんそう》の一日が終わり、これ以上自分に厳しくする気にはなれなかった。野生ドラゴンたちは、思ったとおり扱いづらく、あの連中を使ってどうやってイギリス海峡を守るのかを考えると頭が痛い。英国航空隊持ち前の俊敏で秩序ある編隊飛行と彼らのそれとでは、天と地ほどの開きがある。いまや歴戦のドラゴンたちは竜疫《りゅうえき》に倒れ、飛行もかなわない。ローレンスは彼らの不在をいっそう痛烈に意識した。

フェリスの実家に伝言が送られ、馬車が用意された。馬車は基地の門の前で、ローレンスとフェリスが荷造りを終えるのを待っていた。ふたりはドラゴンたちの宿営から長く伸びた細い道をたどって門まで歩き、馬車に乗りこんだ。

二十分ほど走って、ウェイマス郊外に着いた。その道中、フェリスの背中はどんどんこわばって丸くなり、顔は蒼白くなった。もし雷雨の空や颱風《タイフーン》の海でも落ちつき払っているフェリスを知らなければ、ローレンスは彼が馬車に酔ったと勘違いしていたかもしれない。だが、フェリスが快適な四輪馬車に酔うはずがない。やがて馬車は道を曲がり、深い木立のなかに入った。そして森が開けたとき、ローレンスは自分が誤解していたことに気づいた。馬車の窓から見えたのは、壮麗《そうれい》なゴシック様式の建物だった。何百年もかけて茂ったにちがいない蔦《つた》の隙間から黒っぽい石壁がのぞいていた。窓という窓に明かりが灯り、美しい黄金色の光を屋敷の前に広がる芝生とそこを流れる小川に投げかけていた。

「すばらしい眺めじゃないか、ミスタ・フェリス」ローレンスは言った。馬車が小川にかかる橋を渡った。「なかなか帰省できなくて、さぞや残念にちがいない。きみのご家族はここに長く住んでおられるのかい？」

「はい。すごく昔から」フェリスが顔をあげ、ぼんやりと答えた。「建物は十字軍遠征に出かけた先祖の誰かが建てたそうです。ええ。確かそんなふうに……」

ローレンスはためらいつつも気遣いをこめて言った。「わたしと父とはある種の事柄について意見が合わなかった。そう、残念ながら。だからわたしも、あまり実家には帰らない」

「ぼくの父は亡くなりました」と、フェリスが言い、これでは会話がつづかないと気づいたのか、苦しげに付け加えた。「兄のアルバートはいい人間です。ええ、たぶん。ぼくより十歳上なので、実はお互いのことをあまりよく知りません」

「そうか」ローレンスは言い、これ以上、フェリスの動揺の原因をさぐらないほうがよいと考えた。

屋敷で待っていたのは完全無欠の歓迎だった。実のところ、ないがしろにされることも覚悟していた。ほかに客がいるにもかかわらず、玄関からそのまま寝室へ案内されたとしてもおかしくなかった。いや、むしろそんな扱いをされたいと願うほど疲れきっていた。しかし、現実は大違いだった。十数人の従僕《じゅうぼく》が明かりを携《たずさ》えて車寄せにあらわれた。さらにふたりの従僕が家の前の階段脇に、ローレンスたちがのぼるときに手を差し出そうと待っていた。冬の寒さにもかかわらず、屋敷にはおそらく多くの客がいて忙しいだろうにもかかわらず、大勢の使用人がふたりを出迎えるために外に並んでいた。それは、不必要な虚飾《きょしょく》と言えなくもなかった。

馬車が停まったとき、フェリスが意を決したように言った。「キャプテン――どうか、お気になさらないでください。母は――その、母はよかれと思って――」従僕が馬車の扉をあけたため、フェリスはそこで口を閉ざした。

ローレンスたちはすぐに客間に通された。客間にはふたりを出迎えるために、この屋敷のすべての客が――華美ではないが、きわめて雅《みやび》やかな人々が集っていた。ご婦人たちは、社交界の集まりに出るのはせいぜい年に一度という男にとってはおよそなじみのない、最新流行のドレスに身を包んでいた。紳士のなかの数人も、伊達男と呼べそうな域に達していた。ローレンスは長いズボンに泥だらけのブーツだったが、この屋敷の客人たちが膝丈の半ズボンで盛装しているのを見ても、いまさらどうすることもできない。客人のなかには軍人もふたりいた。ひとりは海兵隊の大佐で、日焼けしたしわだらけの面長《おもなが》の顔にはどこか見覚えがあり、一度か二度、艦で食事を共にしている可能性があった。もうひとりは赤い軍服を着た陸軍大尉で、長身で、しゃくれ顎と青い瞳の持ち主だった。

「ヘンリー、待っていたのよ！」長身の女性が席を立ち、両腕を広げてフェリスとローレンスを歓迎した。広いひたいも、赤褐色の髪も、首を長く伸ばして立つ姿勢もフェリスそっくりだった。「おかえりなさい！」

「母さん」フェリスがぎこちなく呼びかけ、差し出された頬に身をかがめてキスをした。「ご紹介します。こちらが、キャプテン・ローレンスです。キャプテン、こちらがレディ・キャサリン・シーモア、ぼくの母です」

「キャプテン・ローレンス。あなたとお近づきになれるなんて、喜びで胸がはち切れそうですわ」レディ・キャサリンはローレンスに手を差し出した。

「こちらこそ」ローレンスは膝を折って正式に挨拶した。「いきなりおじゃまする失礼をお許しください。こんな汚れた恰好であることもお詫《わ》びします」

「栄《は》えある国王陛下の英国航空隊のお方なら、どなたであろうと、この家では歓迎します」彼女はきっぱりと言った。「昼夜を分かたず、いついかなるときも、たとえご紹介がなかろうとも、かならずや歓迎いたしますとも」

ローレンスには返す言葉が見つからなかった。泥棒に入ったことがないのと同様、他人の家を紹介もなしに訪ねたことは一度もない。確かに遅い時刻に訪ねているが、常識はずれというほどではないだろう。それに、ここへは彼女の息子といっしょに来たのだ。つまり、どんなに確信を込めて請け合われようが、彼女の発言は的外れなものに思われた。そこで、曖昧《あいまい》に返事した。「ご親切にどうも」

周囲の人々は、彼女ほど大仰《おおぎょう》な反応はしなかった。フェリスのいちばん上の兄のアルバート、現シーモア卿はいささか高慢な人物だった。そのことはごく早くに、ローレンスがこの屋敷を褒《ほ》めたときに明らかになった。シーモア卿は、この屋敷、すなわち〝ヘイサム・アビー〟がチャールズ二世の治世にシーモア一族の先祖のものになったこと、その一族の長が騎士から准男爵、男爵と出世して、その爵位がいまに受け継がれていることをとくとくと語った。

「すばらしい」ローレンスはそう言うにとどめ、自分の家柄についてひけらかすのは避けた。自分は一介の飛行士だ。どんな家柄だろうと、航空隊所属というだけで世間では低く見積もられることを承知していた。しかし、なぜこの一家は息子を航空隊に入隊させなければならなかったのだろう。借金を背負っているようには見えない。それが理由ではないだろう。身なりや調度なら信用貸しでなんとかできるが、大勢の使用人までは維持しきれない。

驚いたことに、ほどなく晩餐《ばんさん》だと告げられた。ローレンスは冷えた夕食ぐらいしか期待しておらず、遅い時刻の訪問なのだからそれで当然だと思っていた。「まあ、お気になさらず。これが現代のおとなの暮らしというものですわ。田舎にいても、街屋敷と同じように生活しますの」レディ・キャサリンが声を張りあげた。「ロンドンからのお客様をお迎えすることもよくありますす。いつになく早い晩餐をふるまって、料理は半分しかお腹におさめてもらえず、ああ、もっと遅くだったら、なんて心のなかで思われては困りますものね。さあて、今夜はお作法は抜きにしましょう。息子をわたくしの隣にしてくださいな。ヘンリー、あなたがどんなことをしてきたかお話を聞かせて。そして、キャプテン・ローレンス、あなたはレディ・シーモアの隣に——もちろん、エスコートもお願いしますわ」

レディ・キャサリンが息子を横にすわらせるのは当然の例外的配慮だとしても、レディ・シーモアの隣にはやはり夫のシーモア卿がすわるべきだと思われた。それでもローレンスは丁重《ていちょう》にお辞儀し、腕を差し出した。レディ・シーモアは一瞬、ひるむようなそぶりを見せたが、それ以上はためらわず、ローレンスの腕を取った。そこでローレンスも、彼女のためらいには気づかないふりをした。

「ヘンリーはわたくしの末っ子ですの」コースのふた皿目の料理が供されると、レディ・キャサリンがローレンスに向かって言った。ローレンスは彼女の右隣だった。「わが家系では次男を陸軍、三男を航空隊に入隊させるのが古くからのしきたりです。このしきたりがけっして変わることがないよう祈っておりますわ」彼女の視線を追ったローレンスは、この発言が実は自分の右隣の女性に向けられたものではないかと勘ぐった。しかし、レディ・キャサリンの義理の娘、レディ・シーモアは聞こえているそぶりを見せず、彼女の右隣にいる紳士と会話をつづけた。紳士は陸軍大尉、フェリスの兄のリチャードだった。レディ・キャサリンがさらに言った。「キャプテン、わたくしはとてもうれしいのです、わたくしの立場に共感してくださるご家族をお持ちの紳士とお近づきになれて」

航空隊に移籍したことに立腹した父から勘当されそうになったローレンスには、この褒め言葉があまりにも面映《おもは》ゆく、おずおずと告白した。「残念ながら、わたしにはお褒めにあずかる資格がありません。わたしの家系では下の息子たちは聖職者になるのが常でした。ところが、あろうことか、わたしは海に心を奪われた。海軍に入隊すること以外は考えられませんでした」こうして、数奇な運命によってテメレアの卵を奪取してから航空隊に移籍するまでの経緯《いきさつ》を、レディ・キャサリンに語ることになった。

「あら、わたくし、考えを改めるつもりはありませんわ。それはますますもって、ご家族の名誉です。あなたは、あなたに託された責務をご立派に果たされました」レディ・キャサリンはきっぱりと言った。「恥ずべきことです――高貴な家柄の多くの方々が航空隊を蔑視なさるのは。そんな愚かな考えに与《くみ》する気はこれっぽっちもありません」

料理の皿が変わっても、レディ・キャサリンの弁舌《べんぜつ》は衰《おとろ》えなかった。料理の皿はほとんど手つかずで返されていた。料理はすばらしいのに……と思うそばから、ローレンスははっと気づいた。実はもう晩餐はすんでいるのに、レディ・キャサリンは嘘をついたのではないか。そこで、ひそかに観察をつづけると、ご婦人方はつぎの皿が出ても所在なげに料理をつつくだけで、もはやひと口だけ食べてごまかそうともしなかった。紳士のなかでは、プレイル海兵隊大佐のみが進軍をつづけていた。彼はローレンスと目が合うと、片目をつぶり、その後は出されたものはなんでも食べる、いかにも職業軍人らしい健啖家《けんたんか》ぶりで料理を片づけた。

もし大きなパーティーに遅れてしまい、すでに客の帰った屋敷に着いたとしたら——ローレンスはそんな状況を想像してみた。親切な主人役なら、遅れてくる客に晩餐の料理を残しておくか、あるいは、新たに軽い夜食を出してくれるだろう。だが、こんなごまかしは考えられない。なぜ、もうすでに晩餐がすんでいるのに、それをごまかすのだろうか。質素な夜食を出しては、客が怒るとでも思っているのだろうか。

その後も何皿かの料理が出され、ローレンスはそこにすわりつづけているしかなかった。そうして気づいたのは、誰ひとり、この晩餐を楽しんでいないということだった。フェリスはうつむいて、黙々と料理を片づけていた。夜半に思いがけなく食事にありついた十九歳の青年にとって、ごくふつうの食欲だと思われた。やがて女性たちが客間に行ってしまうと、シーモア卿がポートワインと葉巻を勧めようとした。偽《いつわ》りだとしても熱心な口ぶりだったが、ローレンスは儀礼上いちばん小さなグラスを手にしただけで、あとはすべて断った。早く女性陣と合流することに誰も異を唱えなかった。ほとんどの人が、暖炉のそばにすわると三十分とたたないうちに首をうなだれ、いつ眠りこんでもおかしくない態勢になった。

カードゲームや音楽の提案もなく、会話はどんよりとして弾《はず》まなかった。「まあ、今夜はみなさん、だらしないこと！」レディ・キャサリンがぴりぴりして言った。「キャプテン・ローレンスにドーセットの社交界を見くびられてしまいましてよ！キャプテン・ローレンス、以前ドーセットシアにいらしたことは？」

「残念ながら、その光栄に浴することはありませんでした」ローレンスは答えた。「ウィムボーンになら叔父《おじ》が住んでいますが、もう何年も訪ねていません」

「あら！　それなら、ミセス・ブランサムのご一家とお知り合いかもしれないわね」うとうとしていたミセス・ブランサムが寝ぼけまなこで愛想なく答えた。「それはないと思いますけど」

「でしょうね。叔父が政治の集まり以外にどこかに出かけることはまずありませんから」ローレンスはしばし沈黙し、また言った。「どんな集まりにせよ、わたしは軍務によって幅広い交友関係を楽しむことから遠ざかっていました。この数年はとくに」

「でも、それを補って余りあるものを手にしていらっしゃる！」レディ・キャサリンが言った。「ドラゴンで空を飛ぶという栄誉です。嵐に遭《あ》って海に沈む心配もなく、軍艦よりもはるかに速く！」

「はっはっ。あなたの乗り物が飛ぶのに疲れて、あなたを食ってしまわないかぎりは」フェリス陸軍大尉が言い、隣の弟を肘で小突いた。

「リチャード、なにを言うの？　まるでドラゴンが危険な生きものであるかのように！　その意見を撤回しなさい！」レディ・キャサリンが言った。「お客様に失礼ですよ」

「いやいや、ちっとも」ローレンスはとまどいながら言った。たんなる冗談に対して彼女の反応は激しすぎた。むしろこの手の冗談のほうが、褒めそやされるより、我慢がきいた。レディ・キャサリンの褒め言葉は過剰であり、不誠実な匂いがした。

「あなたは心やさしく、寛容なお方ですわ」と、彼女は言った。「もちろん、リチャードは冗談を言ったのです。でも、あなたは驚かれるでしょうね。世間の人々がどれほどいまのようなことを言い、またそれを信じているか。ドラゴンを恐れるなんて、実に貧しい精神だとしか言いようがありません」

「残念ですが」と、ローレンスは言った。「わが国に蔓延するこの不幸な状況には、いたしかたのない部分もあります。ドラゴンを僻地《へきち》の基地に集め、人から遠ざけておくことが、よけいにドラゴンへの恐怖を煽《あお》ってしまうのですから」

「おやおや。では、どうしろと？」シーモア卿が尋ねた。「まさか村の広場をドラゴンのねぐらにせよとおっしゃるわけでは……」気の利《き》いたことを言ったと思っているようだ。その日二度目の晩餐だろうが、かいがいしく主人役を務めたシーモア卿が、ポートワインの杯を片手に、真っ赤になって咳きこむほど笑っていた。

「中国では、どこへ行っても、街中にドラゴンの姿がありました」ローレンスは言った。「中国のドラゴンたちは、ドラゴン舎で眠ります。そこは人間の居住区のすぐそばです。ロンドンの町屋敷が隣り合わせているようなものですよ」

「なんてこと！　一睡もできませんわ、わたしなら」ミセス・ブランサムがぶるっと身震いした。「なんて恐ろしい異郷の習慣でしょう」

「わたしには、むしろ奇妙に思えますね」シーモア卿が言い、眉根を寄せた。「そもそも、馬たちが耐えられますか？　うちの街屋敷の御者は、風向きが悪くてドラゴン基地の臭いが運ばれてくるときは、一マイルも道を迂回《うかい》させます。馬が怯《おび》えるからです」

ローレンスもそれは認めざるをえなかった。確かに中国の街中では訓練された騎兵隊の馬を除いて、ほとんど馬を見かけなかった。「ですが、馬がいない不自由を感じませんでした。ラバが牽《ひ》く馬車がありますし、ドラゴンが雇われて乗り合い馬車のような役割を担っています。また、身分の高い人々は自家用のドラゴンで移動します。速度はおそらくご想像以上のものです。実際、ナポレオンはこのシステムをすでに取り入れています——少なくとも彼の野営においては」

「ナポレオンときたか」シーモア卿が言った。「そんな方法は願いさげだな。わが英国にはもっと洗練された物事の運び方があるはずです。実は、ありがたく思っていたんですよ。いつもなら一か月とたたず借地人たちがドラゴンの哨戒飛行に不平を言うんです。ドラゴンが上空を飛んで、家畜が怯えきっているとか、やつらの——」ご婦人に気遣い、鼻の前で片手をひらひら振った。「——が、いたるところに落ちているとか。ところが、この半年は静かなものだ。あなたがたは、ちょうどいいときにコースを変えられた。実は、つぎの国会でこの件を訴えようかと考えていたところでね」

なぜ哨戒飛行の回数が減ったかを知るローレンスとしては、この発言に礼節を守った言葉を返せそうになかった。そこでなにも答えず、自分のグラスにお代わりを注いだ。

そしてグラスを持って、暖炉からいちばん遠い窓辺へ行った。冷たい風に当たって気分を変えたかった。どうやら同じ理由で、レディ・シーモアもその窓辺の椅子にすわっていたようだ。彼女は自分のワイングラスをテーブルに置き、扇《おうぎ》を使っていた。ローレンスがそこにしばらく立っていると、彼女のほうから会話の糸口を差し出した。

「あなたは、海軍から航空隊へ移籍しなければならなかったのね。さぞかし、おつらかったでしょう。海軍入隊は成長なさってから?」

「十二歳のときでした」

「まあ! でも、何度も帰省することができたのでしょう? それに十二歳は、七歳とはちがいますわ。ええ、同じだなんて誰にも言わせませんとも。あなたのお母様だって、あなたが七歳なら、けっしておうちから送り出そうなんてお考えにならなかったでしょう」

ローレンスは言葉を返すのをためらった。レディ・キャサリンとまだ居眠りをしていない人々が、話に耳を立てているのを意識したからだ。「わたしは幸運にも出世が早く、実家に長くいることはありませんでした」精いっぱい当たり障りなく答えてから付け加えた。「ですが、母はつらかったにちがいありません。もちろん、出世しないのもつらいでしょうが」

「つらい！　もちろん、つらいですとも！」レディ・キャサリンが割って入った。

「しかし、それがなんですか！　息子に入隊する気概《きがい》があるなら、わたくしたち母親だって、気概をもって息子を送り出さねばなりません。しぶしぶ差し出す生け贄《にえ》とはちがうのですよ。送り出すのをぐずぐずしていれば、正式に採用されるチャンスを失うだけです！」

「そうですか」と、レディ・シーモアが怒りに笑顔をゆがませて言った。「母親は息子を飢えさせろとおっしゃるのですね。欠乏に慣らし、豚小屋で眠らせ、不潔と寒さに耐えることを覚えさせよと。息子のことを少しでも大切に思うなら、そうさせよとおっしゃるのですね！」

もうほかの話題には切り替えようもなく、そのまま会話は凍りついてしまった。レディ・キャサリンは顔を真っ赤にし、シーモア卿は抜かりなく暖炉のそばで目をつぶり、寝ているふりをした。哀れなフェリス空尉は部屋の反対側の隅に行き、窓の外の闇を見つめている。

ローレンスは、口論の火種をつくったことを申し訳なく思い、和解の助けになることを願って言った。「押しつけがましく感じられたら謝ります。ですが、わたしには飛行士という仕事が正しく評価されてこなかったように思えてなりません。日常任務において、航空隊が陸軍や海軍より危険で不快だということはありません。わたしの経験から言いますと、海軍も等しくきつい仕事です。その点は、フェリス陸軍大尉とプレイル海兵隊大佐がそれぞれの軍の苦しさを証明してくださると思いますよ」

「やあ、そのとおり！」プレイル大佐が快活に助け舟を出した。「苦労が絶えないのは飛行士だけではありませんぞ。その点では、われわれ海軍にも公平に同情を分けていただきたいものですな。ときに、キャプテン・ローレンス、あなたはわたしたちより情報に詳しいとお見受けした。いま、大陸でなにが起こっているんです？ナポレオンは、ロシアを追い返したあと、いまふたたび英国侵攻を狙っているのでしょうか？」

「ああ、残酷な怪物の話なんかなさらないで」ミセス・ブランサムが声を張りあげた。「あの怪物が哀れなるプロイセン王妃にどんな仕打ちをしたか、あまりのおぞましさに話の半分しか聞けませんでしたわ。怪物はふたりの王子を捕虜としてパリへ送ったのですよ！」

これを聞いて、まだ顔が紅潮しているレディ・シーモアが感情をほとばしらせた。

「王妃には地獄の責め苦でしょう！　母心がそれに耐えられるはずがありません！　私なら胸が張り裂けて死んでしまいます！」

「そうでしたか、残念に思います」ローレンスはまずはミセス・ブランサムに答え、そののち、気づまりな沈黙に落ちた人々に向かって言った。「小さいながらも、おふたりともたいへん勇敢な王子でした」

「ヘンリーから聞いておりますわ、キャプテン・ローレンス。あなたは大陸の任務においてプロイセン王妃とおふたりの王子に謁見《えっけん》する栄に浴されたそうですね」レディ・キャサリンが言った。「あなたにもご同意いただけると信じております。王妃はいかに胸が張り裂けようとも、おふたりの王子に臆病者になれとはおっしゃらなかったでしょう。王妃のドレスの裾《すそ》に隠れるようなまねはお許しにならなかったはずです」

ローレンスはもうなにも返せず、ただレディ・キャサリンに一礼した。レディ・シーモアが窓の外をにらみ、扇をせわしなくぱたぱたさせていた。その後会話はろくにつづかず、ついにローレンスは、明朝の出発が早いのでと丁重に言い訳し、客間をあとにした。

案内されたのは立派な寝室だった。ベッドをあわただしく整えたと思われる痕跡があり、洗面器に誰かの櫛《くし》が残っていた。おそらく夕刻までほかの客がこの部屋を使っていたのだろう。ローレンスはまたも過剰な気遣いを感じ、やれやれと首を振った。自分のために部屋替えさせられた客に申し訳ない気がした。

十五分もたたないうちに遠慮がちなノックがあり、フェリス空尉が顔をのぞかせた。ローレンスが招き入れると、フェリスはあからさまな謝罪は控えたが、自分になにもできなかった無念を伝えようとした。「あれが母の本心ではないことを祈ります。七歳のとき、ぼくは入隊したくありませんでした。ぼくが泣きじゃくっていたことを、母が忘れるはずないと思うんですが……」フェリスは窓辺でカーテンの裾《すそ》をいじりまわしながら言った。窓の外を見つめ、ローレンスとは目を合わせるのを避けていた。「でも、ぼくが泣いたのは家を離れるのが怖かったからにすぎません。子どもはみんなそうです。でもいまはそれを悔いていません。航空隊に身を捧げることが、ぼくの務めだと思っています」

フェリスはそれだけ言うと、部屋を出ていった。残されたローレンスはしばし思いに沈んだ。冷徹で容赦《ようしゃ》ない父の敵愾心《てきがいしん》のほうが、もしかしたら、不穏《ふおん》で息苦しい偽りの歓待よりもよほどましなのかもしれない。

フェリスが去ってすぐに従僕のひとりがドアを叩き、ローレンスの身のまわりの世話を申し出たが、ローレンスはとくに用を思いつかなかった。自分のことは自分でするのに慣れているため、すでに上着は脱いでおり、ブーツは部屋の隅に置いてあった。ふと思いつき、ブーツを翌朝までに磨いておいてもらうことにした。

ベッドに入って十五分そこそこで目が覚めた。けたたましい犬の吠え声、興奮した馬のいななきが聞こえた。窓辺に近づくと、遠くの馬小屋に明かりが見えた。上空のどこかから、かすかに、笛を鳴らすような高い音がした。かなり遠くだが空耳ではない。「すぐにわたしのブーツを持ってきてくれ。屋敷の人々にはけっして外に出ないようにと伝えてくれ」ベルを鳴らして呼んだ従僕にローレンスは言った。

結びかけのクラヴァットを首にぶらさげたまま、乱れた恰好で片手にランプを持ち、階下まで駆けおりた。「そこから離れろ!」屋敷の庭に使用人が集まっているのを見つけて叫んだ。「そこから離れろ! ドラゴンが着陸する場所が必要なんだ!」

それを聞いて、使用人たちが蜘蛛《くも》の子を散らすようにいなくなった。フェリスもあて起き出してきた。その手には信号弾と蠟燭《ろうそく》が握られている。彼はひざまずいて青の信号弾に点火した。信号弾はヒューッと音をたてて上空に消え、夜空で炸裂した。空は晴れわたり、月は細く欠けている。すぐに高い笛のような声が、今度はさっきよりも大きく聞こえた。ドラゴンが姿をあらわし、ガーニだとすぐにわかった。雌の野生ドラゴンは、翼が空気を打つ音とともに、ローレンスとフェリスの前におり立った。

「ヘンリー、それはきみのドラゴンか？　これでチーム全員乗り切れるのか？」フェリス陸軍大尉が屋敷前の階段をゆっくりおりて、弟に問いかけた。ガーニの頭は二階の窓より低い位置にあり、体は四、五名以上の人間を乗せるとつぶれてしまいそうなほど小柄だった。チャーミングと言えるドラゴンは少ないが、ガーニの中国の磁器《じき》を思わせる青と白の体色はたいそう優雅で、闇がかぎ爪と歯の恐ろしげな鋭さを隠していた。先刻の集まりのなかの数名が――まだ盛装の者もそうでない者も――入口の階段まで出てきてガーニに見入っているのに気づき、ローレンスは誇らしく思った。

ガーニは小首をかしげ、そこにいる全員が理解できない野生ドラゴンの言語、ドゥルザグ語でなにかを問いかけたあと、後ろ足立ちになって上空を見あげ鋭い声を発した。彼女にしか聞こえない仲間の声に応えているようだ。

ガーニより野太い声が上空で響き、ほどなくテメレアがガーニの背後の広い芝生に舞いおりた。ランプの明かりが黒曜石《こくようせき》のようなうろこを照らし、翼の巻き起こした風に跳ね飛ばされた泥や小石が屋敷の壁に当たってピシピシと銃撃のような音をたてた。テメレアの首が屋根よりも高いところから、蛇のようなしなやかさですうっとおりてきた。「急いで、ローレンス。たったいま、伝令竜が伝言を落としていった。ウェイマス港沖で、フルール・ド・ニュイ〔夜の花〕が艦隊を襲ってるって。敵ドラゴンを追っ払うためにアルカディと仲間を送り出したんだけど、ぼくがついてないと信用できないところがあるから」

「いかにも」ローレンスは言い、フェリス陸軍大尉に別れの挨拶をしようと振り返った。が、そこにもう大尉はいなかった。いるのはフェリス空尉とガーニだけ、残りのすべての人が消えていた。建物の窓という窓がぴったり閉じられ、ローレンスたち一行が出発するまで二度と開くことはなかった。

「さあて、まずいことになった」ドーヴァー基地のテメレアの宿営で、ローレンスから報告を受けたジェーンが言った。ローレンスの報告はつぎのようなものだった。最初はウェイマス港沖の小競り合いに急行し、フルール・ド・ニュイを追い払った。そのあとウェイマス基地まで戻って仮眠をとったが、数時間後、新たな警報で起こされた。といっても、ウェイマス基地に戻ってきたのが夜明け間際だったので、もう寝てもいられない時刻だった。そのときは水平線に消えていくフランスの伝令竜に、プリマスの海岸に建造されたばかりの巨大な砲台からオレンジ色の砲火が放たれるのが見えた。

「本格的な攻撃ではなかった」ローレンスは言った。「最初の小競り合いもだ。仕掛けてきたのは向こうなんだが、本格的な戦闘になったら、敵に勝ち目はなかった。あんな小型ドラゴンばかりでは、国に帰りつくまでに、どこかの海岸で力尽きるのが関の山だろう」

ローレンスはウェイマス基地を発つ前に、部下たちに短時間の仮眠をとらせた。飛行中二度ほどまぶたが落ちそうになったが、いま疲れきったようすで翼をたたんでいるテメレアを見ると、自分の疲労などたいしたことはないと思える。

「そのとおり。敵はこちらの防衛力を試しているのよ。わたしたちが予想していた以上にしつこく」ジェーンが言った。「疑いを深めたのでなければいいけど。スコットランドにたどり着く前に、敵ドラゴンがあなたがたを襲ったわね。あのとき、英国のドラゴンが一頭たりとも援軍にあらわれなかったことを見落とすほどフランス軍はばかじゃないわ——ええ、やられて退散したとしてもね。もし偵察隊の一頭でも、陸まで侵入して隔離場を見ていたとしたら、英国軍は一巻の終わり。敵はやりたい放題できるって知ることになる」

「疑われないようにどんな手を使ってきたんだい?」ローレンスは尋ねた。「英国航空隊の哨戒活動が絶えていることに敵は気づいていたはずだが」

「これまでは、なんとかごまかしてきた。病気のドラゴンでも、短い哨戒飛行に送り出したわ——快晴の日を選んで、遠くからでもよく見えるように」ジェーンが言った。「かなり多くのドラゴンがまだ飛べるし、短い時間なら戦うこともできる。ただ、長時間の飛行に耐えられる竜は一頭もいない。疲れやすい。寒がり屋になった。冷えると骨の痛みを訴えるわ。冬に入って、ますますひどくなった」

「ふふん! 地面に寝てるんだもの、よくならないのは当たり前だよ」テメレアが目覚めて頭を持ちあげた。「そりゃ寒いよ。ぼくだって硬く凍てついた地面に寝るときは寒い。病気にはならないけど」

「そうね、テメレア」ジェーンが言った。「もう一度夏を呼び戻せたらどんなにいいでしょう。でもそんなのは無理だし、ドラゴンには大地のほかに眠る場所がない」

「ドラゴン舎があるじゃない」

「ドラゴン舎?」ジェーンが尋ね返した。ローレンスは自分の小さな衣類箱から分厚い包みを取り出し、ジェーンのところまで持っていった。中国から持ち帰った包みは、オイルクロスで幾重にも包まれ、紐をかけられ、厳重に守られていた。外に近い層は黒い染みだらけになったが、内部までは汚れていない。ローレンスはそのなかから薄い上質な紙を取り出した。ドラゴン舎の設計図だった。

「海軍省がこういうものに関心を示すかしら」ジェーンはぼそりと言ったが、批判的ではなく、むしろ思案するように設計図を吟味《ぎんみ》した。「創意に富んだ設備だわ。快適さにおいて、湿った大地に寝るのとは雲泥《うんでい》の差だと言うほかない。ロッホ・ラガン基地の竜たちが比較的病状がましなのは、地下温泉の熱で地面が温かいからだわ。砂地で眠るロングウィング種もよく持ちこたえてる。毒噴きゆえにそうされてるだけで、別に砂が好きってわけでもないようだけど」

「ドラゴン舎に寝て、食欲が湧くような食事をとれば、みんなすぐによくなると思うな。ぼくだって、風邪を引いたときはぜんぜん食欲がなかった。でも、中国人のコックが中国料理をつくってくれて――」

「そうなんだ」ローレンスは言った。「それ以前はほとんどなにも食べられなかったのに。ケインズは、きつい香辛料が鈍感になった味覚や嗅覚を刺激したんじゃないかと言っていた」

「そういうことなら、予算を絞り出しても、試してみる価値ありね。確かに、火薬に費やす予算の半分も、ドラゴンの健康のために使ってこなかった」ジェーンが言った。「だけど、二百頭のドラゴンに香辛料のきいた料理を食べさせるなんて、長期間は無理ね。そもそも、それだけの量をまかなう料理人をどこで見つければいいのかわからない。でももし、小さな実験でも回復効果が認められるのなら、この計画を推し進めるようロンドンのお偉い閣下《かっか》を説得できるかもしれないわ」

4　意外なる客人

ゴン・スーがこの実験に協力することになり、手持ちのスパイス箱がほぼ空《から》になるまで、とびきり辛い胡椒をふんだんに使った料理をつくりつづけた。いつもなら牛を囲い地から採食場へ連れていくだけの牧夫たちは、強烈な湯気が立ちのぼる大釜を掻きまぜる仕事を押しつけられ、不平たらたらだった。しかし、料理は著しい効果を発揮した。なだめすかしても食べなかったドラゴンたちが、驚くほど食べるようになり、眠ってばかりだったドラゴンたちまで、食欲が湧いて騒ぎだすほどだった。しかしながら、使われた香辛料はたやすくは補充できず、ドーヴァーの商人が持ってきた代替品は目玉が飛び出るほど高額だったが、ゴン・スーは不満そうにかぶりを振った。

「ねえ、ローレンス」ある夜、ジェーンがローレンスを自室に食事に招いて言った。「小賢《こざか》しい手を使うことを許してね。今回の計画を海軍省に進言する役目をあなたに引き受けてもらいたいの。わたしはできるだけエクシディウムのそばを離れたくないし、くしゃみの止まらない彼をロンドンまで連れていけない。あなたとテメレアがロンドンに行ってるあいだ、ドーヴァー基地でなんとか二組の哨戒飛行隊を組織してみましょう。それならテメレアも休暇をとれる。彼には休みが必要よ。そうそう！　ありがたいことに、あなたを苦しめたあのバーラム卿《きょう》はもう海軍大臣じゃない。後任はグレンヴィル。ま、悪人じゃない。わたしに言えるのはこれくらい。ドラゴンに関して無知蒙昧《むちもうまい》なのは歴任の海軍大臣と同じだけど……」

夜も更けたころ、ジェーンはベッドから片手を伸ばし、ワイングラスを取って、ローレンスに身を寄せた。「さてと。こっそりとあなたの耳に入れておきたいんだけど――」ローレンスは息を切らし、半眼で仰向《あおむ》けになっていた。まだ背中の汗は引いていかない。「わたしが海軍大臣を説得できる可能性はまずないわ。グレンヴィルはわたしをドーヴァー基地の司令官に据える人事に反対しつづけ、最後になってポーイス空将に屈したの。よほど悔しかったのね。いまだ、わたしに書状一通寄こすことさえ我慢がならないみたい。だけど、それをいいことに、自分には決定権のない命令をこれまでいくつも通させてもらった。いかにも彼がつぶしそうな、でも、わたしを呼び出さなきゃ反対できないような命令をね。そんなわけで、今回の進言が受け入れられる可能性は最初からきわめて低い。それでも、あなたが出ていったほうが、話がまとまるチャンスはあるはずよ」

しかし、ジェーンの思惑どおりにはいかなかった。なぜなら、ローレンスを迎えたのは海軍大臣ではなく、彼女を別段嫌ってもいない海軍秘書官のひとりだったからだ。長身痩軀《ちょうしんそうく》の口やかましい秘書官は言った。「ええ、ええ。おっしゃりたいことはよくわかります。ですが、家畜に関する請求書はふくらむばかり。で、何頭が回復しましたか？　一頭もいない。飛べるようになったドラゴンは何頭ですか？　その距離は？」ローレンスは怒りがこみあげた。まるで、索具《さくぐ》や帆布《はんぷ》を替えたら軍艦の性能はどう向上するかと問うような口ぶりではないか。

「竜医によれば、このような対処で、病の進行を著しく抑えられるだろうということです」と、ローレンスは言った。回復したドラゴンがいると言えば嘘をつくことになる。「それだけでも充分な効果でしょう。そのうえ、ドラゴン舎があれば――」

秘書官は首を振った。「ドラゴンの回復例がなければ、この計画を後押しすることはできません。海岸沿いに新しい砲台をいくつも築かねばならないのです。ドラゴンも高くつくが、大砲も非常に高額だということを、ご存じないわけではありますまい」

「だからこそ、手持ちのドラゴンを大切にすべきです。彼らの体力を維持するために、わずかでも予算を増やすべきでしょう」ローレンスは言った。憤懣《ふんまん》おさまらず、さらに付け加えた。「ドラゴンたちが彼らの軍務に対して当然受けてしかるべき権利です。ドラゴンは考える生きものであって、騎兵隊の馬とはちがう」

「おお、ロマンティックなお考えだ」秘書官は軽く鼻であしらい、会見を締めくくった。「では、キャプテン、あいにくながら、海軍大臣閣下は本日たいへんお忙しい。上申書は受け取りました。いずれ、閣下にお時間ができたときに返信があるでしょう。つぎにあなたにお会いできるのは、おそらくは翌週かと」

ローレンスは、この非礼な態度に言い返しそうになるのを懸命にこらえて部屋を出た。ジェーンより自分のほうがこの役割によほど不適格だったのではないかと思えてくる。晴れない気分のまま外に出たが、建物前の馬車寄せで、侯爵位を叙爵《じょしゃく》して間もないネルソン提督の姿を拝めたのはせめてもだった。

きらびやかな軍服で正装したネルソン提督の胸もとには、いびつな形の勲章が並んでいた。〈トラファルガーの海戦〉でスペイン軍の火噴き竜に襲われたとき、金属が融けて皮膚にめりこんだと伝えられる勲章にちがいない。ネルソン提督は大火傷《やけど》を負ったが、一命を取りとめた。提督のみごとな回復ぶりを見て、ローレンスはうれしく思った。ピンク色の火傷の痕《あと》が、顎から喉を通って高い襟に隠れるまでつづいているが、その傷は彼の活力を少しも損なっていない。提督は片腕を振りあげ、取り巻きの士官たちに向かって弁舌を振るっていた。

大勢の人が敬意をもって遠巻きにし、彼の話を聞いていたので、ローレンスは抑えた声で謝りながら人込みを抜けていくしかなかった。こんなときでなければ、立ち止まって話を聞いていただろう。だがいたしかたなく、泥と汚水が凍《こお》りはじめたぬかるみに足を入れながら街路を急いだ。そしてロンドン基地に戻ると、心配して待っていたテメレアに、不首尾に終わった結果を告げた。

「でも、海軍大臣に会うなら、ほかにも方法はあるはずだよ」テメレアは言った。「仲間がどんどん悪くなっていくのをただ見てるなんていやだよ。有効な治療法があるっていうのに」

「かぎられた予算をやりくりして、なんとかやっていくしかないな」ローレンスは言った。「肉を焼いたり煮こんだりするだけでも、食欲を増す効果はあるんだ。あきらめないで、ゴン・スーの創意工夫に期待しよう」

「ぼくには想像もできないよ。そのグレンヴィルって海軍大臣が、毎晩、皮も剝がない生肉を塩も振らずに食べて、地面で寝るところなんか」テメレアは恨みがましく言った。「そういう食事を一週間つづけてから、ぼくらの提案を却下してほしいもんだね」しっぽがブンッとうなった。テメレアが苛立《いらだ》ってしっぽを振りつづけるせいで、宿営を囲む木々の梢《こずえ》がすでに丸裸になっている。

もちろんローレンスも、海軍大臣が生肉を食べている姿は想像できなかった。しかしそのときふと、大臣は今夜、どこかの晩餐会に招かれているのではないだろうかと考えた。見習い生のエミリーに便箋《びんせん》を用意させ、急いで数通の手紙を書いた。ロンドンの社交シーズンの本番はこれからだが、自分の家族やほかにもかなりの知人が、国会の会期に先んじてロンドンに来ているはずだ。「ぜったいにとは言えないが、運がよければ、大臣をつかまえられるかもしれない」テメレアを期待させておいて失望させたくなかったので、慎重に言葉を選んだ。「もしかしたら、話を聞いてもらえるかもしれないな」

ローレンスとしては、この試みの成功を心の底から祈っているわけではなかった。いまの精神状態で、航空隊の軍服を着ていると往々にして受けることになる心ない侮蔑に、自分を抑えられるかどうか自信がない。社交界の集まりは、楽しみというより苦行の場だ。ところが、夕食の一時間ほど前に、昔の同僚から返信が届いた。リアンダー号の士官室でいっしょだった男で、勅任《ちょくにん》艦長をへて、いまは国会議員になっている。彼からの手紙は、グレンヴィル海軍大臣が今夜レディ・ライトリーの舞踏会に出かけるはずだと伝えていた。そして、レディ・ライトリーはローレンスの母の親友だった。

大きな屋敷の前で、馬車どうしの愚かしいけんかが起きていた。双方の御者《ぎょしゃ》が依怙《いこ》地《じ》になって道を譲らず、狭い通りが完全にふさがれて、ほかの馬車まで立ち往生《おうじょう》していた。ローレンスは幸いにも、旧式の椅子駕籠《かご》に乗って屋敷に到着した。ロンドン基地の近辺では馬が牽《ひ》く馬車を拾うのはまず不可能だった。泥跳ねを浴びることなく屋敷の玄関前の階段まで行きつくことができたし、上着の色は暗緑色だとしても新品で仕立てがよく、正装の半ズボンをはき、リネンのシャツもストッキングも文句なく白かった。この装いに恥じるところはないと、ローレンスは自分に言い聞かせた。

執事に名刺を渡し、今夜の女主人に紹介を受けた。レディ・ライトリーとは、前に一度、母の催《もよお》した晩餐会で会ったきりだった。「お母様はご機嫌《きげん》いかが？　田舎にずっといらっしゃるのかしら？」彼女はおざなりに手を差し出した。「ライトリー卿、こちらはキャプテン・ウィリアム・ローレンス、アレンデール卿のご子息ですわ」あとから入ってきた紳士がライトリー卿のそばに立ち、話をしていた。その紳士がはっと振り返り、自分は外務省のブロートンという者だが、ぜひともローレンスを紹介してほしいと申し出た。

ブロートンは心のこもった握手をして言った。「キャプテン・ローレンス、お祝いを述べさせてください。いや、殿下とお呼びするべきですかな、はっはは！」ローレンスは焦《あせ》って、「失礼ながら、あなたは――」と切り出したものの、最後まで言いきらないうちに、横合いから好奇心満々のレディ・ライトリーがブロートンに説明を求めた。

「おやおや、レディ・ライトリー、あなたの舞踏会には中国の皇太子殿下がいらしているのですよ。それにしても驚きましたよ、キャプテン。いやあ、起死回生を狙った逆転劇だった。すべてハモンドから報告を受けています。彼の手紙は、わが外務省では擦《す》り切れるほど回し読みされているのです。みなで輪になって喜び、何度でもお互いに同じ話を繰り返します――うれしさを分かち合いたいがために。ああ、ナポレオンがどんなに歯ぎしりしたことか！」

「わたしがなにかしたわけではありません」ローレンスはげんなりして言った。「すべてはミスタ・ハモンドの考えたこと。たんなる形式的な――」しかし、もう手遅れだった。ブロートンが早くも、レディ・ライトリーと興味しんしんの客たちを前に、ローレンスが中国皇帝の養子になった話をたっぷりと脚色を交じえて語りはじめていた。

実際のところ、養子縁組は中国側にとって体面を保つための策でしかなかった。彼らは、皇族にしか騎乗を許されない天の使い種《セレスチャル》の守り人《もびと》としてローレンスを公的に承認するために、なんらかの言い訳を必要としていた。おそらくは、自分が目の前から消えた瞬間から、中国人たちはその件をきれいさっぱり忘れてしまったにちがいないと、ローレンスは思っている。ローレンス自身も、故国に帰ってから、あの養子縁組という取引を楽しく思い出すことなど一度としてなかった。

表通りで起きた馬車どうしのけんかのせいで一時的に客足がとだえ、まだ早い時刻にもかかわらず、舞踏会には凪《なぎ》が訪れていた。そのせいで手持ちぶさたになった人々が、よけいに異国の物語を本人の口から聞きたがった。物語はけっしてお伽《とぎ》ばなしのような〝めでたし、めでたし〟では終わらないのだが、ローレンスはそれでも成功をおさめ、いつしかこの集まりの中心になっていた。旧友の顔を立ててしぶしぶローレンスの出席を許したレディ・ライトリーも、いまはたいへん気をよくしている。

ローレンスはすぐにもここから出ていきたかったが、グレンヴィルがいっこうにあらわれないので、奥歯を嚙《か》みしめ、あちこちから正式な紹介を求められる面映《おもは》ゆさに耐えた。「いいえ、わたしに皇位継承権があるわけではないのです」と何度も繰り返し、心のなかで、この光景を中国人に見せたら——彼らにとって無学の野蛮人と思われていた自分がこんなふうにもてはやされているのを見せたら、いったいどんな反応が返ってくるだろうと想像した。

ダンスに加わるつもりはなかった。飛行士が尊敬されているとは言いがたい社交界なので、将来ある若い娘のチャンスをつぶすのは忍びなく、またお目付役のご婦人から追い払われるのもいやだった。しかし、最初のダンスがはじまる前に、この舞踏会の女主人から客のひとりである女性を、おそらくは意図的に紹介された。そこで驚きつつも、なりゆきからその女性にダンスを申しこんだ。ミス・ルーカスは社交界二年目、もしかしたら三年目かもしれない、ふくよかでチャーミングな女性で、舞踏会を楽しみたいという気持ちにあふれ、臆《おく》するところがなかった。

「なんてダンスがお上手なの！」ふたりで踊ったあと、ミス・ルーカスが言った。お世辞ではなく、心から驚いているようすが見てとれた。そのあとは、中国の宮廷に関するあらゆる質問を浴びせられた。しかし宮廷の女性は一般人には見えない場所にいるため、ローレンスにもわからないことが多かったので、かの地で見た壮麗な舞台劇の話を披露《ひろう》した。ただし、舞台劇のせりふはすべて中国語だったし、その劇の後半、飛んできた短剣が肩に突き刺さったあたりの記憶となると、ますますぼんやりとしているのだが。

その後は、ミス・ルーカスがハートフォードシアに暮らす家族のことを話した。彼女がハープの稽古がつらいと言うので、ローレンスはいつかハープを聴かせてほしいと返した。彼女のほうから、自分のすぐ下の妹がつぎのシーズンに社交界デビューするという話が出た。その話から、目の前にいるミス・ルーカスが十九歳だとわかった。

ローレンスは突然、キャサリン・ハーコートが十九歳でリリーのキャプテンになって、その年、〈ドーヴァーの戦い〉に参戦したことを思い出し、驚きに打たれた。目の前にいるモスリンのドレスを着てほほえむ若い娘が、まるで現実世界の一部ではないような空虚な気持ちとらわれ、目をそむけた。ハーコートにもバークリーにも、テメレアの代筆も兼ねて手紙を書いていたが、いまだ返事はなく、ふたりが、そしてふたりのドラゴンがどうしているかはまったくわからない。

ローレンスは丁重にミス・ルーカスを彼女の母親に返した。これが人前で申し分のないパートナーであることを証明してみせたことになり、その後も堅苦しい行儀作法《ぎょうぎさほう》にのっとって同じことが繰り返された。そしてついに、十一時になろうというころ、海軍大臣グレンヴィルが何人かの紳士を引き連れて会場に姿をあらわした。

「明日にはドーヴァー基地に戻ります。あなたを煩《わずら》わせるつもりはありません」ローレンスは、緊張しつつグレンヴィルに近づいた。ずけずけと踏みこんでいくのは苦手だったので、もしグレンヴィルにずいぶん前だが一度会ったことがなければ、近づいていく覚悟すら決められなかったかもしれない。

「ローレンス、そうか」グレンヴィルは曖昧な返事をして、そのまま通り過ぎていきたそうにした。彼は偉大な政治家ではなかった。際立った才覚や野心によってではなく、彼の兄が首相になったおかげで海軍大臣になった。気乗りしないようすではあったが、しばらくはローレンスの進言に耳を傾けた。ローレンスは慎重に言葉を選んで話した。興味深そうに見守っている人々がいるため、核心に触れないように、ぼかして語るしかない部分もあった。彼らは竜疫《りゅうえき》の蔓延についてなにも知らされていないのだ。軍の秘密情報は、一般の人々に洩らしたが最後、敵にも隠しておけなくなってしまうだろう。

「このような施設は——老いた竜、病気や怪我をした竜のためにつくられます。彼らはもちろん、将来任務に就く彼らの子らを保護し、健康なものの鋭気を養うためにもなります。ご提案する計画は、現実に則した福利の向上を目指しています。有効性は中国の例によっても明らかです。この種の知見において中国が一歩抜きん出ているのは誰もが認めるところです」

「確かに、確かに」とグレンヴィルは言った。「われらが勇敢なる船乗りと飛行士、そして善良なるけものの慰安と健康を、海軍省はいちばんに考えておる」軍病院を一度でも訪れたことのある者、あるいはローレンスのように実際の軍艦生活を知る者にとって、それは絵空事《えそらごと》のような発言だった。現実では、腐りかけた肉、虫の湧いたビスケット、もはやワインとは呼べない酸っぱい水――こういったものが〝勇敢なる船乗り〟にふさわしい処遇と見なされているのだ。ローレンスは自艦で働いていた水兵やその遺族から助けを求められることがたびたびあった。彼らは実にばかげた理由で――多くの場合、彼らを軽んじているとしか思えない理不尽な理由で恩給を打ち切られていた。

「それでは、この計画を進めることを承認していただけますか」と、ローレンスは尋ねた。いったん公言したことを引っこめるのは誰しも恥ずかしい。そこを狙ったつもりだったが、グレンヴィルはぬらりくらりと明言を避けた。

「その提言についてはじっくりと吟味せねばなるまいな、キャプテン。事をはじめる前だからこそ念入りに。優秀なる医師たちの意見も参考にしたい」グレンヴィルはこんな調子でだらだらとしゃべり、そのうち近づいてきた知り合いの紳士を振り向いて、新しい話題に飛びついた。つまりは、立ち去れということだ。ローレンスはなんの成果も得られなかったことを思い知るほかなかった。

夜明けどきに、疲れ果ててロンドン基地に戻った。テメレアはとうに眠っていた。夢を見ているのか、半眼の目から細い瞳孔をのぞかせ、しっぽをひくひくさせていた。クルーたちは宿舎に引っこむか、テメレアの脇腹にもぐりこんでいた。行儀は悪いが、温かな寝床にはちがいない。ローレンスはキャプテン用の小さなコテージに戻り、ベッドに身を投げ出した。おろしたての靴はきついバックル付きで足になじまず、踵《かかと》に靴ずれができていた。

基地の朝はひっそりとしていたが、テメレアにしか直接伝えなかった進言の失敗が、すでに基地全体に広まっていた。テメレアは前夜、任務を休むことができた。クルーたちが蒼白い顔に血走った目をしているところをみると、彼らも余暇を存分に楽しんだのだろう。疲労の色濃いクルーが、朝食のオートミールの大鍋をぎこちなく火からおろすのを、ローレンスははらはらして見守った。

テメレアは、牛の大腿骨《だいたいこつ》を楊枝《ようじ》代わりに歯の掃除をしていた。その骨は、朝食だった仔牛と玉ねぎのシチューから出た残りだった。テメレアは歯磨きを終えると、骨を口から吐き出して言った。「あなたは、海軍省が予算を出さなかったとしても、一棟のドラゴン舎を建てるつもりなの?」

「そのつもりだ」と、ローレンスは答えた。多くの飛行士に報奨金を手にするチャンスがあった。戦列艦の拿捕《だほ》に比べれば少額だったが、海軍省は敵ドラゴンの捕獲にも報奨金を支払っていた。ドラゴンのほうが少額になるのは、艦のようにすぐに使用できるわけではなく、維持費も高くつくからだ。しかしローレンスは、海軍時代に相当な資産を築いていたし、負債もなく、給金は必要とする分を充分に上まわる額だった。「業者と相談しなければならないが、材料費を抑えて、サイズを小さくすれば、なんとかなるだろう。きみのためにドラゴン舎を建ててあげたいんだ」

「でもね——」テメレアが決然とした勇ましい顔になった。「ぼくが考えてたのは、隔離場に代わるようなドラゴン舎なんだ。ぼくはドーヴァー基地の屋根のない宿営でかまわない。マクシムスとリリーを居心地よくしてあげたいんだよ」

ローレンスは驚いた。寛大さはけっしてドラゴンの特質ではない。ドラゴンたちは自分の所有物、自分の地位を示す装飾品に固着し、警戒を怠《おこた》らない。「テメレア、きみが確信をもってそう思うのだとしたら、ものすごく立派な心がけだ」

テメレアは牛の骨をもてあそんでいた。確信をもって、というわけでもなさそうだ。「つまり、一棟を建てて、海軍省がその効果を認めれば、ぼくにはもっとすてきなドラゴン舎を建ててくれるんじゃないかな。そりゃあ、みすぼらしい小屋で大喜びってわけにはいかないさ。ほかのみんなが、もっといいやつを持ってるとしたら」本音を言ってすっきりしたのか、テメレアは牛の骨を満足そうにボリボリと噛み砕いた。

お茶と朝食で復活したクルーたちは、いつもより幾分もたもたしていたが、ドーヴァー基地に戻る飛行に備えて、テメレアに竜ハーネスを装着しはじめた。ローレンスが副キャプテンのフェリスに耳打ちしたので、フェリスはハーネスの留め具がしっかり固定されているかどうかを念入りに点検した。「キャプテン！」見習い生のダイアーがエミリーとともに、ドーヴァーまで運ぶ郵便物をロンドン基地の門で受け取って戻ってきた。「紳士のお客様がお見えです」ダイアーがそう言い、テメレアが地面から頭をもたげるのと同時に、アレンデール卿が門の向こうから、身なりの質素な、小柄で痩せた紳士を伴ってあらわれた。

ふたりの紳士は歩みを止めて、自分たちをいぶかしむように見つめる竜の大きな頭をじっと見あげた。そのあいだに、ローレンスは考えをめぐらした。国王陛下の訪問を受けるほどには驚かなかったが、もちろん、なんの喜びもない。父のアレンデール卿がここへやってきた理由はひとつ、昨夜の舞踏会の出席者のなかに父の知り合いがいて、息子が異国の皇帝と養子縁組をしたという話を父に伝えたからにちがいない。養子縁組が、たとえ政治的な便宜《べんぎ》だろうが、父にとっては許しがたいことだとローレンスにはわかっていた。だが、部下の士官やクルーの前で父から叱責されるのはまっぴらだし、自分が責められるのを見たら、テメレアがどう反応するかわかったものではない。

ローレンスはティー・カップをエミリーにあずけ、自分の服装をちらりと点検し、上着やクラヴァットなしですませようとは思えないほど今朝の空気が冷えこんでいたことに感謝した。「ようこそ。お茶はいかがですか？」

「けっこう。わたしたちは朝食をすませてきた」アレンデール卿がつっけんどんに返した。彼はまだテメレアを見つめていたが、思いきるように視線を逸らし、自分の同伴者を紹介した。父が伴っていた紳士は、ミスタ・ウィルバーフォース、奴隷貿易廃止運動の主導者だった。

ローレンスはずっと以前に一度だけ、ウィルバーフォースに会っていた。そこから過ぎた長い歳月が、彼の顔に深いしわを刻んでいた。不安そうにテメレアを見あげているが、その口もとには温情とユーモアが、目にはおだやかな光が宿っている。彼の社会的活動はいまだ成果を得られないとしても、ローレンスがはじめて会ったときの寛大な人物の印象は変わっていなかった。街の汚れた空気と厳しい闘いが彼の健康を損ないはしたが、その人格まで損なうことはなかったのだ。国会内の策謀や西インド諸島にからむ利権によって過酷な闘いを強いられてはいたが、ウィルバーフォースはいまも信念をもって奴隷貿易廃止を訴えつづけていた。

そして、テメレアの計画を実現させるために、ローレンスがこれほど助言を受けたいと願う人物はほかにいなかった。もし、状況がいまとは異なり、望みどおり父と和解できていたなら、真っ先にウィルバーフォースへの紹介を父に求めていただろう。しかし不可解なのは、父がそのウィルバーフォースをここへ連れてきた理由だった。彼がよほどドラゴンに興味を持っているというなら話は別だが、テメレアを眺める表情に、それほどの熱心さは感じとれない。

「わたしは、お茶を一杯いただけるとありがたい」ウィルバーフォースはそう言うと、少しためらってから質問した。「このけだものはちゃんと飼い馴らされているのかね?」

「ぼくは飼い馴らされていません」テメレアがたいそう憤慨して言った。声を潜めていなかったので、会話はテメレアの耳にしっかり届いていた。「でも、咬みついたり怪我をさせたりすることはありませんよ。あなたの尋ねているのが、そういうことならね。馬に蹴飛ばされないよう心配したほうがいいでしょう」テメレアは苛立たしげにしっぽの先を自分の脇腹にピシリと打ちつけ、そのせいで、テメレアの背に移動用テントを張っていた背側乗組員《トップマン》ふたりをあわや振り落としそうになった。はからずも、発言と裏腹のことをしていたわけだが、当のウィルバーフォースはテメレアの発言にすっかり心を奪われ、その点にはまったく気づいていないようだった。

「すばらしい!」テメレアとしばらく会話したあと、ウィルバーフォースは言った。「われわれ人間とこれほどかけ離れた生きものが、ここまで卓越《たくえつ》した理解力を持っているとは驚きだ。きみ、おじゃましたね」彼はテメレアに一礼した。「さて、キャプテン。さっそく本題に入る不調法《ぶちょうほう》をお許し願いたい。わたしは、きみに助けを求めるためにここへ来た」

「どうぞ、なんなりと」ローレンスはそう言って、取り散らかった状態であることを詫び、ふたりに椅子を勧めた。椅子はエミリーとダイアーが彼らの宿舎から引きずってきた。宿舎がとても人を招けるような設備ではないため、椅子は暖をとれるよう、まだわずかに火を残す調理用の焚き火のそばに据えられた。

「まず、はっきりさせておきたいことは」と、ウィルバーフォースが切り出した。「あのお偉い閣下の国家への貢献《こうけん》を、誰も無視できない、その貢献への報いをけちることもできないということだ。一般市民が閣下に寄せる尊敬の念は――」

「尊敬の念？　見境《みさかい》のない信心、と言うべきだな」アレンデール卿がきつい口調で口をはさんだ。「あるいは、根拠なき追随《ついずい》。あの御仁《ごじん》の貴族院への影響力はおぞましいばかりだ。彼が海に出ていないと、毎日のように惨事が降りかかる」ローレンスは、しばらく戸惑《とまど》ったのち、はっと気づいた。ふたりが話しているのはネルソン提督のことなのだ。

「失敬。われわれは内輪話をしゃべりすぎたようだ。急ぎすぎてはいけないな」ウィルバーフォースが片手を頬にやり、顎に向かって撫でおろした。「われわれが奴隷貿易廃止を訴えるなかで、どんな試練を受けているかは、きみも少しは知っているだろう」

「はい、もちろん」ローレンスは答えた。彼らは二度、勝利の一歩手前までいった。この闘いの初期、すでに庶民院《しょみんいん》を通過した奴隷貿易廃止法案が、証言者を調査するという理由で、貴族院における決議を延期された。つぎは、法案が国会を通過したものの、その直後に、〝廃止〟を〝段階的廃止〟に置き換えると修正条項が付け加えられた。そのせいで、十五年が経過したいまも事態はさほど進んでいない。

一方、フランスにおいては、ジャコバン派による恐怖政治がつづくあいだに、〝自由〟という言葉が血にまみれ地に落ちた。奴隷商人たちはまんまとそれを利用し、奴隷貿易廃止論者をあえてジャコバン派と呼んで活動を妨害した。そんなわけで、フランスにおいても旧態《きゅうたい》依然《いぜん》とした状態は変わらなかった。

「しかし、前回の国会で」と、ウィルバーフォースは言った。「われわれは、あと一歩で法案を通すところまでいった。奴隷貿易への新しい船の参入を禁ずる法律で、勝利は目前だった。ところが、病床から復帰したばかりのネルソンが田舎から出てきて、貴族院でこの件について演説をぶった。彼の強力な反対によって、貴族院では可決に至らなかった」

「お気の毒に思います」ローレンスは言った。気の毒だが、意外な話ではない。ネルソン提督は、かなり頻繁に、公の場で自説を述べていた。多くの海軍将校と同じく、奴隷制度を必要悪だと考えているのだ。奴隷は船乗りとして育成できるし、英国にとって貿易の基盤でもある。ところが、騎士気どりで奴隷貿易廃止を訴える者たちは、英国の海運業を衰退させ、ナポレオンの脅威に対抗する国力の礎《いしずえ》となる植民地支配を危うくさせようとしている――というのがネルソン提督の持論だった。

「たいへんお気の毒です」ローレンスはふたたび言った。「ですが、どうしたらあなたのお役に立てるのか……。わたしにはこの件に影響力を持つような知り合いはいません。その人物を説得し、あなたのお力添えになれるような――」

「いやいや、そんなことを頼もうとしているわけではない」ウィルバーフォースは言った。「ネルソンはこの問題に関して、あまりにも旗幟鮮明《きしせんめい》だ。実は彼の有力者の友人たちも、そして悲しいかな、彼の債権者たちも、奴隷を所有するか奴隷貿易に携《たずさ》わっている。わたしが案ずるのは、このような関係による忖度《そんたく》が、善良かつ懸命なる人々にまで影響をおよぼし、道を誤らせてしまうのではないかということだ」

自分たちが求めているのは、一般市民の興味と関心をそそるような、人気者ネルソンへの対抗馬だと、ウィルバーフォースは説明した。アレンデール卿はその横で、むっつりと渋い顔つきになっている。ローレンスにもようやく事情がわかってきた。遠回りな表現だったが、ウィルバーフォースはその対抗馬の役目を担ってくれないかと言っている。遠い異国での経験――ローレンスが父に責められると予想していた中国皇帝との養子縁組こそが、一般市民の耳目を集めると読んでいるのだ。

「一般市民がきみの冒険譚《たん》に興味を引かれるのは当然だ」ウィルバーフォースは言った。「ナポレオン軍と戦ってきた各軍の経験豊かな士官たちとも力を合わせてもらいたい。きみたちが意見すれば、奴隷貿易廃止が国家を滅ぼすというネルソンの主張に疑義を唱えられる」

「しかしながら――」と、ローレンスは言った。ミスタ・ウィルバーフォースの要請に応じられないすまなさと、断らざるをえない立場にあるありがたさのあいだで、心が揺れた。「敬意や信頼に欠けると思われないように願いつつ申しあげますが、わたしはそのような役割には向きません。たとえみずから望んだとしても、お引き受けできません。わたしは軍務に就いており、それに費やす時間がないのです」

「しかし、きみはいまこうしてロンドンにいる」ウィルバーフォースは、やんわりと指摘した。「イギリス海峡の守りに就いているあいだも、時間を捻出《ねんしゅつ》できなことはないと思うがね」このウィルバーフォースの憶測を、竜疫《りゅうえき》が蔓延しているという秘密を洩らすことなく否定するのは簡単ではない。竜疫のことは航空隊と海軍省の上層部しか知らない機密事項なのだ。「キャプテン、気安く引き受けられる提案でないことは認めよう。しかし、世界は神の造りたまいしもの。神から授けられたいかなる才も出し惜しむべきではない」

「いいか、おまえは晩餐会に出席するだけでいいんだ。一回、もしかしたら数回ぐらいでいい。くだらないご託《たく》を並べて断るのはやめてくれ」アレンデール卿が椅子の肘掛けを指で叩きながら強い口調で言った。「人前に出て自分を売りこむようなまねをしたくないのはわかる。だがおまえは、いま求められていることをはるかに超える不名誉に耐え、人前で恥をさらしてきた。だいたい、昨晩もおまえは進んで――」

「ローレンスにそんな口をきく資格、あなたにはないよ」テメレアが冷ややかに割って入り、ふたりの紳士をぎょっとさせた。彼らはテメレアがそこにいて話をすべて理解していることをすっかり忘れていた。「ぼくらはこの一週間で、四度もフランスのドラゴンを追い払った。九回も哨戒飛行に出た。ぼくらはへとへとだった。ロンドンに来たのだって、仲間が病気だからさ。いまのままじゃ、食べられずに、凍えながら死んでいくしかない。海軍省が、みんなが快適に過ごせるような手を打たないからだよ」

怒っているテメレアの喉の奥で、不穏な低いうなりが生まれていた。〝神の風《ディヴァインズ・ウィンド》〟を起こすような反応を無意識のうちにしているにちがいない。その低い反響音は、テメレアが話し終えてもなお耳にこびりついた。

みながしばし沈黙したあとで、ウィルバーフォースがなにかを思案するように言った。「お互いの立場は、けっして相反《あいはん》するものではないと思えるのだがね。われわれは、きみたちの計画も前に推し進めることができるのではないだろうか。そう、われわれの計画とともに。どうかね、キャプテン？」

ふたりの紳士は当初、ローレンスを社交界の集まりで、つまりアレンデール卿が催す晩餐会か舞踏会で、お披露目《ひろめ》するつもりだったようだ。しかしウィルバーフォースは、代わりに寄付金を募る慈善パーティーはどうかと提案した。「そのパーティーの目的は――」と、ウィルバーフォースは言った。「ドラゴンのための募金を呼びかけることにある。そう、病気や怪我に苦しむドラゴン、〈トラファルガーの海戦〉や〈ドーヴァーの戦い〉に加わったベテランたちを助けるためだ。そういう古参の竜には、病気を患うものもいるのではないのかね？」

「います」ローレンスは言った――全員に向けて、というよりテメレアにはっきりと伝わるように。

ウィルバーフォースがうなずいた。「こんな暗い時代でも、歴戦のつわものたちには人々を奮い立たせる力がある。ナポレオンが大陸の覇者《はしゃ》となり、さらに勢いをつけそうないまだからこそ、きみを国家の英雄とし、きみの言葉をネルソンの言葉に対抗しうるものとするために、古参の竜たちは頼もしい力になってくれるだろう」

ローレンスは、自分がネルソン提督と並べて語られることに我慢がならなかった。ネルソンは英国艦隊を率いて四つの海戦を戦い、ナポレオンの海軍を撃破し、英国の完璧な制海権を築いた国家的英雄だ。その輝かしい武勲《ぶくん》によって公爵にも叙《じょ》されている。政治的便宜のために異国の皇太子になった男など、彼と比べたら月とすっぽんだ。「申し訳ありません」ローレンスは心の底の激しい拒絶を表に出すまいと努めた。「わたしは、そのように扱われる資格のない男です。はなから比較になりません」

「そんなことないさ」テメレアが力強く言った。「ネルソンなんて、たいしたやつじゃない。奴隷売買を認める発言をしてるのならね。どれだけ勝ったか知らないけど、ローレンスの半分もすてきじゃないよ。ケープ・コーストの奴隷たちほど酷《むご》たらしいものをぼくは見たことがない。仲間といっしょに、彼らも助けることができるなら、ぼくは本望だ」

「なんと！　ドラゴンが！」と、ウィルバーフォースがいたく満足げに言い、ローレンスはうろたえて言葉を失った。「悲惨な奴隷たちを哀れまない人間がいるだろうか。このようなけだものすら、哀れみの心を掻き立てられているというのに」ウィルバーフォースはアレンデール卿のほうを見て言った。「ここで、まさにこの場所で、集会を開くべきですな。そのほうがよほど成果があがるというものだ。大きな反響を呼ぶはずだ。もしかしたらそれ以上かもしれない」おもしろそうに瞳をきらめかせて付け加えた。「考えても見たまえ。この巨大なドラゴンを前にして、その主張に異を唱える勇気ある紳士がどれほどいるだろう」

「集会を開く、戸外で？　この冬のさなかにか？」アレンデール卿が言った。

「中国の亭舎《ていしゃ》の宴《うたげ》みたいにしたらいいんじゃない？　大型テントを張って、長テーブルを並べて、テーブルの下に火鉢《ひばち》を置いて暖房にするんだ」テメレアが熱心に助言をはじめるかたわらで、ローレンスは追いこまれていくのを自覚し、落胆《らくたん》した。「そのへんの木を倒して場所をつくるといいね。ぼくならそんなことは簡単さ。あとは、シルクの残りぎれをカーテンみたいに垂らしたら、もっと亭舎らしくなる。それで暖かさを保てるよ」

「すばらしいアイディアだ」ウィルバーフォースは椅子から離れ、テメレアがかぎ爪で地面に描く設計図に見入った。「いかにも東洋風だな。まさにそれだよ、必要なのは」

「ふむ。きみはそう考えるかもしれんが、わたしに言わせてもらうなら、そんなものは一時的な話題集めに過ぎん。それでも、怖いもの見たさの客が十人来るかどうかだろうな」アレンデール卿が言った。

「ときどきひと晩休むだけなら、問題なし」とジェーンが言い、ローレンスはこれですっかり退路を断たれた。「航空隊の諜報《ちょうほう》活動がとくになにかつかんでるわけじゃない。いまは、あえて危険なスパイ活動にまわせるほど伝令竜に余裕もないし。でも、海軍は海上封鎖をしているからフランスの漁師と取引がある。漁師たちからの情報では、フランスの海岸線でとくに目立った動きはないそうよ。もちろん彼らが嘘をつく可能性もあるけど――」ジェーンは言った。「大がかりな動きがあれば、目撃されることも多くなる。ドラゴンのための家畜の輸送も頻繁になるでしょうしね」

メイドがお茶を運んできて、ローレンスのカップに注いだ。「いくら愚痴をこぼしてもしかたない」ジェーンが、海軍省に予算の増額を拒まれたことを話題にして言った。「あなたの参加するそのパーティーに期待するわ。ポーイス空将から届いた手紙に、彼が退役した上級士官たちから寄付金を掻き集めたことが書いてあった。贅沢《ぜいたく》はさせられないけど、しばらくはかわいそうな病気のドラゴンたちに食欲が湧く香辛料を買ってあげられそうよ」

パーティーの話が進行する一方で、試験的に、ドラゴン舎の製作がはじまった。確かな筋からの注文だったので、建築業をなりわいとする勇気あるひと握りの人々がドーヴァー基地にやってきた。ローレンスは基地の門で数名のクルーとともに彼らを出迎え、テメレアの宿営まで案内した。テメレアは彼らを怖がらせないように、十八トンのドラゴンにできる精いっぱいのところまで体を縮めていたが、ドラゴン舎の建設に関する具体的な話がはじまると、そこに加わりたがるそぶりを見せた。実際のところ、ローレンスが中国式の単位の換算が苦手であるため、テメレアの助けは不可欠だった。

「あたしも欲しい！」隣の宿営から、作業の進行に耳を澄ましていたイスキエルカの声がした。グランビーが止めるのも聞かず、イスキエルカは頭を低くして木立のなかをごそごそと這ってくると、テメレアの宿営をのぞき、雪嵐のように灰を撒き散らして、建築業者を驚かせた。しゃっくりのようにヒックヒックと短く炎を噴き、体の突起から蒸気を噴き出して、体についたうっとうしい灰を払っているのだ。「あたしもドラゴン舎で寝たい。冷たい地面に寝るのはヤダ!」

「うーん、きみには無理だね」テメレアが言った。「これは病気の仲間のためのものなんだ。それに、きみには資金がない」

「じゃ、捕《と》りにいく」イスキエルカは勢いこんで言った。「シキンはどこへ行けば捕れる? どんな形してる?」

テメレアが、プラチナと真珠《しんじゅ》の胸飾りを誇らしげに撫でて言った。「まあ、これも資金の一種かな。ローレンスにもらったんだ。彼が戦いで敵の軍艦を捕ったから、これを買ってくれたんだよ」

「あらっ、すごく簡単じゃない!」イスキエルカが言った。「グランビー、軍艦を捕りに行きましょう。そしたら、あたしもドラゴン舎で寝られるから」

「できるわけない。無茶を言わないでくれ」テメレアの宿営に入ってきたグランビーが、ローレンスに情けなそうな会釈《えしゃく》で詫びた。イスキエルカの這った低木の茂みがつぶれて道になっていた。「どうせ、きみはすぐに燃やしてしまうよ。ドラゴン舎は木でつくるんだから」

「じゃ、石でつくれる？」驚きに目を剝《む》く建築業者のまわりにぐるりと首をめぐらし、イスキエルカが尋ねた。まだそんなに大きいとは言えないが、ドーヴァー基地にやってきてから毎日きちんと食べたおかげで体長が十二フィートになった。カジリク種の特徴として、どっしりとはせず、むしろ体が細いため、巨大なテメレアの隣にいると庭をちょろちょろする蛇のようだ。だが近づけば、その面相《めんそう》はけっして心安らぐものではないし、火焰を生み出す内部器官がやかんの水が沸きたつような音をあげ、体じゅうの突起から蒸気が噴き出している。寒い季節だけに、蒸気はひときわ白く目立っていた。

あたりはしんとしていたが、初老の建築家、ミスタ・ロイルだけがイスキエルカに答えた。「石だって？　そりゃあ、やめたがいいですよ。煉瓦《れんが》のほうが、ずっと簡単に建てられる」ミスタ・ロイルは極度の近眼ゆえに、渡された設計図に顔をくっつけ、潤んだ青い目に宝石商のルーペをあてがって見入っていたため、そばにドラゴンが来ていることに気づかなかった。「阿呆《あほ》らしい東洋趣味ですなあ。この屋根、どうしてもこれじゃなきゃいかんのですか?」

「阿呆らしい東洋趣味じゃないよ、ぜんぜん」テメレアが言った。「すごく優雅だ。この設計は母君《ははぎみ》のドラゴン舎と同じで、いちばんおしゃれなんだ」

「冬じゅう屋根の雪を払うために小僧を雇わにゃならん。ふた冬も越したら、びた一文払いたくないしろものになる」ミスタ・ロイルは言った。「屋根はスレート葺《ぶ》きにかぎります。どうかね、ミスタ・カッター?」

ミスタ・カッターから意見は返ってこなかった。というのも彼は木立《こだち》まで後ずさっていたからだ。業者の逃亡を防ぐ目的でローレンスが事前に宿営の周囲に地上クルーを配しておかなかったら、彼は脱兎《だっと》のごとく逃げ去っていたにちがいない。

「最良の仕上がりを目指すために、助言をいただけるのは、たいへんありがたい」ローレンスは言い、ミスタ・ロイルは返事するはずの相手をさがし、目をしばたたいて首をめぐらした。「テメレア、ここの気候は、かなり湿気が多い。郷《ごう》に入れば郷に従えじゃないかな」

「そうか、そうだろうね」と、テメレアは返事したが、四隅のそり返った屋根が、柱の鮮やかな彩色とともに却下されたことに未練たっぷりだった。

イスキエルカがなにかひらめいたのか、資金の調達について質問した。「軍艦を燃やしてもいい？　持ってこなくちゃだめ？」

そして翌朝、グランビーの前に一艘《そう》の漁船が差し出された。イスキエルカは夜のうちにドーヴァーの港まで飛んで、漁船を捕ってきたのだ。これでは海賊も同然だった。

「だって、フランス軍のじゃなきゃいけないって、言ってくれなかった」みなから叱られて、イスキエルカはふてくされた。野生ドラゴンのガーニが夜闇にまぎれて漁船を返しにいく仕事を引き受け、その日のうちに船は港に戻された。持ち主は消えたと思った船がまた戻っているのを見つけて、さぞや仰天したことだろう。

「ねえ、ローレンス。もっと資金を増やすために、ぼくらでフランス軍艦を捕りにいくってのはどうかな？」イスキエルカの海賊行為の余波として、テメレアまで軽はずみなことを言い出し、漁船のひと騒動を片づけて戻ってきたばかりのローレンスを愕《がく》然《ぜん》とさせた。

「フランスの戦列艦は、イギリス海峡の海上封鎖によって、フランスの港から出られないままなんだ、ありがたいことにね。それに、わたしたちは私掠船《しりゃくせん》〔敵国の船を攻撃して奪うことを政府から許可された個人の船」とはちがう。フランス商船の航路に出かけていって商売に励むつもりはないよ」ローレンスは言った。「きみの貴重な命を、そんな身勝手な行為で危険にさらすわけにはいかないんだ。だいたい、きみがそんな無鉄《むてっ》砲《ぽう》なことをはじめたら、アルカディと彼の一味がすぐにまねるだろう。そして、わが英国は完全に無防備な状態に置かれる。イスキエルカが調子に乗るのは言うにおよばずだ」

「あの子をどうしたもんでしょう」疲れきったグランビーが、ローレンスとジェーンの向かいで、ワイングラスを手にして言った。そこはドーヴァー基地本部の談話室だった。「孵化からずっと、けんかや騒動で振りまわされっぱなしです。いえ、弁解してるんじゃありません。ぼくがあの子をなんとかしなくちゃいけないのはわかってます。ただもう行き詰まってしまって……。イスキエルカがある朝突然、街を守るのがいやだから燃やしてしまおうと思いつき、港を全焼させたって、ぼくは驚きませんよ。じっとしているのが苦手で、ハーネスの完全装備さえむずかしいんです」

「くよくよしなさんな。わたしが明日ようすを見にいって、なにか打つ手はないか考えてみる」ジェーンが言い、ワインの瓶をふたたびグランビーのほうに押した。「正式な任務に就くには幼すぎるけど、いらいらさせるより、そのエネルギーをなにかに使わせたほうがいいようね。もう、チームに入れる空尉は選んだの、グランビー？」

「リスゴーを第一空尉とし、副キャプテンにしたいと思ってます。そしてハーパーを射撃手《ライフルマン》のリーダーも兼ねて第二空尉に。もちろん、あなたに認めていただけるならですが」グランビーは言った。「でも、イスキエルカの成長ぶりを見てからでないと、多くのクルーは取りたくないんです」

「あとで解任したくないというわけね。ほかのポストに就きにくくなるから」ジェーンが気遣いをこめて言った。「確かにそう。だけど、あのままやりたい放題にさせると、あの子の能力を使いこなせなくなるわ。腹側乗組員《ベルマン》のリーダーとして、ロウを加えなさい。もう引退してもいい歳だけど、いまも現役のつわものよ。イスキエルカがなにをしようが、彼なら驚かないでしょう」グランビーが小さくうなずき、ジェーンに頭をさげた。

　翌朝、イスキエルカの宿営に、ジェーンが軍服の正装であらわれた。すべての勲章に、飛行士はほとんど身につけない羽根飾り付きの帽子。腰ベルトには金メッキのサーベルとピストルを装着している。グランビーと新しいクルー全員がそろって、捧げ銃で敬礼した。イスキエルカは、とぐろがもつれてからまりそうなほど興奮してそれを見守った。テメレアと野生ドラゴンたちも、興味しんしんで木立越しに顔をのぞかせた。

「さて、イスキエルカ。きみのキャプテンから、任務に就く準備が整ったという報告を受けた」ジェーンは羽根付き帽子を腕にかかえ、厳しい表情で幼いカジリク種のドラゴンを見つめながら言った。「しかしながら、きみが命令を守ろうとしないことも伝えきいている。命令に従わないものを、戦場に送り出すわけにはいかない」

「あら、それはちがうわね！」イスキエルカが言った。「命令を守るぐらいわけないわよ。でも、誰もろくな命令をくれないの。じっとしてろとか、戦うなとか、食事は一日に三度とか……。もう、ばか牛を襲うのにはうんざり！」ブスブスとくすぶって暴言を吐きつづけた。これを聞いていた野生ドラゴンたちが、彼らの監督役の飛行士たちに通訳してもらい、信じられないと口々に言い立てた。

「われわれに下されるのは愉快な命令ばかりではない。ときには、うんざりするような命令もある」ジェーンは周囲のざわめきがおさまるのを待って言った。「きみは、キャプテン・グランビーがいつまでも辛抱《しんぼう》強くこの宿営できみが分別を身につけるのを待っていてくれると思っているのだろうか。彼がテメレアのチームに戻り、戦いに出ていくこともありえない話ではない」

　イスキエルカが目を皿のように丸くした。嫉妬に燃えて突起からかまどのようにシュッと蒸気を噴き出し、たちまちグランビーをとぐろでふた巻きにする。哀れなグランビーはあわやロブスターのように蒸し焼きにされそうになった。「ヤダッ！　そんなのぜったい、ヤダ。ねえ、そんなことしないよね？」最後はグランビーに訴えた。「テメレアのようにうまく戦うから。約束するから。ばかくさい命令にも従う――えっと、愉快な命令もあるといいけど」

「イスキエルカが今後、いかなる命令にも従うことを、ぼくが責任をもって保証します」グランビーが咳《せ》きこみながら言いきった。髪が蒸気でぐっしょりと濡れて、顔や首すじに貼りついている。彼は小声でささやいた。「心配するな、ぼくはきみのそばをぜったいに離れない。蒸し焼きにされそうになってもね」最後は少し情けない顔で言った。

「ほほう」ジェーンは思案するように眉根を寄せた。「グランビーがそう請《う》け合うのであれば、きみにもチャンスを与えねばなるまい」しばしの沈黙をはさんで言った。

「では、キャプテン、ここに最初の命令書を手渡す。ただし、イスキエルカがきみを放し、ハーネスを装着させるために、おとなしくしていられるならば」

イスキエルカはただちにグランビーを解放し、地上クルーの作業のために地面に身を伏せた。しかし首だけは少し持ちあげ、グランビーが授かった、赤い封印をして黄色い飾り房《ふさ》付きの紐《ひも》でぎょうぎょうしく結んだ封書を見つめていた。

航空隊はこのような形式主義を避けるのがふつうだが、今回の命令書は、流麗《りゅうれい》な文字で格調高く記されていた。しかし内容はたんに、ガーンジー島まで往復一時間の哨戒飛行をせよ、というものに過ぎなかった。「イスキエルカをコーネット城の砲撃で破壊された塔まで連れていくのよ。あれをフランス軍の前哨地《ぜんしょうち》だと言って、塔に火を噴かせるといいわ」ジェーンは、イスキエルカには聞こえないように、グランビーに耳打ちした。

イスキエルカに竜ハーネスを装着するのは、ことさらにむずかしかった。からだじゅうの突起から蒸気が噴き出して体表を濡らし、滑りやすくなる。臨機応変に対応するための大量の短いストラップと留め具がすぐにもつれてからまり、そのたびにやり直しになるため、幼いイスキエルカが退屈して文句を言い出すのもしかたないところはあった。しかし、軍事行動に出かけられることになり、みなに注目されていることもあり、イスキエルカも今度ばかりは辛抱強く伏せの姿勢をとった。装着が完了すると、グランビーが安堵して言った。「さあ、うまくいったぞ。自分で試してごらん。体を揺すって、どこもゆるいところがないかどうか確かめるんだ」

イスキエルカは身をくねらせながら上体を起こし、いたく満足そうに羽ばたき、体をねじり、ハーネスの具合を確かめた。

「問題ないなら、〝準備万端異常なし〟って言うんだ。みんな待ってるよ」テメレアがささやきと言うには大きすぎる声で言った。イスキエルカがいかにも誇らしげに数分間もあちこち調べていたのだ。

「ああ、はいはい」と言うと、イスキエルカは前足を地面におろして言った。「準備万端異常なし。さっ、行きましょ」

こうしてイスキエルカはほんの少し態度を改めたが、従順とまではいかなかった。哨戒飛行に出るたびに、グランビーが指示するより遠くまで行きたがり、打ち捨てられた古い要塞《ようさい》でも鳥の群れでもなく、明らかに挑みかかれる敵をさがしていた。

「それでも、少なくとも訓練を受ける気はありますし、食事もきちんと食べます。いまのところは、大成功ですよ」と、グランビーは報告した。「ぼくたちを驚かせたように、フランスのやつらの度肝を抜いてくれますよ。コーネット城の関係者に頼んで、塔に帆布を掲げてもらったんです。あの子は八十ヤード離れた上空からそれに火を噴き、炎上させました。フラム・ド・グロワール〔栄光の炎〕の倍の射程です。そのうえ五分間火を噴きつづけたんです。そのあいだどうやって呼吸してるのか、さっぱりわかりませんよ」

だがいまのところは、イスキエルカをどうやって実戦から遠ざけておくかが問題だった。フランス空軍のドラゴンたちが英国の海岸に飛来して挑発と偵察をつづけており、それがますます頻繁になっていた。テメレアと野生ドラゴンだけでは対応しきれないため、ジェーンはあえて病のドラゴンも使った。そういったドラゴンたちは一日の大半を海岸の崖の上で過ごし、空にあがる信号弾や大砲の音で敵の襲来を知ると、すぐに海上に飛び立ち、敵に応戦した。

二週間で四度も敵の小集団と戦うことになったテメレアを休ませるため、あるとき、アルカディとその仲間たちだけを実験的に哨戒活動に送り出した。テメレアが数時間の眠りをむさぼるあいだに、アルカディたちは、ドーヴァー海岸の砲台を越えて陸地に入りこもうとした一頭のプ・ド・シエル〔空の虱《しらみ》〕をかろうじて追い払った。あともう一マイル踏みこまれていたら、確実に、竜疫の隔離場を目撃されていただろう。

野生ドラゴンたちは、辛勝《しんしょう》とはいえ彼らだけで勝利を飾り、意気揚々《ようよう》と引きあげてきた。ジェーンが機転をきかせ、アルカディに長い鎖《くさり》のペンダントをおごそかに贈呈した。真鍮《しんちゅう》製のありふれた鎖だったが、ペンダントヘッドとして同じく真鍮の大皿がぶらさがり、そこにアルカディの名が刻んであった。ただの皿ながら、よく磨かれて黄金色の美しい光沢を放っており、飾りが首におさまると、アルカディは感きわまって言葉を失った。が、それも一瞬で、たちまち鳥のように甲高い歓喜の叫びをあげ、そこにいる仲間ひとりひとりに、このみごとな褒美をとくと見てくれと自慢をはじめた。この騒動に巻きこまれたテメレアは苛立ったようすで宿営に引っこみ、いつもより熱心に自分の胸飾りを磨きはじめた。

「あっちと比べるのはよせ」ローレンスはそっと声をかけた。「たいしたものじゃない。アルカディを喜ばせ、張り合いを持たせたいからしたんだ」

「ふふん、わかってるよ」テメレアがいかにも高慢な態度で答えた。「ぼくの胸飾りのほうがずっとすてきだ。あんな真鍮のありきたりなやつ、ぼくはちっともほしくない」しかしすぐに、ぼそりと付け加えた。「でも、あっちのほうが大きい」

「あれ、安物よ」翌日、ローレンスが午前中の哨戒活動がとくに何事もなく終わったことを報告に行くと、ジェーンが言った。野生ドラゴンたちはその朝、いつになく熱心になり、本末転倒ながら、敵がちっともあらわれないと残念がった。「彼ら、すごく張り切ってる。期待に応えてくれたわ」しかし、ジェーンの声に張りがなかった。ローレンスは小さなグラスにブランデーを注いで、彼女のいる窓辺まで持っていき、顔をのぞきこんだ。ジェーンは、食事を終えた野生ドラゴンたちが彼らの宿営の上空で楽しげに舞う姿を見つめていた。「ありがとう、いただくわ」グラスを受け取ったが、すぐに口をつけようとはせず、「コンテレニスが死んだの」と、切り出した。「ロングウィング種においては、彼が最初の犠牲者になる」

ジェーンはつらそうに椅子に腰をおろし、深く前かがみになった。「竜医からの報告では、寒けと肺からの出血に苦しんでいたそうよ。咳が止まらず、強酸が咳といっしょに洩れていた。そしてとうとう噴出するようになった強酸が皮膚を焼いた。顎の肉が融け、骨が剝き出しになった。そして……」わずかに間をおいて、ジェーンは言った。「今朝、担い手のガーデンリーの銃で安楽死させられた」

ローレンスは、彼女の隣に椅子を置いてすわった。どんな慰めの言葉も無力であるように思われた。しばらくして、ジェーンはブランデーを飲みほし、グラスを置いた。そして地図を振り返り、翌日の哨戒活動について検討をはじめた。

ローレンスは、数日後に迫った慈善パーティーに尻込みしていた自分を恥じて、ジェーンの執務室をあとにした。病気のドラゴンのためになるのなら、屈辱を忘れて公衆の前に立とう、と決意した。

このような提言をお許し願いたいのだが、当日は東洋趣味を服装に取り入れてもらえると、ひと目で貴君とわかってありがたい。また喜ばしい知らせとして、当夜のために、かなりの費用をかけて、港湾地区で中国人を雇い入れた。東インド貿易会社の船で働く者のなかに、時折り中国人が混じっているのだ。もちろん、彼らは給仕として訓練を受けていないが、料理の皿を運んでさげるだけだから問題ないだろう。彼らには、当日ドラゴンの姿を見ても大騒ぎしないようにと、厳しく言っておいた。理解されたと願いたいが、実のところ、心もとない。もし当日、時間がとれるなら、早めにご来場いただき、彼らの度胸を試してみてはもらえないものか。

ウィルバーフォースから手紙が届いていたが、決意を新たにしたローレンスは、ため息をついて物思いに沈むこともなかった。手紙をたたむと、すぐに手持ちの中国服を手直ししてもらうために仕立屋に送り、当初の予定より数時間早くドーヴァー基地を発つ許可をジェーンから得た。

いよいよ慈善パーティー当日、テメレアとローレンスが早めにロンドン基地に到着するや、たちまち中国人たちが騒ぎはじめた。ただし、驚いて逃げだすのではなく、全員が仕事の手を止めて、テメレアのもとに駆けよせたのだった。中国人たちは地面に伏して、王家の象徴である天の使い種《セレスチャル》に敬意をあらわした。一方、会場の飾り付けに追われていた英国人業者たちは、事前に言い含められていたにもかかわらず、刺繡《ししゅう》入りの絹の間仕切り《まじき》を放り出し、全員が逃げだした。そのあとには、大金を投じた間仕切りが木々の枝に引っかかり、地面まで垂れているという始末だった。

ウィルバーフォースがその惨状を嘆きつつ、ローレンスを出迎えた。それでもテメレアが中国人たちに指示を出し、彼らが猛烈な勢いで仕事をこなし、またテメレアのクルーも協力を買って出たので、基地は客を迎える時間にどうにか間に合って、目を瞠《みは》るというほどではないにせよ、なかなかみごとなパーティー会場に変貌した。中国の提灯《ちょうちん》の間に合わせとして真鍮のランプが木々から吊され、小さな火鉢が長いテーブルのところどころに置かれていた。

「これで雪が降らなきゃ、なんとかなるんだがな」早めにやってきたアレンデール卿は、悲観的な想像をつぶやきながら、会場の飾り付けを視察した。「母さんが来られなかったのは残念だな。赤ん坊がなかなか出てこないんだ。エリザベスのお腹のなかにずっととどまっていたいらしい」エリザベスとはローレンスの長兄の奥方で、五人目の子どもがもうすぐ生まれようとしていた。

その夜は、寒くはあったが天気がよく、客が三々五々、会場にやってきた。長テーブルをいくつも並べた端がテメレアの宿営に接しており、そこにテメレアがどっしりと腰をすえていた。客たちは怯えて距離をとり、オペラグラスを使って、たしなみ深くとは言いがたい態度で竜見物をした。ローレンスの部下の士官たちが、いちばん上等の軍服とズボンで身を固め、テメレアのそばに整列している。幸いなことに、みなぱりっとして見えた。ローレンスが前もってドーヴァーの街で評判のよい仕立屋へ彼らを送りこみ、費用を負担して、長い異国生活のあいだにくたびれた軍服を手入れさせたからだった。

だがそのとき、仕立屋に嬉々《きき》として出かけていったのは、見習い生のエミリー・ローランドひとりきりだった。彼女は生まれてはじめて着る絹のドレスを慈善パーティーのために調達してきた。長い裾につまずいても気にするようすはなく、むしろ母親のジェーンから贈られたなめし革《キッド》の手袋と真珠のネックレスを身につけられることに小躍りしていた。

「あの子の場合、ドレスを着こなしてみたいと思うようになるのが遅すぎたわ」出発の前に、ジェーンが言った。「心配しないで、ローレンス。だいじょうぶ、誰も疑わない。わたしも公の場へ何度もドレスで出ていったけど、誰もわたしが飛行士だとは思わなかった。でももし、あなたが少しでも安心したいなら、あなたの姪《めい》だと言ってもいいのよ」

「それは無理だよ。わたしの父も会場にいる。父は自分の孫のことは全員知っているからね」ローレンスは答えた。そんな出まかせを言ったら、エミリーが自分の隠し子ではないかと父から疑われるだろう。しかし、そう思ったことはジェーンには伝えず、エミリーはパーティーのあいだ、テメレアにくっつけておこうと心ひそかに決めた。そこなら彼女の姿はほとんど見えないだろう。それに、ミスタ・ウィルバーフォースがどんなに説得しようが、客たちはテメレアと距離をあけたがるにちがいない。

しかし、ミスタ・ウィルバーフォースは、ローレンスにとって予想外の、しかも、もっとも望まないやり方で客たちを説得した。「さて、こちらのお嬢さんをごらんください。ドラゴンのかたわらに立つことを彼女はなんとも思っていない。どうですか、ご婦人がた? 訓練された飛行士には勝てなくとも、子どもに負けるわけにはいかんでしょう」それを聞きながら、父がぎょっとしたようにエミリーを見つめるのにローレンスは気づいた。悪い予感が的中したようだ。

アレンデール卿は、ドラゴンにもエミリーにも臆《おく》することなく近づき、彼女に問いかけた。エミリーは天真爛漫《てんしんらんまん》に、少女らしい澄んだ声で答えた。「ええ、毎日、キャプテンから勉強を教えてもらってます。でも、キャプテン・ローレンスは計算法が好きじゃないから、数学はテメレアから教わってます。あっ、でもフェンシングをしてるときのほうが楽しいです」正直にそう付け加えたが、社交界の貴婦人ふたりから「かわいい!」と声があがり、笑い声があがるのに気づいて、やや不安そうな顔をした。ご婦人たちが、エミリーを例に説得されて、かなり近い距離まで近づいてきていた。

「効果てきめんだよ、キャプテン」ウィルバーフォースが低い声でささやいた。「どこであの子を見つけてきたのかね?」しかし、彼はローレンスの答えを待たずに、近くまで来た数名の紳士に、あちらのレディ某《なにがし》がテメレアのそばまで行ったというのに、まさかみなさんは遠慮なさるわけではないでしょうね、と呼びかけた。

テメレアはあらゆる客に興味しんしんだった。とりわけ華やかな宝石を身につけた貴婦人たちに感嘆し、老いてたるんだ首もとを黄金とエメラルドで飾りたてたカーストーク侯爵夫人とはよほど趣味が合ったのか、「あなたの首は、プロイセン国王妃よりすてきですよ」という微妙な褒め方をした。プロイセン王国では王妃の旅行服姿しか見ていなかったのだ。数名の紳士がテメレアに簡単な足し算を出題した。テメレアは幾分とまどい、求められた答えを返してから、これはパーティーによくある遊びなのか、お返しにこちらからも問題を出してもいいかと尋ねた。

「ダイアー、砂盆を持ってきて」見習い生に声をかけ、砂盆の用意が整うと、テメレアはかぎ爪で砂の上に小さな図を描き、ピタゴラスの定理に関する数学問題を出して、ふだんはカードゲームに必要な計算ぐらいしかしない、その場のほとんどの紳士を手こずらせた。

「すごく簡単な練習問題なのに……」テメレアは少し困惑して言い、自分はなにかの冗談を解していないんだろうか、と大きすぎる声でローレンスに尋ねた。だがとうとう、ロンドン王立協会会員で、天の使い種《セレスチャル》の解剖学的研究をしている紳士がその難問を解いた。

テメレアが中国人の召し使いと中国語で話し、何人かの客たちとは流暢《りゅうちょう》なフランス語で会話するのを聞き、また咬みつかず踏みつけもしないのを見とどけ、ついに恐怖に好奇心が打ち勝った大勢の客が、テメレアのそばに集まってきた。ローレンスはほどなく、自分がさほど人々の興味の対象ではなくなっているのに気づいた。喜んでいいはずの状況だったが、ここには、父とふたりだけで取り残されるという厄介《やっかい》なおまけが付いてきた。

アレンデール卿がぎこちなく、エミリーの母親は誰なのかと尋ねた。ここで答えをはぐらかせば、父は疑いをいっそう深めることだろう。しかし、エミリーはドーヴァー基地の司令官、ジェーン・ローランドが未婚の母として生んだ子で、その教育にはローレンスが責任を負っている、という真実を語れば、父に対して完全に間違った印象を与えることになる。だが父があけすけに尋ねてこない以上、ローレンスのほうから、それはちがうと否定することもできない。

「あの少女は、あのような境遇にいながら、とても行儀がいい。あの子に不自由な思いはさせたくないものだな」アレンデール卿がじわりじわりと攻めてきた。「あの子が成長して、それなりの地位に就けないのなら、わたしと母さんとで喜んでなにがしかの援助をしたいと思っている」

ローレンスは、それは寛大な申し出ではあるけれど、まったく必要ないということを精いっぱい明確にしようと努め、破れかぶれで、話をはしょって伝えた。「彼女には支援者たちがいるんです。そして、彼女が人生の苦しみを背負わないように助けています。すでに将来のために用意がしてあるはずですよ」ローレンスは詳しいことはしゃべらなかったし、父も礼節を重んじて、それ以上は突っこんでこなかった。その将来の準備というのが英国航空隊の軍務だとは、アレンデール卿には言いにくい。ふと、暗い考えにとらわれた。もしエクシディウムが死んだら、エミリーには受け継ぐドラゴンがいなくなってしまうし、そうなると確約される地位もない。現在ごくわずかなロングウィング種の卵がロッホ・ラガン基地で世話されているが、英国航空隊には新しい孵化に立ち会う必要のある人数以上に女性飛行士が在籍している。

ウィルバーフォースが自分を手招きしたのを幸いに、ローレンスは父のそばを離れた。ウィルバーフォースは上機嫌でローレンスを迎え、すぐに腕をとって群衆のなかに案内し、好奇心満々で集まってきた知り合いに紹介した。多くの人が、ここへは刺激を求めて来ていた。ドラゴンを見てみたい。いや、ドラゴンを見たと誰かに言いたい、というのが正直なところだろうか。そういった流行りもの好きの紳士たちは、来場前からたっぷりと飲んでおり、そのおしゃべりの騒がしさたるや、狭い部屋ならなにも聞こえなくなるほどだった。奴隷貿易廃止運動に、あるいは福音《ふくいん》主義運動に携わる紳士淑女は、服装も物腰も控えめであるため、すぐに区別がついた。彼らの配る冊子のおおかたは、最後には地面に散らばり、踏みしだかれて泥まみれになった。

相当数の愛国主義者もいた。彼らは、この催しの趣旨《しゅし》に心から賛同し、あるいは〝トラファルガー〟と関わりをもつ名簿ならなんであろうが自分の名を入れておこうと、この集まりにやってきた。ウィルバーフォースは参加者名簿を新聞紙上で発表すると宣言しており、〈トラファルガーの海戦〉後の退役者《ヴェテラン》というのが人間とドラゴンの双方であることをごまかそうとはしなかった。さまざまな政治的立場の人々が入り乱れていたため、あちこちで議論が起こり、酒と熱情とがいっそう舌をなめらかにした。

そんななか、ある大柄で赤ら顔の、ウィルバーフォースによればブリストル出身の貴族院議員が、彼に冊子を手渡そうとした蒼白い顔の熱心な活動家の若い女性に言い放った。「こんなものはみんな戯言《たわごと》ですな。航海はきわめて健全に行われます。なぜって、奴隷業者にとっては、商品をよい状態に保つことが利益につながるからですよ。それに黒人にとってもいいことがある。キリスト教の国に連れてこられて、邪教《じゃきょう》から改宗できるんですから」

「すばらしいお考えだ。アフリカに福音をもたらすという一点においては。しかしそれを言い訳に、アフリカ人を無理やり故郷から連れ去り、利益を得ようとなさることはできません」そう答えたのは、若い女性ではなく、彼女のすぐ後ろに立って冊子の配布を助けていた黒人紳士だった。片頬には畝《うね》のように盛りあがった、革紐《かわひも》ほどの太さの傷痕が走り、同様の傷痕が袖口《そでぐち》からものぞいていた。濃い褐色の肌のなかで傷痕だけが淡いピンクだった。

ブリストルの紳士は、奴隷貿易をその犠牲者の前で擁護《ようご》するほど鉄面皮《てつめんぴ》ではなかったようだ。それでも、正式な紹介もなく話しかけられたことに不愉快そうな態度をとり、そっぽを向いてしまった。しかしウィルバーフォースが身を乗り出し、やんわりと意地悪く言った。「ミスタ・バサースト、ご紹介します。こちらは、ジョサイア・エラスムス師。最近、ジャマイカからおいでになりました」エラスムス師が頭をさげると、バサーストはそっけなく会釈した。しかし、口のなかでぶつぶつ言うだけで議論することもなく立ち去った。

　エラスムス師は福音派の牧師だった。「すぐにも布教に出かけたいのです」と、彼はローレンスと握手を交わしながら言った。「故郷の大陸に戻ります。わたしは六歳のときにそこから連れ出されました。あの紳士のおっしゃる〝きわめて健全な航海〟によって――。足首と手首を隣の仲間と鎖でつながれ、人ひとりがどうにか横たわれるだけの場所しかあてがわれませんでした」

「鎖につながれるのは、ほんとうにいやなものだね」エラスムス師に紹介されたテメレアが、低い声で言った。「でもぼくは少なくとも、嵐が過ぎれば鎖を解かれるってわかってた。その気になれば、鎖を断ち切ることもできた」それは、洋上で颱風《タイフーン》が三日間吹き荒れたとき、テメレアが甲板から落ちないように取られた処置だった。しかしその直後、テメレアはケープ・コーストの港で残酷な扱いを受ける奴隷を目撃し、鎖による拘束が消えない不快な記憶として残ったのだ。

エラスムス師はたんたんと語った。「大勢の仲間のなかには、鎖を断ち切った者もいました。足枷《あしかせ》は粗悪品でした。でも、わたしたちには行き場がない。海に飛びこんで、サメの餌食になるしかない。空を飛ぶ翼がありませんからね」

彼の話しぶりに、彼に対して行われたことへの恨みは感じとれなかった。テメレアが険悪な表情で、奴隷商人なんて海に投げこまれてしまえばいいと言うと、エラスムス師は首を横に振った。「悪をもって悪に報いてはなりません。彼らを裁くのは神がなさること。彼らの罪へのわたしの答えは、神の言葉をもって、わたしの仲間に返ります。わたしたちが神のもとで兄弟となれば、その行いがいつまでもつづくことはありません。そしていずれは、奴隷商人もその犠牲者もともに救われることになりましょう」

テメレアは、このいかにもキリスト教徒らしい発言をうさん臭そうに聞いていたが、エラスムス師が立ち去ると、ローレンスに小声で言った。「ぼくなら奴隷商人のことなんか、これっぽっちも考えてやらない。神だってとっととやつらを裁いちゃえばいいのに」テメレアの神を冒瀆《ぼうとく》するような発言がウィルバーフォースに聞こえやしなかったかと、ローレンスはひやひやした。しかし幸いにも、彼の関心は急に騒がしくなった会場の入口のほうに向いていた。

「まさか、彼が来るとは……」ウィルバーフォースが言った。なんとネルソン提督その人が友人たちを引き連れ、慈善パーティーの会場に入ってきたのだ。その友人のなかにはローレンスの知っている海軍士官も何人か交じっていた。ネルソンがアレンデール卿に挨拶するのを見て、ウィルバーフォースが言った。「もちろん、彼を招待客からはずすことはなかった、でも、来るとは思ってもみなかった。たぶん、招待状をきみの名前で送ったからだろう。すまんが、きみ、わたしはしばらく姿を消す。この催しに威光《いこう》を添えてもらえるのはありがたいが、あの御仁は公《おおやけ》の場でわたしを非難しすぎる。なごやかな会話なんて、とても無理だからな」

ローレンスとしては、ウィルバーフォースとの対立がどんな噂や悪口を生んでいようが、ネルソンが怒っていないことを知り、むしろうれしく思った。ネルソンは、誰もがこうありたいと願うような友好的な態度で、ローレンスに手を差し出した。「ウィリアム・ローレンス。最後に会ってからずいぶんたつな。あれは確か、ヴァンガード号の晩餐だった。一七九八年。アブキール湾の手前だ。なんという昔だ。そして、時の流れの速さよ!」

「いかにも、閣下。憶《おぼ》えていてくださって光栄に存じます」ローレンスは言った。そしてネルソンの求めに応じて、かなり不安ながらも彼をテメレアのもとに案内し、正式に紹介した。ネルソンの名を聞くと、テメレアの冠翼がぶわっと逆立った。「テメレア、きみが大いなる感謝の念をもって、ネルソン閣下をお出迎えすることを願う。閣下は情け深くも、わたしたちのお客様として、ご来場くださった」

テメレアは、もともと場の空気を読むタイプではなかったので、ローレンスのそれとない警告を汲《く》むこともなく、冷ややかな口調で言った。「あなたの勲章はどうしたんです? 全部、形がゆがんでいますね」

もちろん、テメレアはこれを侮辱として口にした。ところがネルソンは、栄誉《えいよ》ならいくらでも浴びたいというタイプだったので、すでに手に入れた勲章について語ることには興味がなく、むしろ、彼が病床から復帰する以前から世間の人々によってさんざん語られてきた戦いの物語を、みずから聴衆を前にして語り尽くせるチャンスが到来したことを喜んだ。「なに、スペインの火噴きドラゴンに、ちょいとばかし手こずらされたんだ。あれはトラファルガー岬沖だった。敵ドラゴンが火焔攻撃を仕掛けてきた」彼は、テーブルに沿って並んだ椅子の一脚にすわり、ロールパンを戦列艦に見立てて布陣を説明しはじめた。

テメレアは、はからずも興味が湧いてしまい、テーブルクロスの上の戦術展開を見ようと、首をぬっと突き出した。ネルソンは少しもひるまなかったが、そこに集まったほぼすべての人が数歩後ろにさがった。ネルソンは、スペイン軍のドラゴンの動きをフォークで再現し、身の毛のよだつような部分も余すところなく語りあげ、最後をこう締めくくって、テメレアのなかで大いに男を上げた。「きみがあの場にいなかったことが残念だ。きみならもちろん、あの火噴きを軽々と叩きのめしていた」

「ええ、ぼくもそう思います」テメレアはなんの謙遜《けんそん》もなく返し、改めて感嘆のまなざしで、ネルソンの勲章をじっと見つめた。「でも、海軍省はあなたに新しい代わりをくれなかったの？　それ、あまりかっこよくないですよ」

「ははん、わたしに言わせれば、これこそが栄光のメダルだ。だから、代わりをくれとは頼まなかった」ネルソンは言った。「さて、ローレンス。わたしの記憶が確かなら、このドラゴンがフランス艦を沈めたという話を官報《かんぽう》で読んだ。ヴァレリー号だったか。そう、その名だ。沈めたのは一撃でか？」

「イエッサー。アリージャンス号のライリー艦長が、昨年報告書を作成しました」ローレンスは少し落ちつかない気分になった。あの報告は、あれでもまだ事実を控えめに述べていた。テメレアの能力を誇らしく思う一方で、こんな話は市民の客たちを怖がらせるだけではないかと心配した。敵国フランスが最近同じ天の使い《セレスチャル》種を手に入れており、そのドラゴンがテメレアと同じ破壊力を英国に向けるかもしれないと知ったら、客たちはなおさら震えあがるだろう。

「すばらしい。あっぱれなものだな」ネルソンが言った。「そのヴァレリー号は……スループ型軍艦か？」

「フリゲート艦です――四十八門でした」

場がしんと静かになった。「悪いことをしたなんて思ってないよ。そりゃ大勢の水兵たちのことはかわいそうに思うけど……」テメレアが沈黙を破って言った。「でも、敵は堂々たる戦いぶりじゃなかったよ。夜闇にまぎれて近づいてきた。敵ドラゴンは夜目がきいたんだ。ぼくはなんにも見えないけどね」

「なるほど」まだ周囲がざわめくなか、ネルソンが驚きから立ち直り、いかにも軍人らしく目をきらりと光らせて言った。「よくやってくれた。きみたちの勝利を祝おう。キャプテン、きみのいまの地位について、海軍省幹部と一度話し合いを持たねばなるまいな。きみは現在、海岸警備の任務に就いているそうではないか。これは浪費だ。貴重な能力のけしからん浪費だ。彼らにそう伝えておこう。きみは、このドラゴンが戦列艦も同じように沈められると思うかね？」

任務地を替わるのが不可能だということを、秘密を洩らすことなく説明するのはむずかしかったので、ローレンスは、いくぶん曖昧に、閣下が関心を寄せてくださることに感謝しますとだけ答えた。

「なんと抜かりのない男よ」ネルソンが気さくな笑顔を彼の歓心を買いたいすべての人々に振りまきながら去ったあと、アレンデール卿がいまいましげに言った。ウィルバーフォースもふたたび姿をあらわしていた。「まずは成功と言うところか。あの男がおまえをどこか遠くへ飛ばしてしまいたいと思ったのだからな」

「それは誤解です、父さん。この件に関して彼は本気だと思われます。本気でテメレアの能力を最大限に生かしたいと考えておられるんです」ローレンスはきっぱりと言った。

「確かに、退屈だよ。いつも海岸沿いを行ったり来たりは」テメレアが口をはさんだ。「もっと心の躍るような仕事がしたい。火噴きと戦うとかさ。いまいるところでぼくらが必要とされなきゃそうしたいところだね。だけど、ぼくらは己《おの》れの本分を尽くさなきゃいけないからね」そう言いきると、テメレアは関心をほかの客たちに向けた。いまや誰もがネルソンをまねてドラゴンと話したがっていた。慈善パーティーは間違いなく大成功だった。

「ねえ、ローレンス。隔離場まで飛んでみない？　ドラゴン舎がどうなったか見てみようよ」翌朝、哨戒飛行を終えてドーヴァー基地に戻ろうというとき、テメレアが言った。

「隔離場は、まだずっと先だよ」ローレンスは言った。テメレアは隠したつもりだろうが、隔離場をのぞいてマクシムスとリリーをさがしたいという意図が見えみえだった。ローレンスは二頭のキャプテンに手紙を送っていたが、どちらからもまだ返信はない。テメレアはじれったそうに仲間の安否について尋ねることが多くなった。想像どおり二頭が疫病《えきびょう》で弱っているとしたら、テメレアが彼らを見つけたとき、どんな行動に出るかが心配だった。しかしテメレアの注意をほかに逸らすようなものはなにもなかった。

「でも、ドラゴン舎ができあがっていくところを見たいんだ。それなら、間違いがあっても、早めに修正できるでしょ」テメレアが誇らしげに締めくくった。反対されようのない理由を言ったという自信がうかがえる。

「やはり空気感染を恐れるべきだろうか？」ローレンスは竜医のドーセットをかたわらに呼び、声を潜めて訊《き》いた。「上空を飛ぶのも危険だろうか？」

「い、いいえ、病気のドラゴンのそばに行かないかぎりだいじょうぶです。竜疫は痰《たん》や洟《はな》による飛沫感染にちがいありません。せ、咳やくしゃみが直接飛ぶ場所にいないかぎり危険はないとぼくは考えます。上空なら危険はありません」ドーセットは、質問の意図について深く考えず、問われるがままに答えているようで、ローレンスはその点に一抹《いちまつ》の不安を残した。

だがとりあえず、かならず上空にとどまるという約束をテメレアから無理やり引き出すことで自分を納得させた。上空からなら、感染したドラゴンたちの最悪の惨状は見えないだろうし、ドラゴンたちと感染しない距離を保っていられるはずだ。

「もちろんだよ、約束する」テメレアはそう言うと、いかにもわざとらしく付け加えた。「ドラゴン舎が見たいだけさ。仲間のドラゴンに会えるかどうかは気にしていない」

「ほんとうだね、愛しいテメレア。でないと、ミスタ・ドーセットから訪問の許可がおりなくなる。病気のドラゴンの迷惑になっちゃいけない。みんな休息を必要としている」ローレンスは条件を持ち出して、テメレアからため息と同意を引き出した。

ローレンスは上空でドラゴンに出会うこともないだろうと予想していた。竜疫に罹ったものはまず地上にいる。例外は、ジェーンがまだ英国に防衛力があると敵に錯覚させるために考え出した苦肉の作戦で、短時間のこれ見よがしの哨戒活動に出かけていくときだけだった。空はどんよりと曇っていた。海岸を目指して飛ぶうちに、イギリス海峡の方角から雨が吹きつけ、薄い煙幕のように視界をさえぎった。こんな天気の悪い日に、病のドラゴンにきつい任務が命じられることはないだろう。

隔離場はドーヴァーの内陸にあり、くすぶるたいまつと地面に突き立った大きな赤い旗がその境界線の目印になっていた。ゆるやかに起伏するわびしげな牧草地には、たいした風よけもなく、ドラゴンたちが赤い旗をひるがえす強風を避けようと互いに身を寄せ合っていた。ところが、この立ち入り禁止区域の上空にまさに入ろうとしたとき、ローレンスは空の彼方に三つの点を発見した。それらはたちまち三頭のドラゴンになった。二頭が、それより小さい一頭を猛スピードで追っているようだ。

テメレアが言った。「二頭はアウクトリタスとケリフェラだ。前はドーヴァー基地所属だった。でも、あの小さいのは知らないな。あんな種類、見たことないや」

「ああ、まずい。プレンヴィット種だ」ローレンスから望遠鏡を借りたフェリスが、瞬時に判別した。三頭のドラゴンは隔離場の上空に達していた。あとを追う病気の二頭は、霧のなかでも、体が血で汚れているために、フランスのドラゴンよりもはっきりと見える。二頭は先を行く敵の雌ドラゴンに追いつこうとするが、疲労のためにしだいに速度が落ち、高度が下がっていく。一方、小さな雌ドラゴンは矢のように突き進んだのち、大きな弧を描いて方向転換し、さらにスピードをあげて追っ手をかわし、ふたたび隔離場の上空から出て、イギリス海峡の方角に突き進んだ。

「あの雌ドラゴンを追いかけるんだ、テメレア」ローレンスが言い、テメレアが追跡を開始した。巨大なテメレアが一回羽ばたくあいだに小さなドラゴンは五回羽ばたいている。それでもテメレアは着実に雌ドラゴンとの距離を詰めていった。

「プレンヴィット種は耐久力がありません。稲妻《いなずま》みたいに速いくせして、近距離用の伝令竜として使うしかないんです。帰路の体力を温存するために、夜間に海岸近くまで船で運ばれてきたにちがいありません」フェリスが、身を切るような風のなかで声を張りあげた。ローレンスは、声を使い惜《お》しんで、ただうなずいた。速力を誇る小型伝令竜を使って敵の防衛線突破を試みるとは、いかにもナポレオンが考えつきそうな作戦だ。

ローレンスは、メガホンを取りあげて、こっちへ来いと叫んだ。「ランデ・ヴー!」〔実際には仏語で〝デート、待ち合わせ〟等の意味〕しかし、なんの効果もなかった。メッセージを伝えようと放った信号弾は、逃げていくドラゴンの前方で炸裂したので、見落とされたり誤認されたりしたとは思えない。しかし、プレンヴィット種は猛烈な飛行速度をまったく落とそうとしなかった。その雌ドラゴンを駆るのは、たったひとりの少年飛行士だった。年齢はエミリー・ローランドやダイアーとほとんど変わらないだろう。少年は後ろを振り返り、自分たちを呑みこもうとする黒い巨大な翼を見た。その顔には血の気がなかった。ローレンスはそのようすを望遠鏡によって確認した。

少年はふたたび前方を向き、自分の竜を励まし、飛行中にもかかわらずハーネスの一部を解いて投げ捨てた。自分の靴も蹴り捨てた。腰ベルトとともに、剣も、ピストルも。それらは、霧の薄暗がりのなかでくるくると回転しながら、束《つか》の間《ま》きらめいて落ちていった。なにかの武勲《ぶくん》を称えた報奨《ほうしょう》にちがいない。乗り手の覚悟に応えるように、小さなドラゴンがさらに速力を上げ、テメレアと距離をあけた。猛烈な羽ばたきと荒い呼吸音を風が運んできた。

「叩き落とすしかない」望遠鏡をおろすと、ローレンスは苦い思いを噛みしめて言った。〝神の風《ディヴァインズ・ウィンド》〟が敵の重戦闘竜と兵士にどれほど威力を発揮するかはすでに知っていた。では、〝神の風〟を、小さく無力な標的に使ったら、どんな酷《むご》たらしいことになるのか――ローレンスはそれを考えたくも見たくもなかった。しかし、自分の責務は明らかだった。「テメレア、敵の息の根を止めるしかない。逃がすわけにはいかない」

「でも、ローレンス、彼女はあんなに小さい」テメレアが、会話できるぎりぎりの角度に首をねじり、悲しげな声で反論した。テメレアが全力を振り絞っているにもかかわらず、なおも雌ドラゴンに追いつくことができない。

「あのドラゴンの横につけて斬りこみ隊を送るのは不可能だ。小さすぎるし、速すぎる。飛び移ろうとすれば死が待っている。降伏させられないなら、叩き落とすしかない。どんどん距離があく。いましかない！」

テメレアがぶるっと身震いした。それから意を決したように息を大きく吸いこみ、咆吼《ほうこう》した。が、フランスのドラゴンを狙ってではなく、その上空に向けての咆吼だった。

雌ドラゴンが甲高い叫びをあげ、方向転換するかのように宙返りした。一瞬にして速力ががくんと落ちた。テメレアはとっさに決死のダイブを試み、敵ドラゴンの上からその両翼をつかみ、急降下する体を支えた。地面が迫っていた。一面の黄色の砂。盛りあがる砂地。フランスの小さなドラゴンが激しくもがいて転がり、テメレアの巨体は砂地を大きくえぐった。大波のように砂塵《さじん》が舞いあがり、渦巻《うずま》いた。

二頭のドラゴンは百ヤードほど地面を滑った。ローレンスは視界を失い、口もとを手で覆って飛んでくる砂から守った。テメレアのシューッと威嚇する音、フランスのドラゴンのけたたましい叫びが聞こえた。が、その直後、「ははっ！」と、テメレアの勝ち誇る声がした。

「さあ、つかまえてやった、泣かなくていいよ《ジュ・ヴゼ・アトラペ・イル・ヌ・フォ・パ・プルレ》。ふふん、悪かった、ごめんよ」

ローレンスは激しく咳きこみ、顔から、鼻から砂をぬぐった。ひりひりする目に視力が戻ってきたとき、燃えるようなオレンジ色に黒く長い瞳孔を持つ眼が、自分をのぞきこんでいるのが見えた。ロングウィング種のドラゴンの眼だ。

つぎの瞬間、エクシディウムはローレンスから顔をそむけて、くしゃみをした。その勢いで、はからずも飛び散った強酸が煙をあげて砂に滲《し》みこんだ。ローレンスは恐怖に打ちのめされて、エクシディウムの巨大な頭が自分のほうに戻ってくるのを見つめた。エクシディウムが言った。「なにをしている？ ここはきみたちが来てはいけない場所だ」砂塵がおさまったとき、ローレンスは、五、六頭のロングウィング種のドラゴンが自分を取り囲んでいるのを見た。すぐそばで翼に隠れるように休んでいたリリーが頭をもたげた。ここは竜疫を患うロングウィング種が身を寄せ合う砂地、彼らの隔離場だったのだ。

5 もし感染していたら

その牧草地はほかの隔離場と離れており、テメレアのほかにはフランスのプレンヴィット種の小型伝令竜、ソーヴィニョンしかいなかった。この雌ドラゴンを気にかけてくれるキャプテンはもういない。哀れな少年飛行士は、彼の竜をおとなしくさせておくための人質として連行されていった。しぶしぶだったが、テメレアが有無を言わさぬ力でソーヴィニョンを拘束した。彼女は悲痛な声を張りあげたが、テメレアのかぎ爪がその体をしっかりと地面に押さえこんでいた。

キャプテンが行ってしまうと、ソーヴィニョンは体を丸めて動かなくなった。それでもテメレアが辛抱強く説得するうちに、少しだけ食べ、会話に応じるようになった。「ほら《ヴォワシ》、おいしいそうな豚《アン・ジョリ・コション》だよ」テメレアは自分のためにゴン・スーがオレンジ色のソースを塗って炙った串刺しの豚を、鼻先で彼女のほうへ押しやった。「食べないと、きみのキャプテンが心配するよ《ヴォトル・キャピテン・サンキエトラ・シル・アプラン・ク・ヴヌ・マンジェ・パ》、ほんとうに《ヴレマン》」

彼女は少しだけ齧り、テメレアがこれは中国風《ア・ラ・シノワ》の料理だと説明すると、俄然《がぜん》勢いよく食べはじめた。ソーヴィニョンの「白い王妃みたい《コム・ラ・レーヌ・ブランシェ》」という無邪気な発言や短い会話から、ローレンスは、宿敵の白い竜ロン・ティエン・リエンがパリで高い地位に就き、ナポレオンの参謀《さんぼう》になっているのだろうと推察した。小さな伝令竜は、フランス側についた白い天の使い種《セレスチャル》のドラゴンへの崇拝ゆえに、たとえ知っていたとしても、秘密の計画について口を割ることはないだろう。しかし、ソーヴィニョンが白状せずとも、今回の内陸へのスパイ行為にはリエンが深く関わっているように思われた。

「彼女が言ってたけど、ナポレオンは、リエンが街を歩けるように、通りの道幅を広げさせているってさ」テメレアが不愉快そうに言った。「それに、宮殿の横に、リエンのドラゴン舎を建てたんだって。不公平だな。この国では、こんなにむずかしいのに、リエンはなにもかも自分の思いどおり手に入れて」

ローレンスは会話に身が入らないまま返事した。テメレアがヴィクトリアトゥスのように悲惨な最期《さいご》を迎え、巨大な死骸と化してしまうかもしれないという不安の前では、そんな異国の出来事など、いまやどうでもよかった。リエンがどんな悪事をたくらもうが、テメレアの死という痛手とは比べようもない。

「竜疫《りゅうえき》のドラゴンといっしょにいたのは、わずかな時間よ。希望を持ちましょう」と、ジェーンは言ったが、それ以上話はつづかなかった。彼女の励ましの乏しさが、ローレンスにはテメレアへの死亡宣告も同然に感じられた。あの砂場は感染の危険性が高い。ロングウィング種が常駐するあの砂場には、彼らの噴く有毒性の強酸だけではなく、さまざまな排泄物がまぎれているはずだ。

ローレンスは遅きに失《しっ》したが、同僚の飛行士たち、バークリーやハーコートがなぜ便りを寄こさなかったのかを理解した。グランビーが訪ねてきたが、ほとんど会話にならず、気づまりな空気が流れた。グランビーは元気なイスキエルカについての話題を意識的に避けていた。一方、ローレンスはテメレアの助かる見込みについてグランビーと話し合いたいとは思わなかった。テメレアがそばで聞いており、彼自身がローレンスのような絶望を感じていないのだからなおさらだった。テメレアはいまもまったく心配しておらず、自分の強靭《きょうじん》さに自信を持っていた。しかし、いつ発病するかわからない状況で、ローレンスがそのお気楽さに同調するのは無理というものだ。

「あたし、気分が悪い《ジュ・ヌ・ム・サン・パ・ビヤン》」四日目の朝、ソーヴィニョンが言い、身を起こして、大きなくしゃみをした。こうしてフランスの小さなドラゴンは、竜疫に罹ったほかのドラゴンのいる隔離場へ移されることになり、テメレアだけが残されて、病気の兆候《ちょうこう》があらわれるのを待つ日々がつづいた。

ジェーンが毎日会いに来て、ローレンスが望むかぎり励ましの言葉をかけ、ローレンスが飲めなくなるまでブランデーに付き合ってくれた。だがある日、彼女は不承不承《ふしょうぶしょう》のようすで切り出した。「こんなあからさまな訊き方を許してね、ローレンス。テメレアはもう繁殖についてなにか考えはじめているかしら。あなたにわかる?」

「繁殖か」ローレンスは苦々しい思いでつぶやき、目を逸らした。入手が困難な稀少《きしょう》種の血脈を保ちたいと考えるのは当然のことだし、いまは敵国フランスも同じ天の使い《セレスチャル》種の竜を手に入れている。だがローレンスには繁殖が、自分にとってかけがえのない存在を無理にほかのなにかに置き換えようとする欲望にしか思えなかった。

「わかるわ」ジェーンが気遣いをこめて言った。「でも、いずれは覚悟しなければならないことよ。それに病を患うと、多くの竜はその気にならない。しかたないことね」

ジェーンの勇気を前にして、ローレンスは肩身が狭かった。ジェーン自身も苦悩をかかえているが、それを表《おもて》に出そうとしない。彼女が耐えているのに、ここで感情に流されてはならないと、自分を戒《いまし》めた。それに、真実を隠したところではじまらない。嘘はつけない。そこでいたしかたなく、テメレアは「北京にいたとき、皇帝に仕える雌のインペリアル種とたいへん懇意《こんい》な間柄になった」と告白した。

「さてと、それを聞いてうれしいわ。交尾してくれるかどうか、彼に尋ねなければね。早いほうがいいわ。そう、今夜にでも。彼が感染の危険にさらされたことは間違いないわけだから」と、ジェーンは言った。「フェリシタは悪くないわよ。実は二日前、フェリシタが彼女のキャプテンに新しい卵を産みたいと言ったそうなの。すでに二個産んでくれたわ、病気になる前にね。イエロー・リーパー種。中量級よ。良識的な育種家はまず選ばない交配でしょうけど、セレスチャルの血を引く竜がいないよりはましだと思うの。いまは、交配可能な雌ドラゴンがほとんどいない状態だから」

「でも、ぼくはその雌ドラゴンに一度も会ったことないんだよ」打診《だしん》を受けたテメレアは、困惑気味に言った。「そんな、いきなり交尾したいって思うものかな?」

「国どうしが決める結婚みたいなものじゃないだろうか」ローレンスはどう答えるべきか迷いながら言った。だが言ったそばから、これは王家の結婚などにたとえられない粗野な処遇ではないのか、テメレアが雌馬をあてがわれる一級の種馬も同然に扱われているのではないかという思いが湧いた。「きみがいやだと思うなら、やらなくたっていいんだ」と、唐突に付け加えた。こんなことをテメレアに強いるように取りはからうのはいやだ。少なくとも、自分は手を貸したくない。

「その、なんて言うのかな、いやだって言ってるわけでもないんだよ」テメレアが答えた。「彼女がすごく望んでるならね。それに、一日じゅうここにじっとしているのも退屈だし」そして、控えめにというよりあからさまに言い添えた。「それにしても、彼女はなんでそんなにやりたいのかな」

ローレンスがテメレアの言葉をそのまま伝えると、ジェーンは声をあげて笑った。そして、さっそくテメレアのもとへ行って説明した。「彼女はあなたから卵を授かりたいのよ、テメレア」

「ふふん」テメレアはすぐさま満足そうに胸をそらし、冠翼を立ちあげ、感謝の一礼をした。「それなら、願いを叶《かな》えてあげられるよ」そう宣言し、ジェーンが立ち去るとすぐに、体を洗ってほしいと要求し、実用的ではないので着用せずにしまっておいた、かぎ爪飾りを持ってこさせて装着した。

「彼女は、お役に立てることをたいそう喜んでいる。わたしは泣きそうだ」フェリシタのキャプテン、黒髪のウェールズ人、ブローディンが言った。ローレンスより上だとしても、それほど年齢はちがわないだろう。いかつい顔に長年の苦労と煩悶《はんもん》のしわが刻まれていた。ふたりのキャプテンは、フェリシタの宿営に二頭のドラゴンを残してきた。あとは二頭のお好きなようにというわけだ。体格差のむずかしさを乗り越えて二頭が行為に熱中する音が聞こえてくる。「わたしは、いまの状況をぼやくような立場にはないんだ」ブローディンが苦しげに言った。「フェリシタは、航空隊のおおかたのドラゴンより病状がましだ。この程度の進行なら、あと十年はもつだろうと、竜医が言ってくれた」

ブローディンはなみなみとワインを注いで、テーブルの中央にボトルを置いた。こうして、ローレンスは彼と杯を重ねた。多くはしゃべらず、遅くまで飲みつづけた。グラスに覆いかぶさるように頭がしだいに垂れていき、そのうち外のドラゴンたちが静かになり、木々の揺れる音もやんだ。ローレンスは居眠りしていたわけではなかったが、動く気にも、頭をもたげようという気にもなれず、深い霧に呑みこまれたように朦朧《もうろう》としていた。世界の動きも時の流れも、すべてがどんよりとして遠くにあるように感じられた。

ブローディンに揺さぶり起こされたときは、真夜中を過ぎていた。「明日もまた会うことになるかな」ブローディンが大儀《たいぎ》そうに言った。ローレンスは立ちあがり、凝《こ》り固まった肩を伸ばそうと、背中をそらした。

「そのようだな」と答え、なにげなくブローディンの両手を見つめ、指先が震えているのに気づいた。

ローレンスは外にいるテメレアを迎えにいった。満足感を漂わせ、どことなくしたり顔になったテメレアを見て、もしこんな状況でなければ恥じ入って赤面していたかもしれないとローレンスは考えた。しかしいまは、テメレアが楽しんだとしても、それを非難する気にはなれない。「彼女、もう二個、産んでるんだって、ローレンス」テメレアは自分の宿営に横たわり、眠たそうだがどこかうれしげなようすで言った。「きっと、もう一個産めるって言ってたよ。ぼくが子づくりがはじめてだなんて、ぜんぜん信じられないってさ」

「えっ、そうなのか？」ローレンスは自分がひどく間抜《まぬ》けになったような気がした。

「だって、きみはメイと……？」遅まきながら、節操のない質問だったと気づき、口をつぐんだ。

「あれは卵とは関係ないから」テメレアが、当たり前でしょ、という顔で言った。「ぜんぜんちがうよ」そう言うと、しっぽをきっちりと自分の体に巻きつけて眠りに落ちた。ローレンスはそれ以上なにも訊けず、すっかり頭が混乱してしまった。

翌日も、テメレアはフェリシタを訪ねた。ローレンスは、ブローディンのテーブルの上に、またもワインのボトルを見つけた。しかし、努力を要したが手を伸ばさず、ブローディンを飲酒以外のことに引きこんだ。つまり、中国やトルコの風習、中国への船旅、プロイセン王国における敵との攻防、イエナでの大規模な戦闘、そういったものをテメレアの背から見た歴史の激動として、ブローディンの前で余すところなく語りつくした。

もしかしたら、それは不安を解消する最善の手段ではなかったかもしれない。ローレンスはプロイセン軍の奮迅《ふんじん》の戦いぶりを語ったが、やがて胡桃《くるみ》の実に置き換えられたプロイセン軍兵士の隊列がテーブル上から一掃《いっそう》されると、ローレンスとブローディンは椅子の背に身を引き、お互いを見つめ合った。ブローディンが立ちあがり、彼の小さな小屋のなかを落ちつきなく行ったり来たりしはじめた。そして言った。「せめて、われわれの一部がまだ戦えるうちに、あいつが海を越えて攻めてくることを望む。

われわれの生き延びるチャンスが皆無《かいむ》に近いとしてもだ」

敵の侵攻を望むなど、とんでもないことだ。そこにはいっそ殺されてしまいたいという死への願望が垣間見える。ローレンスには地獄行きの大罪も同様に思われた。英国の敗北を望んでいるわけではないとしても、あまりにも自己中心的な考え方ではないだろうか。だが自分の心の底にも、いくばくかはブローディンに同調する部分があると気づき、うろたえた。「そんなことを言ってはいけない。ドラゴンは死を恐れない。だからこそ、彼らを死に追い立てるようなことをしては、死ぬための勇気を示すようなことをしてはだめなんだ」

「彼らが最後まで死を恐れないと思うのか？」ブローディンが耳障りな短い笑い声をあげた。「オヴェルサリアは末期にはレントンすら、彼女と終生の契《ちぎ》りを結んだ担い手のことすらわからなくなった。水がほしい、楽になりたいと泣くばかりだった。レントンにはどうすることもできなかった。わたしのことを不信心なやつと思ってくれてかまわない。あのフェリシタを戦場で死なせてやれるなら、わたしは神に、ナポレオンに、悪魔にすら感謝するだろう」

ブローディンはグラスにワインを注ぎ、ローレンスがボトルを取りあげる前に、飲みほした。

「育種家によれば二週間はつづけたほうがいいそうよ」ジェーンが言った。「でも今回は、テメレア自身がひと区切りついたと感じたところでやめることにしましょう」

こうして翌朝も、ローレンスは這うようにしてベッドから抜け出した。眠りは切れ切れだった。ブローディンのテーブルにのぼったワインの半分はローレンスが自分のグラスに注ぎ、未明まで飲みつづけた。そして昼間は、見習い生のエミリーとダイアーのハーネス装着訓練を監督し、勉強を見てやり、なんとか一日をやり過ごし、ふたたび夕方になった。さらに二日、同じことが繰り返された。そして五日目の夜、気怠《けだ》くテーブルに向かい、チェス盤《ばん》を前に考えこんでいるとき、ブローディンが顔をあげて、出し抜けに言った。「テメレアが咳《せ》いていないか？」

「喉が少し腫《は》れているだけじゃないかな？」そう言うテメレアは落ちつきはらっていた。なけなしの希望にすがるしかないローレンスは、椅子に座しながらひたいがいまにも膝につきそうだった。竜医のケインズとドーセットがやってきて、猿のような俊《しゅん》敏《びん》さでテメレアによじのぼり、診察した。大きな紙製の円錐《えんすい》形の聴診器をテメレアの胸にあてがい、先端に耳をつけて呼吸音を聴いた。また、顎から頭を突っこんで、舌を観察した。舌は健康そのもので、赤らんではいなかった。

「カッピング治療で、悪い血を出さなきゃならん」とケインズが言い、自分の医療かばんのほうを振り向いた。

「でも、ぜんぜんなんてことないんだ」テメレアは抵抗し、まがまがしく湾曲した手術刀からじりじりと逃げようとした。「病気でもないのに、無理やり薬を飲ませるみたいなもんだよ。あなたがたには、もっとほかに仕事があるはずだよ」テメレアは哀れっぽく言ったが、病気のドラゴンには有効性のある治療だという説得がつづいた。

テメレアは片足を引っこめて出そうとしなかった。だが最後には、治療されているところを見なければいい、どこかよそを見ていればいい、とローレンスが説き伏せた。こうして、ドーセットが用意した盥《たらい》に血がなみなみと溜まると、ケインズが「ほらよっ！」と声をあげ、あらかじめ熱してあった焼きごてを、テメレアの切開の傷口にじゅっと押し当てた。

ふたりの竜医が、湯気を立てる盥いっぱいの赤黒い血を持って立ち去ろうとするところに、ローレンスが追いすがり、診断結果を求めた。「いいや、ちがうな。テメレアは例の流行《はや》り病じゃない。その兆候もない。いま言えるのはそれぐらいだ。さあ、仕事があるんだ」ケインズはそう言うと、とっさに反応できないローレンスを残し、その場から立ち去った。

ローレンスは絞首台からおろされたような気分だった。この二週間不安に苛《さいな》まれてきたが、突然、強烈な安堵がそれに取って代わった。こんなときは感情に押し流されないほうが無理というものだ。

「切開されるのは、いい気分じゃないよ。どんな効き目があるのかも、ぜんぜんわからないや」かたわらで、テメレアがしゃべっていた。焼きごてによって閉じられた小さな傷口にそっと鼻を近づけ、注意を引きつけるようにローレンスを小突いて言った。「ローレンス？　ねえ、ローレンス。そんなに心配しないでよ。たいして痛くないからさ。ほら、見て。もう血は止まってる」

ジェーンは、ケインズの報告が終わらないうちから、書類を作成しはじめた。その顔には活力と決意が満ち、疲労と悲嘆の影はもはやどこにもなかった。

「騒動に巻きこまれるのは、ごめんだ。慎重になってくれ」ケインズはいまにも怒りだしそうだった。彼の両手は血まみれで、爪のなかまで血がこびりついている。いまのいままで、ドラゴンから採取した血液を顕微鏡で比較していたのだった。「まだ確実な証拠じゃない。たんなる見え方のちがいや個体の特色かもしれん。わたしに言えるのは、わずかな可能性があり、それを追究する価値が——細々とでも追究してみる価値があるということだけだ。期待しすぎてはならん」ケインズがいくら言っても無駄だった。ジェーンは一瞬もペンを持つ手を休めなかった。ケインズはそのペンを引ったくってやりたいという顔をした。

「なに言ってるの。ちょっとした騒動こそ、わたしたちに味方するのよ」ジェーンが顔もあげずに言った。「とびきり希望を持たせるような報告書をあなたの手で書いてちょうだい。海軍省がぜったいになにも言い返せないようなやつをね」

「海軍省にまだ伝えるつもりはない」ケインズは言った。「根拠もない希望を持たせたくないんだ。あいつは竜疫には一度も罹ってないのかもしれん——生まれつきの抵抗力か、あるいは種の特性ゆえにか。去年あいつが罹ったのは本物の風邪で、たまたま竜疫と症状が似ていただけかもしれん」

それは、まさしく小さな希望だった。テメレアは中国に向かう航海の途中、ごく短い期間、体調を崩した。しかしケープタウンに着くと、一週間もしないうちに症状が抜けていった。あのときもそのあとも、ただの風邪だと決めつけていたが、今回、テメレアの示した竜疫への抵抗力が、もしかしたら、どこかで一度、同じ病気に罹っていたのではないかという疑いをケインズにもたらした。

しかし、もしその疑いが当たっていたとしても、竜疫には有効な治療法がないかもしれない。あるとしても、そう簡単には見つからないだろう。たとえ見つかったとしても、その成果を持ち帰るまでには時間がかかる。竜疫に罹った多くのドラゴンを救うのに、間に合うかどうかはわからない。

「竜疫に効く物質が存在しないということだって、ありえない話ではないんだ」ケインズが苛立たしげに言った。「多くの肺病患者は暖かい土地に移ると、一時的に症状がよくなるものだ」

「気候だろうと、水だろうと、食べ物だろうと、なんだってかまわないわ。もしそれで助かるなら、英国の全ドラゴンを艦《ふね》に乗せて、アフリカまで治療に連れていくわ。ええそのくらい、なんてことないわ」ジェーンが言った。「治療の可能性ばかりか、わずかな希望で気持ちを上向きにできる目標が見つかったことがうれしいじゃない」

もないよりはましだった。あらゆる手を尽くして試してみる価値はあるだろう。

ジェーンがローレンスのほうを向いて言った。「ローレンス、あなたとテメレアにはぜひともアフリカに調査に行ってもらいたい。あなたたちをまた手放すのはつらいけれど」彼女は書きあげたばかりの、読みやすいとは言いがたい命令書をローレンスに手渡した。「なにが功を奏したのか、治癒《ちゆ》の決め手はなんだったのか、テメレアには思い出せるかぎり思い出してもらわないとね。ありがたいことに、野生ドラゴンたちは順調に仕事をこなしてる。スパイを捕まえられたのも運がよかったわ。ナポレオンも、一度失敗に終わったスパイ行為をすぐにまた繰り返すことはないでしょう」

ジェーンはつづけて言った。「テメレアと同じ編隊の仲間を全員送りこみましょう。彼らは発病の時期が早いだけに急を要するわ。それにもし万事うまくいって、全員元気になって戻ってきたら、あなたたちがイギリス海峡を守り、ほかのドラゴンを治療できる」

「じゃあ、マクシムスとリリーに会えるんだね」テメレアは大喜びだった。待ちきれない、すぐに会いにいきたいと言い張った。こうしてテメレアとローレンスは、マクシムスが療養する荒れ地の宿営のそばにおり立った。

バークリーがすぐさま大股の足どりで近づいてきて、両手を広げてローレンスを出迎え、揺さぶらんばかりに抱きしめ、大声で言った。「信じられん。現実だって言ってくれ。夢を見てるんじゃないって」ローレンスが請け合うのを待たず、バークリーは横を向き、片腕を目もとにあてがった。

ローレンスは気づかないふりをした。「テメレア、ハーネスがゆるんでいる。左の横腹だ。見てごらん」肩を震わせるバークリーをのぞきこもうとするテメレアに、厳しい口調で言った。

「でも、ミスタ・フェローズが先週、調整してくれたばかりだよ」テメレアはハーネスに関心が移り、試すように革帯を鼻先で小突き、歯を使ってそっと持ちあげた。

「ちゃんとおさまってる。ゆるんでる感じもないよ」

「さあて、テメレア。きみをよく見せてくれ」立ち直ったバークリーが、横合いから威勢よく言った。「中国に発つ前より十二フィートは伸びてるな。きみも元気そうだな、ローレンス。ぼろ雑巾《ぞうきん》みたいになってるんじゃないかと思ってたぞ」

「戻ってきたときは、まさにそんな感じだった」ローレンスはそう答え、ひそかにこぶしを握りしめた。同じように言葉を返せないのが悔《くや》しかった。バークリーは少なくとも八十ポンドは体重を落としていた。げっそりと痩せて、頰の肉がさがっている。そんな姿は彼には似合わなかった。

マクシムスのやつれ方は、さらにひどかった。赤と金のうろこにびっしりと覆われた表皮がひだになって首の付け根や胸にたまり、背骨と肩胛骨《けんこうこつ》が中身のない巨大なテントのような体を支えていた。ローレンスの見るところ、おそらくは浮き袋と思われる器官が腫《は》れて、脇腹から盛りあがっていた。目はうっすらと開き、開きっぱなしの顎からつらそうな呼吸音が洩れ、顎の下によだれが水たまりをつくっていた。鼻孔には乾いてひび割れた洟《はな》がこびりついている。

「すぐに目を覚ます。きみたちが来たと知ったら、さぞや喜ぶだろう」バークリーがうなるような声で言った。「だが、こいつがせっかく眠っているときに起こしたくない。寒けがして、まともに眠れない日がつづいている。体力の維持に必要な分も食べられない」

ふたりのあとから宿営に入ったテメレアは、警戒する蛇のように首を引き、まばたきもせず、目を大きく見開いてマクシムスを見つめていた。マクシムスはゼイゼイと荒い息遣いで眠りつづけるばかりだ。ローレンスとバークリーは低い声で会話し、航海について話し合った。「前回の航海から判断すると」と、ローレンスは言った。「喜《き》望峰《ぼうほう》まで三か月とかからないだろう。前回は、イギリス海峡を出たあと、敵の襲撃を受けて交戦した。それがなければ、もっと早く着いていたはずだ」

「どんなに長くかかろうが、ここで漫然《まんぜん》と寝ているより、目的に向かって航海するほうがいい。みなで夢中になれるならな」バークリーが言った。「朝までに荷造りをすませてしまおう。こいつだって、ちゃんと食べてくれるさ。こいつの食道に牛の行進を送りこんでやりさえすればな」

「どこかへ行くの？」マクシムスが言った。眠たげな濁《にご》った声だった。頭を横に向け、低い音で咳を繰り返し、木々で覆われた穴に痰《たん》を吐いた。前足でかわるがわる目をこすって目やにを取り、徐々に視力が戻ってきたのか、ようやくそこにいるのがテメレアだと気づいて、頭をもたげた。「おまえ、戻ってきたんだな。中国は、おもしろかったか？」

「ふふん、おもしろかったよ。でも……」テメレアは感情を抑えきれなくなったように言った。「ごめん、そばにいられなくて。みんなが病気だっていうのに、ほんとうにごめん」悲しげにうなだれた。

「なんだよ、ただの風邪さ」マクシムスは言った。ふたたび咳がつづいたが、おさまると、そんなことはなかったかのようにつづけて言った。「おれはすぐに元気になる。でも、ちょっと疲れてる」そう言うのとほとんど同時に目を閉じて、そのまま軽い麻《ま》痺《ひ》状態に陥った。

「こいつらの症状がいちばん重い」バークリーが苦しげに言い、ローレンスから目を逸らした。「リーガル・コッパーはみんなそうだ。重量級ゆえだな。食べないと、筋肉を維持できない。筋力が衰え、ある日、呼吸できなくなる。もう四頭死んだ。われわれが治療法を見つけなきゃ、レティフィカトは夏までもたないだろう」バークリーは、マクシムスもレティフィカトの後を追うだろうとは言わなかった。しかしもし、マクシムスのほうが先でないなら、そうなることは目に見えている。バークリーはわざわざ言うまでもなかったのだ。

「見つけられるさ」テメレアが決然と言った。「ぜったいに、ぜったいに、治療法を見つけてみせる」

「元気で。われわれが帰国するまで、任務の検討を祈る」ローレンスはグランビーと握手して言った。背後から出発の準備に追われるクルーたちの大声や物音が聞こえてくる。風向きが許せば、明日の夕刻の引き潮に乗って出航するが、多くのドラゴンとクルーが乗りこむために、午前中に乗船をすませておく必要があった。見習い生のエミリーとダイアーが、つい最近までいっしょに過酷な長旅を乗り越えてきた、古い瑕《きず》だらけの衣類箱《シーチェスト》にあわただしく衣類を詰めこんでいる。副キャプテン、フェリス空尉の厳しい声が飛んだ。「その酒瓶が見えてないとでも思うのか、ミスタ・アレン？ただちに中身を捨てたまえ。聞こえたな？」

一年の旅で不幸にして失ったクルーの穴埋めとして、今回の旅には多くの新メンバーが加わることになった。彼らはジェーンによって試用期間としてすでにローレンスのもとへ送りこまれていたのだが、ローレンスは過密な任務に加え、この二週間を不安と苦悶《くもん》のうちに過ごしていたので、新メンバーを承認するどころか、顔を覚えるのがやっとの状態だった。しかし、もう時間がない。誰であろうが送りこまれてきたクルーを使いこなしていくしかなかった。そんなわけなので、もっとも気心が知れて頼りになる男に別れを告げなければならないのは残念なことだった。

「あなたが帰国してみたら、英国はめちゃくちゃで——」と、グランビーが言った。

「国土の半分は火の海、アルカディとあいつの仲間が嬉々として牛を焼いているかもしれませんよ。こんな状況下でなきゃ、ちょっと見てみたい眺めではあるんですけどね」

「アルカディにぼくからだって伝えておいて。きちんとやるようにって」テメレアが、背中で作業するハーネス担当のクルーのために慎重に首をもたげて言った。「ぼくらはすぐに戻るから、なにもかも自分が背負ってるように考える必要はないって。いくら勲章をもらったからってね」最後はしんねりと付け加えた。

そのままお茶を飲みながら会話をつづけていると、年少の士官見習いがローレンスのもとにやってきた。「お話し中に失礼します。キャプテンに会いたいという紳士が基地の本部棟にいらしてます」そのあと、いかにも驚いたというようすで付け加えた。「黒人の紳士なんです」思い当たるところのないローレンスは、あわただしくグランビーに別れを告げて、本部棟に向かった。

士官談話室でくだんの客人を見つけるのはむずかしいことではなかった。ただし、彼の名を思い出すのに苦労した。そう……エラスムス師だ。二週間前の慈善パーティーでウィルバーフォースから紹介された牧師だった。なんと、あれからまだ二週間しかたっていないのが不思議な気がした。「ようこそおいでくださいました。あいにく、このように取り散らかった状態ですが」ローレンスは客にまだ飲み物が出されていないことに気づき、給仕に手で合図した。「明朝に出航します。ワインを一杯いかがですか？」

「お茶を一杯いただければありがたい」エラスムス師が答えた。「キャプテン、ご事情はよく存じあげております。このようなときにお約束もなくうかがって心苦しく思います。実は今朝、ミスタ・ウィルバーフォースとお会いしたとき、ちょうど彼のもとへ、アフリカに発つというあなたからの手紙が届きました。そこで、この旅にご同伴させていただけないものかとお願いにあがったしだいです」

すぐには言葉が返せなかった。慣例として、ローレンスには、ある程度の人数までなら艦に客を招待する権利があった。それは、軍艦の艦長と同様、ドラゴン輸送艦に乗るドラゴンのキャプテンに与えられた特権だった。

しかし、今回ばかりは由々《ゆゆ》しき問題がある。乗りこむドラゴン輸送艦はアリージャンス号で、その艦長――ローレンスにとって親友であり、かつては腹心の部下だった男は、少なからぬ財産を彼の一族が西インド諸島で黒人奴隷を使って営む大農園から得ている。ライリーの父親の農園はジャマイカにあったはずだ。もしかしたら、エラスムス師自身がまさにその農園で苦役《くえき》を強いられていたかもしれないと思い至り、ローレンスは鬱々たる思いに駆られた。

同じ艦に乗りこむ者どうしが政治的立場を異にする居心地の悪さだけならまだしも、ローレンスはこと奴隷貿易の問題となると、感情を抑えきれず、これまでに何度かライリーと口論になっていた。ここでいま、その存在じたいがふたりの論争の継続を象徴するような客人をライリーに押しつけることは、意図的な挑発と受け取られてしまうかもしれない。

「失礼ながら」と、ローレンスは言った。「あなたはルワンダから連れてこられたのだとうかがったように記憶しますが……。われわれの目的地はケープタウンで、あなたのお国よりもかなり南です」

「いいえ、贅沢は言えません」エラスムス師はあっさりと言った。「わたしはひたすらアフリカに渡航できますようにと祈りつづけていました。もし神がケープタウンへの道をわたしに開かれたのなら、けっしてそれを拒みません」

彼はそれ以上なにも語らず、濃い褐色の瞳《ひとみ》に期待をこめてテーブル越しにローレンスを見つめた。

「では、あなたの仰《おお》せのとおりに、エラスムス師」と、ローレンスは答えた。当然、そうするしかなかった。「どうか、ご準備を急いでください。引き潮を逃すわけにはいきません」

「感謝します、キャプテン」エラスムス師が立ちあがり、ローレンスの手を力強く握った。「ご心配なく。あなたのご快諾《かいだく》を信じて、妻に荷造りを頼んでおきました。すでに、わが家の一切合財《いっさいがっさい》を旅荷にして、外の通りで待っております。いやなに、いくらもありませんが」

「では、明朝お会いしましょう」と、ローレンスは言った。「ドーヴァーの港で」


晴天の寒い朝、アリージャンス号は、どこかうずくまる人を思わせるずんぐりとした艦体から、帆の張られていない下檣《マスト》を突き出して、ローレンスたちを待っていた。中檣《トップマスト》と帆桁《ほげた》はまだ甲板に並んでおり、海底の右舷大錨《うげんたいびょう》と小錨《ケッジ》につながる太い錨索《びょうさく》が、低い音できしみながら静かに揺れている。アリージャンス号は、ローレンスとテメレアが帰国するおよそ一か月前に、この港に着いていた。もしあのとき、マカオからこの艦で帰れていたら、わずかに早く故国にたどり着いていたことになる。

「あなたの帰国が遅れたことは、しかたありませんね。生きて元気で再会できて、ほんとうによかった。ヒマラヤ高原のしゃれこうべとならずにすんで幸いでした」ライリーは、テメレアの背からおりたばかりのローレンスに、熱烈な歓迎の握手をしながら言った。「火噴きドラゴンも持ち帰ったと聞いています。詳しい話を聞きたくてたまりません。海軍はその知らせに沸きたっていますよ。海上封鎖にあたる軍艦が替わるがわるガーンジー島を越えていき、そのドラゴンが古城の瓦礫《がれき》に火を噴くさまを望遠鏡で見物しているそうです。いや、それにしても、またごいっしょできて、とてもうれしい」ライリーはつづけて言った。「ただし、前回よりも込み合うようですね。なんとか快適に過ごしてもらえればいいんですが。ええっと、七頭でしたか?」

変わらぬ友情と気遣いを示すライリーに対して、ローレンスは後ろめたさを覚えたが、切り出さないわけにはいかなかった。「そう、今回は定員いっぱいだ。そして、艦長、伝えておかなければならない。今回は同行の客人がいる。牧師で、家族もいっしょだ。目的地はケープ植民地のある喜望峰。きのう、同行させてほしいという申し出があったんだ。言っておくが、彼は元奴隷だ。いまは解放されて〝自由民〟になっている」

　こんな言い方をしたことを、ローレンスはすぐに後悔した。もっとやんわりと伝えるべきだったのに、後ろめたさがかえってぶっきらぼうなもの言いを生んでしまった。ライリーは無言だった。「いきなり、こんな話で申し訳ない」ローレンスは謝罪の言葉を付け加えた。

「わかりました」ライリーが言った。「あなたが誰を招待しようがかまいません」それ以上会話はなく、彼は帽子に軽く手を触れて敬礼し、その場から立ち去った。

ライリーはその後、エラスムス師に見せかけの礼儀すら示そうとしなかった。エラスムス師はその朝少し遅れて乗船したが、ライリーは挨拶に出ようとせず、ローレンスは自分の客人に、ましてや聖職者にこのような態度をとるライリーに腹を立てそうになるのをこらえた。だがその後、牧師の妻が幼子《おさなご》ふたりと小さなみすぼらしいボートに取り残されてすわっているのに、ボースンズ・チェア〔乗船下船にロープで吊り下げて用いるブランコ状の椅子〕を出そうとしないのを見つけたときは、ついに堪忍袋《かんにんぶくろ》の緒《お》が切れた。

「奥様」ローレンスは艦から身を乗り出して呼びかけた。「どうぞお気楽に。ただし、お子さんたちをしっかりつかまえていてください。一瞬にして乗船できます。どうか、驚かれませんように」それから身を起こして言った。「テメレア、あのボートを引き揚げてくれないか？　淑女《レディ》が乗船なさる」

「ふふん、まかせて。気をつけてやるよ」とテメレアは言い、艦の片側にいる、衰えてはいるが相当な重さのあるマクシムスとの均衡《きんこう》を確かめながら、舷側《げんそく》から身を乗り出し、巨大な前足でボートをそろりとつかんだ。ボートが水をしたたらせながら、水面から浮きあがる。ボートの乗組員が抗議の叫びをあげ、ふたりの幼い少女が母親にしがみついた。母親は気丈《きじょう》に耐え、子どもたちに不安そうな顔は少しも見せなかった。

すべては一瞬のうちに終わった。テメレアはボートをドラゴン甲板におろした。

ローレンスは、エラスムス夫人に片手を差し出した。彼女は無言でその手を取り、最初にボートからおり、自分の手で子どもたちを順番におろした。長身で、険しい顔つきの女性で、夫よりも頑健《がんけん》そうで肌の色が黒かった。髪は簡素な白いスカーフのなかにたくしこまれている。ふたりの幼い娘は白いエプロンドレス姿で、じゃまにならないよう静かにしていなさいと言われ、互いの手をきつく握りしめ、おとなしく立っていた。

「ローランド、われわれのゲストを船室にご案内するように」ローレンスはエミリー・ローランドに命じ、彼女の存在がエラスムス夫人らの慰めになるよう心ひそかに願った。残念ながら、エミリーの性別はもはや隠しようのないところまで来ていた。一年以上の時の流れは彼女の容姿に相応の変化をもたらしていた。すでにどこか母親のジェーンの面影もある。まもなく誰の目をも欺《あざむ》けなくなるだろう。今後はなにを言われても、敢然《かんぜん》と立ち向かい、最善を尽くしていくしかない。ただし今回は、ありがたいことに、エラスムス一家がエミリーや航空隊のことをどう考えようが、あまり重要ではなかった。喜望峰まで無事に送り届けてしまえば、彼らはそのままアフリカにとどまるのだから。

「怖がらなくていいからね」エミリーは、引き連れていく幼い女の子ふたりからじっと見つめられているのに気づき、ざっくばらんに言った。「少なくとも、ドラゴンのことは。でも、前の航海では、ものすごい嵐にあってね――」もちろん、こんな話を聞かされて、幼いふたりが心安らかになれるはずがない。それでも姉妹はおとなしくエミリーのあとにつき、自分たちの部屋へ連れられていった。

ローレンスは、ボートの指揮をとっていたフランク海尉を振り返った。ほとんど眠っているとはいえ、七頭のドラゴンに囲まれて、海尉は言葉を失っていた。「テメレアは喜んでボートを港のもとの場所まで戻すだろう」ローレンスはそう言ったものの、哀れな若者が口ごもるようすに良心の疼きを覚えて、付け足した。「だが、おそらくきみはそこまで戻ることは望んではいまい」フランクが安堵してうなずくのを見て、ローレンスはテメレアにボートを海面まで戻させた。

そのあとは甲板下の自分の船室に行った。今回は六人のキャプテンとスペースを分け合うために、前の航海ほど部屋は広くなかった。しかしそこは艦首《かんしゅ》側の窓のある船室で、海軍時代に耐えてきた多くの寝室よりよほどましだった。長く待つ必要はなかった。すぐにライリーがあらわれてドアをノックし、少し話がしたいと言った。ドアは最初から開いているので、わざわざノックする必要もなかったのだが。

「頼みがある、ミスタ・ダイアー」ローレンスは待機していた少年の見習い生に言った。「テメレアがなにか必要としていないか確かめてくれ。それから、いつもの勉強だ」こうして人払いが完了した。

ドアが閉まると、ライリーが堅苦しい調子で切り出した。「満足できる居心地であればいいのですが」

「――充分満足だ」ローレンスはライリーと口論したくなかった。だがもし、ライリーがその気なら、受けて立つ覚悟はあった。

「さて、こんなことを言うのは残念ですが」ライリーが、さして残念でもなさそうに言った。「非常に残念ですが、報告を受けました。まったく信じられない話です。このわたしの目で直接見ないかぎり――」

ライリーは、まだ、声を張りあげてはいなかった。声はドアの外まで洩れていなかったにちがいない。話の途中でドアが大きく開き、キャサリン・ハーコートが部屋をのぞきこんだ。「あら、ごめんなさい。だけど、もう二十分も、ライリー艦長をさがしつづけていたの。この艦、大きすぎるわ。いえ、けっして文句を言いたいわけじゃないの。わたしたちを運んでくれて、あなたにはとても感謝してる」

ライリーは彼女の頭のてっぺんをにらみ、もごもごと挨拶を返した。先の航海ではじめて出会ったとき、ライリーはハーコートが女性だということに、ほぼまる一日気づかなかった。それは激しい戦闘のあとでもあった。ハーコートの体形はジェーンよりもほっそりして少年のようで、その髪は後ろでひとつに編まれている。小さくて上向きかげんの鼻と横幅のある顔には戸外の生活の長さを物語る褐色のそばかすが散っていた。その容貌はジェーンよりもたやすく見る人に男だと信じこませることができた。しかし中国に向かう先の航海では、女性飛行士がいるという航空隊の秘密がライリーに知られてしまい、彼はいたく動揺し、戦闘に女性を登用することを非難もした。

「あなたが快適に過ごせるように――その、あなたの船室に――」なおもしゃべりつづけようとして、ライリーはしどろもどろになった。

「わたしの荷物ならもう積みこまれてる。いずれ、見つかるわよ、たぶん」ハーコートはライリーの取り乱しように気づいていないのか、あるいはわざとなのか、そっけない調子でつづけた。「それはお気遣いなく。問題なのは、リリーの砂桶《すなおけ》よ。リリーは休むとき、油を染みこませた砂に頭を置くの。申し訳ないんだけど、頼まれてくれないかしら。その予備の砂桶をどこに収納するか困ってしまって。桶はドラゴンのくしゃみに備えてつねにそばに置き、早めに取り替えなくてはいけないの」

ロングウィング種の吐く強酸は艦のあらゆる部材を腐食し、船殻《せんこく》〔船の外殻構造〕まで達すれば艦を沈没させることにもなりかねない。それはドラゴン輸送艦の艦長として当然配慮してしかるべきことだったので、ライリー艦長は実務的な問題を前に、しばし気まずさを忘れて熱心に対処した。結局、砂桶はドラゴン甲板の真下の厨房《ちゅうぼう》に収納するということで話がついた。

キャサリン・ハーコートはうなずいて感謝を述べたあとに言った。「今夜、いっしょにお食事はいかが?」まったく場の空気を読まずに親切心を発揮したのだが、もちろん、それは彼女が天から授かった美質でもあった。また現実的な職務の観点から言えば、テメレアは、ハーコートが担うドラゴン、リリーの編隊に属しており、彼女はローレンスの上司にあたる。ただし個々の指令はいつしかテメレアが出すようになっていたのだが、そんなことも、ローレンスは長い旅路のあいだに忘れかけていた。

しかし、この食事への招待は非公式であり、そう考えれば、ライリーの反応はけっして非礼にあたるものではなかった。「ご招待ありがとう。しかし残念ながら、今夜は甲板にいなければならないので」艦長の丁重な言い訳をハーコートは額面どおりに受け取り、軽く会釈して船室を出ていった。こうして、またローレンスとライリーがふたりきりになった。

最初の怒りの切っ先が鈍ると、議論を蒸し返すのが気づまりになった。それでもお互いにこの機会を逃してはならぬという気持ちから、先刻よりもおだやかにしばらく意見を交わしあったのち、ライリーが言った。「わたしが願うのは、この艦の乗組員と艦載ボートが、この先二度と——こんな言い方を失礼——無遠慮な干渉を受けないですむようにしたいということです。承認もせず、勧めてもいないのに――」不穏な話のなりゆきに、すぐにローレンスは切り返した。

「わたしの立場から言わせてもらえば、ライリー艦長、あのような露骨な侮辱《ぶじょく》を二度と見たくはないということだ。払われてしかるべき敬意のかけらもなく、なおかつ艦の乗客の安全が求められているにもかかわらず、あろうことか国王陛下の軍艦の乗組員から、言いたくはないが、意図的な愚弄《ぐろう》を受け――」

こうして、ふたりはたちまち調子を取り戻し、命令することが職務の中心を成す男たちがしがちな議論を大声ではじめた。これまでの付き合いでは激しい反応を引き起こすとわかっているのであえて立ち入ろうとしなかった領域まで、今回はお互いが踏みこんだ。「よくおっしゃる！」とライリーが言った。「かかる事態における優先権がどちらにあるかはよく理解しておられるはずだ。そんな詭弁《きべん》は聞きたくありません。ご自身の権限をよくわかっていながら、あなたは、なんの許可もなく、あの竜を故意に艦の乗組員にけしかけた。ボースンズ・チェアを求めればすんだことを。もし、誰かを吊りあげたいのであれば――」

「これは驚いた、そのような要請がいちいち必要だったとは。十全に機能しているはずの艦で、しかも淑女《レディ》が乗船しようというときに――」

「おや、淑女《レディ》の解釈に、お互い、いささか相違があるようですね」ライリーが皮肉たっぷりに返した。

が、言ったそばから、ライリーは自分が口を滑らせたことに焦《あせ》り、ローレンスは彼に前言撤回《てっかい》の猶予をいっさい与えず、激しく非難した。「嘆かわしい。なんと紳士らしからぬ、自己中心的な決めつけだ。深く知るよしもない聖職者の妻に、子どもらの母親に、そのような人格と尊厳を傷つける発言が飛び出すとは――。そのような侮辱の根拠がさっぱりわからない。もしあるとすれば、それはむしろ発言した者の良心を試すことのほかに――」

そのとき、ドアがノックもなくばたんと開き、バークリーが首を突き出した。ローレンスとライリーはただちに議論を中断し、このプライバシーも艦の作法もまったく無視した暴挙《ぼうきょ》に憤慨をあらわにするという点でみごとに一致した。

しかし、ふたりからにらみつけられたところで、バークリーはいっさい気にしなかった。ひげもそらず、疲れ果てたようすだ。昨夜は、マクシムスが乗船するために短い距離を飛んだあと、体調を悪化させて苦しい夜を過ごしたため、彼は自分の竜よりも眠っていなかった。

「なにもかも甲板からまる聞こえだぞ」バークリーはぶっきらぼうに言った。「テメレアがいまにも甲板の厚板を剝がして、鼻づらを突っこみそうだ。どこかほかへ行って、こぶしで決着をつけろ」

この突拍子もない──大のおとなではなく学生にするような──助言は軽く無視された。しかし、こうあからさまに叱責されては口論をつづけようもなく、結局、ライリーのほうから暇《いとま》を告げて、船室を出ていった。

「申し訳ないんだが、これからは、きみに仲介《ちゅうかい》してもらえないだろうか。つまり、わたしとライリー艦長のあいだに連絡が必要なときに」ローレンスは、キャサリン・ハーコートに言った。怒りを鎮《しず》めるために狭い船室のなかを行ったり来たりしたあとに思いついたことだった。「もちろん、わたしがすべきことだとはわかっている。だが実は、とある事情が持ちあがり、そのために──」

「あのね、ローレンス。くどくど言わなくていいわ。事情は全部わかってる」キャサリンはあっけらかんと言い、たとえまる聞こえであろうが聞こえないふりをするのが艦上生活のたしなみだと思ってきたローレンスを唖然《あぜん》とさせた。いつものことながら飛行士仲間のあけっぴろげなもの言いには、どう返せばいいのかわからなくなる。

「彼には個人的な食事だと言っておく。それなら、全員が顔をそろえる必要もないでしょ。でも、言わせてもらえば、〝とある事情〟は早めに丸く収めるべきね。これから三か月いっしょに航海するのよ。言い争っていったいどんな益がある？　わたしたちみんなを噂話で楽しませるくらいのものだわ」

もちろん、ローレンスとて噂話のねたを提供したくはなかった。しかし、キャサリンの楽観的な希望をそのまま受け入れるわけにもいかなかった。ぜったいに許せない発言はなかったとしても、容易には忘れられない発言がいくつもあった。残念ながら、思い返せば、その多くが自分の口から出た。もし、名誉のためにお互いを避ける必要がないのなら、そもそも友情だと思っていた関係は最初からなかったも同じということだ。もしかしたら、ライリーのことをいつまでも自分の部下だと思いこんでいなかっただろうか、と自分を責めた。ふたりの関係を勘違いしてはいなかっただろうか。

ローレンスは甲板に出て、テメレアの隣にすわった。艦は錨《いかり》をあげる準備をはじめていた。懐《なつ》かしいはずの叫びや叱咤《しった》の声がいまの自分から奇妙に遠く感じられた。軍艦に乗りこむ人生とはもはやなんのつながりもない。自分が船乗りではなかったかのように感じる日がくるとは思ってもみなかった。

「ほら、見てよ、ローレンス」テメレアが言った。港の南にある基地から、何頭かのドラゴンたちが乱れた小さな隊列をつくって飛び立っていくのが見えた。その隊列の向かう方角からすると、目指すはシェルブール方面だろう。望遠鏡が手もとになく、ドラゴンたちは空の鳥の群れほどの大きさになっていたので、もはや個体を識別することは不可能だったが、そのなかの一頭が飛行しながら一瞬、オレンジ色の炎の舌を青い空に勢いよく伸ばした。数頭の野生ドラゴンに交じって、幼いイスキエルカがこの日はじめて哨戒飛行に参加することになったのだ。それだけでローレンスたちがどれほど厳しい状況をあとに残していくかわかろうというものだった。

「もうそろそろ出てもいいころじゃない?」テメレアが尋ねた。早く出航したくてたまらないようすだ。「もしスピードが出せないって言うんなら、ぼくが喜んで引っ張るよ」そう言って、自分の後ろでうつらうつらと眠っているドゥルシアを振り返った。ドゥルシアはひどく咳きこみ、そのたびに目を覚ましてしまう。

ドゥルシアと、砂を満たした大きな桶に頭を半分埋めているリリーは、編隊のほかのドラゴンたちよりは病状が軽い。哀れなマクシムスは、艦までのわずかな距離を飛ぶのさえ、やっとという状態だった。いまはドラゴン甲板のいちばん端を与えられ、出航の最後の準備に追われる周囲の騒々しさを気にするようすもなく、こんこんと眠りつづけている。ニチドゥスは、マクシムスにぴったり寄り添い、疲れきったようすで四肢を伸ばしていた。かつてこのパスカルズ・ブルー種のドラゴンは、マクシムスの背中で気持ちよさそうに眠っていたものだ。ドラゴン甲板のまんなか、リリーの片側で身を寄せ合うイモルタリスとメッソリアは、病のせいでカスタード・クリームのような淡いレモン・イエローに褪色《たいしょく》していた。

「ぼくだったら、あっという間に錨を引きあげるんだけどな。ぜったい、もっと早くやってみせる」テメレアがふたたび言った。中檣《トップマスト》が取りつけられ、帆桁も渡されて、いまは小錨《ケッジ》が引き揚げられている。三層の甲板を貫く巨大な四重巻きあげ機《キャプスタン》でどっしりとした右舷大錨を巻き取っていくためには、一度に四百人以上の水兵が必要とされる。水兵たちは、寒い朝にもかかわらず、ほとんどが上半身裸となって上げ棒を回している。確かにテメレアは力仕事の助けになるだろうが、いまはそんな申し出が受け入れられるとはとても思えない。

「わたしたちはじゃまになるだけさ。わたしたちがいないほうが、きっと事が早く進むだろう」ローレンスはそう言って、手のひらをテメレアの脇腹に添え、もはや自分たちとはなんの関係もない作業から目を逸らし、前方に広がる海洋を見つめた。

第二部

6　アフリカの地で

「ふっふーんっ」と奇妙な声を発したテメレアが、いきなり前かがみになって、胃のなかのものを空き地に吐き散らした。その強烈な臭気を放つ黄色いどろどろの混合物には、バナナの葉、山羊の角、椰子《やし》の実の殻、三つ編みのようにからんだ緑の海藻《かいそう》などなど、まだ形をとどめたものも混じり、どんなけものかは定かでないが、骨のかけらや皮もはいっていた。

「ケインズ！」すんでのところで脇へよけて難を逃れたローレンスは、この新しい療法を提案した竜医ふたりに向かって叫んだ。「もういい、やめろ！　その怪《あや》しげな薬を持ってどこかへ消えてくれ！」

「そう言うな。試してみようじゃないか。これもれっきとした処方《しょほう》だ」ケインズはそう言って慎重な足運びでテメレアに近づくと、鍋をのぞきこみ、自分たちが調合した薬の臭いをかいだ。「いずれは下剤が必要になるかもしれんな。ま、これが食べ過ぎの症状でなければ。どうだ、まだ気分が悪いか？」最後はテメレアに尋ねたのだが、テメレアは目を閉じたまま小さくうめくだけだった。胃の中身をぶちまけた場所から少しだけ這って逃れたあとは、地面にぐったりと伏せたきり動こうとしない。吐瀉物《としゃぶつ》が晩夏の強い日差しを浴びて、臭い湯気を立てている。ローレンスは口と鼻をハンカチーフで覆って、地上クルーに手で合図した。彼らはしぶしぶシャベルを手にやってくると、穴を掘り、吐瀉物を埋めた。

「プロテアを入れたせいかなあ」若い竜医のドーセットがぶつぶつと言い、棒で鍋を掻きまわし、花弁が尖《とが》ったプロテアの花の煮くずれた固まりを引きあげた。「これを薬として使うのははじめてだったな。ケープ半島〔アフリカ大陸南西部の先端に位置する半島〕の植生は、植物界のなかでもとびきり変わってるからなあ。子どもたちを使って、標本にする植物を集めさせなきゃ」

「きみの好奇心が満たされたのは喜ばしいかぎりだが、テメレアはこんな花を一度だって食べたことがないんだ。もっと知恵を絞ってくれ。でないと、テメレアをまた病気にしてしまうぞ」ローレンスは辛辣《しんらつ》に意見した。そして鬱憤《うっぷん》を若い竜医にこれ以上ぶつけないように、その場から離れてテメレアのそばまで行き、ゆっくりと持ちあげられた鼻づらに片手を添えた。テメレアは、けなげにも冠翼をくいっと立ちあげてみせた。

「ローランド、ダイアー！　下の桟橋《さんばし》まで行って、海水を汲んできてくれ」ローレンスはふたりの見習い生に命じ、運ばれてきた冷たい水に浸した布でテメレアの鼻と顎の汚れをぬぐってやった。

ケープタウンに到着して二日、寸暇《すんか》を惜しんで実験がつづいていた。テメレアはたいへん意欲的で、差し出されたものはなんでも臭いをかぎ、呑みこんだ。偶然の治療効果を発揮した可能性のある食材はすべて口に入れ、懸命に記憶の糸をたぐり寄せた。しかしこれまでのところ、成果はあがっていない。それどころかローレンスは、今回の嘔吐《おうと》によって――ふたりの竜医がなんと言おうと――この計画が無惨《むざん》な失敗に終わるのではないかと考えはじめていた。

どうやったら、彼らにこんな無謀なまねをやめさせられるのか。ふたりのやることは地元の呪《まじな》い師と大差なく、希望を持てる根拠がなく、無謀な試みはテメレアの健康を害するだけではないかと思われた。

「ずいぶん、よくなったよ」と、テメレアは言ったが、疲れきって目を閉じたままだった。翌日はなにも食べたがらず、申し訳なさそうに言った。「お茶が飲めるとうれしいな。手間じゃなきゃいいんだけど」

そこでゴン・スーが湯を沸かし、一週間分の茶葉を使いきって中国茶を淹れた。ゴン・スーは辟易《へきえき》したようすだったが、茶にはテメレアの希望で大量の砂糖が入れられた。テメレアは冷ました茶を大喜びで飲みほし、もうだいじょうぶだと力強く宣言した。しかし、エミリーとダイアーが息を切らしながら、〝きょうの収穫〟を網袋やら箱やらに入れて市場《いちば》から持ち帰ると、また憂鬱《ゆううつ》そうな顔に戻った。その荷のなかには、十ヤード先からでも臭う、臭《くさ》いなにかが含まれていた。

「どれ、見せてもらおうか」ケインズが言い、ゴン・スーとともに袋と箱の中身を調べはじめた。地元で穫《と》れたという野菜のなかには、育ちすぎたジャガイモのような実が長い房になって垂れている珍しいものもあった。ゴン・スーがうさん臭そうにつまみあげ、地面に叩きつけたが、実はびくともせず、しまいには城の鍛冶場《かじば》まで持っていき、炉台の上で叩き割った。

「これは〝ソーセージの木〟から穫れる実だそうです」と、エミリーが言った。「たぶんまだ熟してないんです。きょうは、花椒《ホアジャオ》を、マレー人の店から仕入れることがでホアジャオはその赤い胡椒《こしょう》に似た実を小さなかごごとローレンスに示してみせた。

「例のキノコはなかったのか？」と、ローレンスは尋ねた。とにかくすさまじい腐臭を放つため、そのキノコのことは、前にケープタウンを訪れたクルーの全員が憶えていた。調理すると、城砦《じょうさい》では寝起きできなくなるほど、ひどい臭気が立ちこめた。良識ある人間なら、およそ口に入れてみようとは考えないしろものだ。しかしローレンスは、〝不快な薬ほど効き目がある〟という船乗りの知恵を信じており、そのキノコにひそかな期待を寄せていた。ただ、それは野生種で地元では栽培されておらず、金を弾《はず》むと言っておいたが、まだ手に入らなかった。

「英語が少しできる少年がいたから、ぼく、見つけてきたらお金はたんまり払うって言ったんですよ」ダイアーが得意げに声を張りあげた。前の訪問のときは、地元の子どもたちが、ただ珍しいからというだけで、臭いキノコを運びこんできたのだ。

「この赤い実を土地の果物と組み合わせてみてはどうでしょう」ドーセットが、ホアジャオを人さし指で掻きまぜながら提案した。「この実はおそらく前回も、いろんな料理に使われていたでしょうからね」

ケインズが鼻であしらった。市場からやってきた品々の検分を終え、両手のほこりをはたき落とすと、ゴン・スーのほうを見てかぶりを振る。「無理だな。あいつの胃腸はまだきのう食べたものを消化しきっていない。このくそまずそうなしろものを、まだ食べさせるわけにはいかん。いっこうに成果があがらないのは、ことによっては気候が関係しているかもしれんぞ。そんな気がしてきた」

ケインズは、野菜をつついていた棒を地面に突き刺した。硬く乾いた地面に棒の先端はわずかしか入らない。地面には縮《ちぢ》れた黄色い草がしがみつくように生《は》えていた。草の根っこは細く長く、蜘蛛の巣のように地中に張りめぐらされている。三月まであと数日、南半球は夏の盛りだった。日照りつづきのために地表は焼け石のように熱を持ち、陽炎《かげろう》が立って、空気がまぶしくゆらめいて見えた。

体力回復のために昼寝していたテメレアが、片目だけあけて言った。「ここ、暖かくて気持ちいいけど、ロッホ・ラガンの庭ほどじゃないなあ」遠回しな言い方ながら、この気候に満足しているわけではないことが伝わってくる。だがいまは、本格的な調査を開始するために、ほかのドラゴンたちがやってくるのを待つしかない。

ここにはまだテメレアのチームしか到着しておらず、みながアリージャンス号の到着を待ちわびていた。ローレンスは、アリージャンス号がケープ植民地に飛行可能な距離まで近づくと、竜医二名と幾人かのクルーを選び、必要最低限の物資をテメレアに積んで、竜疫《りゅうえき》の治療法さがしの先発隊になることを申し出た。治療法さがしは急を要することだったし、つねに横から浴びせられるマクシムスの咳《せき》から逃れたくもあった。しかし正直なところ、先に行くことを決めた理由は、ライリー艦長との反目にあり、一刻も早くそこから逃れたいと思うほど息苦しい雰囲気になっていたのだ。

ローレンスは何度か和解しようと試みた。最初のチャンスは航海に入って三週間目、艦内で偶然、ライリーとすれちがったときだった。ローレンスは立ち止まったが、ライリーは帽子のつばに指を添えて挨拶しただけで、肩をそびやかして通り過ぎた。すれちがうとき、彼の頰が紅潮しているのがちらりと見えた。それから一週間は、ローレンスの態度も硬化した。航空隊割り当ての搾乳《さくにゅう》用の山羊が乳を出さなくなり、しかたなくつぶしてドラゴンたちに肉を与えたが、海軍割り当ての山羊を一頭分けようかという申し出があっても、すげなく断ったほどだった。

ようやく腹立ちがおさまったころ、ローレンスはキャサリンに言った。「艦長と士官たちを晩餐に招待したほうがいいかもしれないな」甲板上でわざと周囲に聞こえるように言ったのは、それが和平の申し出だと暗に伝えたかったからだ。しかし、ライリーは部下の士官たちを引き連れて晩餐にやってきたものの、料理にほとんど手をつけず、キャサリンが質問したとき以外はしゃべることもなく、顔すらあげようとしなかった。当然ながら、ライリーの部下の士官たちも、艦長かキャプテンたちが話しかけるとき以外は口を開こうとせず、あらたまった場に慣れていない若い飛行士たちの気後《きおく》れもあって、晩餐は気づまりな沈黙に包まれて終わった。

日常的にも、海軍と航空隊の士官どうしが口げんかをするようになり、水兵たちもドラゴンと飛行士への嫌悪感を隠さなくなった。ただし、その敵意が具体的な行動となって爆発しないのは、水兵たちに――前回ローレンス、テメレアと中国に旅した水兵たちにさえ――ドラゴンへの恐怖心が深く根づいているからだった。そのうえ、七頭のドラゴンを乗せるのは、一頭だけを乗せるときとは勝手がちがった。ドラゴンたちを苦しめる咳やくしゃみの発作は、いつはじまるか予測もできないため、水兵たちはドラゴンに近い前檣《フォアマスト》にのぼりたがらなくなった。

さらにまずいのは、水兵を監督すべき立場にある海軍士官たちが、彼らの怠慢を厳しく注意しなかったことだ。そんなわけで、アリージャンス号は、ダカール沖で上手《うわて》回《まわ》しによる回頭に失敗し、やむなく急遽《きゅうきょ》、下手小回《したてこまわ》しの操作に切り替えることになった。艦首三角帆と前檣中檣支索三角帆《フォア・トップマスト・ステースル》を受け持つ水兵たちがドラゴン甲板でひるんでいて、帆脚索《シート》の操作が遅れたのだ。おまけに水兵たちの作業が刺激となってドラゴンたちの咳の発作がはじまり、ニチドゥスが転がってテメレアの背にぶつかり、さらにリリーに衝突し、リリーの頭の位置がずれるという、大惨事を引き起こしかねない事態になった。

リリー専用の油を染みこませた砂桶は、かなりの重さにもかかわらず、衝突の勢いでドラゴン甲板の端まで滑って、海に落下した。「リリー、頭を出しなさい！　艦から頭を出すのよ！」キャサリンが叫んだ。クルーたちが替えの桶を取りに、ドラゴン甲板下の厨房に駆けこんだ。リリーは必死に体を伸ばすと、前足のかぎ爪で舷側のへりをつかんで、海に頭を突き出した。咳をこらえようとして肩が大きく盛りあがっている。牙《きば》からしたたった強酸のしずくが風に飛ばされ、タールを塗った舷側に当たって、黒い煙をあげた。

「ねえ、リリー。ぼくがきみを背中に乗せて、アリージャンス号から遠ざけるっていうのはどうかな？」テメレアが翼を半ば開いて、心配そうに尋ねた。「ぼくの背中に乗れる？」それは、毒噴きドラゴンが相手ではなく、好条件が整っていたとしても、危険な行為だった。ただ、リリーにはテメレアの背に乗るだけの体力もなさそうだ。

「テメレア！」ローレンスはテメレアに呼びかけ、テメレアが振り向いたところで言った。「甲板のここを壊せないか？」ローレンスとしては厚板を引き剝がして厨房に通じる穴をあけるのを求めたつもりだったが、テメレアはそうはせず、ただ顎をわずかに開き、静かに吼《ほ》えた。たちまち四枚の厚板がひび割れ、一枚が粉々に砕け、咆吼に怯えて頭をかかえてうずくまっているコックたちの頭上に落ちた。

クルーたちが大急ぎで穴を広げ、テメレアが前足を伸ばして、厨房から砂桶をつかみあげた。リリーはその砂桶に頭を寝かせると、すぐに咳きこみはじめた。こらえていた分だけ発作は激しく長くなった。油の染みた砂がジュッと音をたて、煙をあげ、酸特有のきつい臭いを漂わせた。ドラゴン甲板には大きな穴があいてしまった。そのふちはドラゴンたちの腹に刺さりそうなほどぎざぎざで、これまでドラゴンたちを温めていた厨房の熱気が穴から噴きあがってくる。

「なんたるざまだ。フランス艦に乗りこんだほうがましだったな」ローレンスは怒りにまかせ、あたりの耳もはばからずに言った。かねてから思っていたのだが、アリージャンス号のような重く巨大な輸送艦が上手回しを行うのには無理がある。多数のドラゴンを乗せて重量がさらに増しているのだから、こういう場合は、昔ながらの下手小回しを使うべきなのだ。

ライリー艦長が先刻から後甲板で怒鳴っていた。当直《ワッチ》担当の士官オーエンスを呼びつけて指示を出し、水兵たちにも新たな命令を下している声が、距離はあっても、かすかに聞こえてくる。あちらの声が聞こえているのだから、こちらの声が向こうに届いていたとしてもおかしくはない。はたして、ローレンスの由々《ゆゆ》しき発言からライリーの怒声《どせい》がぴたりとやんだ。

ライリーはこの件に関して、キャサリン・ハーコートだけに、堅苦しく謝罪した。一日の終わりに、キャサリンがドラゴン甲板からおりてきたところをとらえて、話し話しかけたのだ。飛行士全員がいるドラゴン甲板には行きたくなかったのだろうと、ローレンスは推察した。キャサリンは後ろで束ねた三つ編みをほどき、すすまみれの顔になっていた。飛行士の上着を着ていないのは、リリーの顎が新しい砂桶のふちにこすれないように、急場のあて布代わりに上着を使ったからだった。ライリーが呼びとめると、キャサリンははっと背筋を伸ばし、頭に片手をやって、顔を隠すように長い髪をくしゃくしゃにした。ライリーの謝罪は、当然前もって考えていたはずなのだが、ひどくぎこちなかった。「ええと、申し訳なく思ってます。その、深く遺憾《いかん》に――」

結局、最後はしどろもどろになり、うんざりしたようすのキャサリンにさえぎられた。

「もちろん、遺憾に思っていただきたいわ。あんなことは二度と起こさないで。あの穴は明日、船匠《せんしょう》に言って直してもらう。じゃ、おやすみなさい」彼女はライリーの横をかすめて立ち去った。

キャサリンは疲れていて早く眠りたいだけだった。彼女が本気で怒ったらこんなものではすまなかっただろう。しかし、それを知らない者にとっては、かなり痛烈な抗議と聞こえたようだ。ライリーは恥じ入ったにちがいなかった。翌日、飛行士たちが起きだす前から、アリージャンス号のすべての船匠が動員されて、ドラゴン甲板を補修した。そればかりか、今後同じことが起きた場合に備えて、ドラゴン甲板から厨房に直接通じるハッチが設けられた。

「あのハンサム君、わたしの言うことはよく聞いてくれる」キャサリンはそう言ったが、ローレンスはおそらく自分を無視してきたことへの埋め合わせだろうと考えた。キャサリンが遠くにいるライリーをちらりと見て、さらに言った。「わたしたち、彼に感謝を示さなければね」ローレンスはなにも返さず、その役目が自分に回ってこないようにと心のなかで祈った。結局、キャサリンがふたたびライリーを晩餐に招待することになったが、ローレンスはなんとか理由をつけて出席をまぬがれた。

こうして和解のチャンスは見送られ、ローレンスとライリーは冷ややかに距離をとりつづけた。甲板や艦内ですれちがうときには無言の挨拶を交わしたが、艦長はじめ海軍士官たちは艦尾で寝起きするため、ふたりがすれちがうのはまれなことだった。艦長との関係がぎくしゃくした軍艦に乗りこむほど不愉快なことはない。海軍士官たちは当然ながら艦長に倣《なら》ったし、かつてローレンスに仕えた者ですら態度を硬くした。こうして日々乗組員たちから冷遇されて、ローレンスのなかにはライリーに対するわだかまりばかりか、怒りさえも再燃していった。

もっとも、その恩恵がひとつだけあった。海軍との関わりを断つことで、航空隊キャプテンたちと親しむ機会が増えたのだ。今回は、飛行士の流儀《りゅうぎ》を学ぶというより、ローレンスみずからそれを実践する旅となり、意外にも航空隊のやり方が性《しょう》に合っているのではないかと思えてきた。

輸送艦に乗りこんだ飛行士たちに、それほど仕事はない。毎日正午までには、その日の食事となる家畜が甲板で処理され、病のドラゴンたちをあまり動かさずにすむ範囲で血が洗い流された。そのあと若い航空隊士官たちは学業に励み、それがすむと自由時間になる。ただし自由とはいっても、過ごす場所はドラゴンであふれたドラゴン甲板か、艦内にある士官用の小さなキャビンのいくつかにかぎられていた。

「この隔壁《かくへき》を取り払ってもかまわないかな、ローレンス?」出航してわずか三日目、チェネリーがドアから首を突っこんで尋ねた。ローレンスは、陸の生活が長かったため、つい怠りがちになっていた手紙を書いていた。「カードゲーム用のテーブルを設置したいんだが、船室が狭すぎてね」奇妙な要求だとは思ったが、かまわないと答えた。こうして快適な広い空間が生まれたが、結局は、飛行士たちが和気あいあいとゲームに興じる声を聞きながら手紙を書くことになった。互いの部屋の隔壁を取り払うのは飛行士にとって当たり前の習慣らしく、彼らは着替えがすむと、尋ね合うこともなく船室の隔壁を取り去り、就寝時間になるとまた元に戻した。

こんな具合だから、食事もたいてい仲間といっしょにとった。食卓は陽気でにぎやかで、キャサリンが中心となり、作法などおかまいなしに会話が飛び交《か》った。下級士官たちは食卓の下座に、階級順ではなく到着した順にぎゅうぎゅう詰めになった。食事のあとはみなで甲板に出て、国王陛下に忠誠を誓う乾杯をしてから、コーヒーや葉巻を楽しんだ。ドラゴンたちも加わって、咳を鎮《しず》めるミルク酒を飲んだ。一日の終わりの涼やかなひとときが、飛行士たちにとってささやかな慰安になっていた。ローレンスは夜の時間を、テメレアに本を読み聞かせて過ごすことが多かった。ときにはラテン語やフランス語の本も読んだが、テメレアはそれを仲間のドラゴンに訳して聞かせた。

ローレンスにはテメレアの学識の高さが特別だとわかっていたので、最初はほかのドラゴンに理解しやすいように、わずかな文学作品の蔵書から小説を選んで朗読していた。だがそのうち、テメレアの偏愛《へんあい》する、そしてローレンスにとっては難解きわまりない数学や科学の専門書も、甲板に持ち出して読むようになった。おおかたのドラゴンは、予想どおり、あまり興味を示さなかった。ところが意外なことに、ページがすり切れてぼろぼろになった幾何学《きかがく》の専門書を読んでいるとき、メッソリアが横から眠そうな声で言った。「ねえ、少し飛ばしてくれないかしら？　証明する必要なんかないわよ。誰がどう見ようが、それは正しいんだから」

メッソリアが指摘したのは、球体の中心を通る平面と球面が交わるところにできる円、すなわち大円のことだった。ドラゴンたちは、地球上の二点間を最短距離で移動するためには、地図上の直線コースでなく、この大円の一部である曲線コース、すなわち大圏《たいけん》航路をとるべきだということをなんの苦もなく受け入れていた。ローレンスも海軍時代、海尉への昇進試験に備えて大圏航路について学んだが、最初の一週間はちんぷんかんぷんだったことを憶えている。

翌日の夜は、ニチドゥスとドゥルシアが読書に割りこみ、ユークリッドの原論における第五公準、すなわち平行線の公理についての議論をテメレアとはじめた。ニチドゥスもドゥルシアも、平行線の公理はまったく理屈に合わないと言い張った。

「ぼくだって、これがぜったい正しいって言うつもりはないよ」テメレアは気色《けしき》ばんで言った。「だけど、とりあえず受け入れてくれなくちゃ。科学では、これがすべてのはじまりなんだから」

「ええい！　それがなんの役に立つ？　そんなことを認めたら、すべてが間違ってることになっちまうぞ」ニチドゥスがいらいらして翼をばたつかせ、しっぽでマクシムスの横腹をぴしりと打った。マクシムスはうつらうつらしながら不快そうな声をあげた。

「間違ってるってのは言い過ぎだよ」テメレアが言った。「この公準は、ほかの公準ほど自明じゃないってだけの話さ」

「間違ってる！　とことん、間違ってる！」とニチドゥスがむきになって叫ぶ横で、ドゥルシアが落ちつき払って、テメレアに反論した。

「まあ、こんなふうに考えてごらんよ。あんたの出発点はドーヴァー、あたしの出発点はロンドンのちょいと南。緯度はどっちも同じだ。そこから、あんたもあたしも、北に向かってまっすぐ飛んでみる。コースを間違えないかぎり、あたしたちは北極点で出会うはずだね。だったら、平行線がけっして交わらないなんて議論する意味がどこにあるんだい？」

「まあね」テメレアがひたいを掻きながら言った。「事実はそうだとしても、実用的な計算をしたり、図形や空間について考えたりするのに、平行線の公理はすごく道理にかなってるんだ。あらゆることの行きつく真理だし、あらゆることの土台でもある。

たとえばさ、ぼくたちが乗ってる艦《ふね》の設計だって、基本はユークリッド幾何学だと思うよ」それを聞いて、神経質なニチドゥスは、アリージャンス号を不安そうに見まわした。

「でも、たぶん」と、テメレアがつづけた。「ぼくたちなら、この前提なしで、あるいはまったく逆のところから、なにかはじめられるかもしれないね」

こうしてドラゴンたちは、テメレアの砂盆の上で頭を突き合わせ、自分たちの幾何学を考えはじめた。それは、彼らには間違っていると思える公理を排除し、新たな理論を組み立てる一種のゲームのようなものだった。ドラゴンたちがこれほどなにかに打ち興じるところを、ローレンスは見たことがなかった。その議論に耳を傾けているドラゴンたちも、独創的な意見に対しては、まるで楽しい余興《よきょう》を見ているかのように称賛を送った。

そのうちに、ドラゴンばかりか士官たちも興味を持ちはじめ、議論はさらに大勢を巻きこんで勢いづいた。ドラゴンたちがつぎつぎに考えつくことをローレンスひとりでは書き取れないため、すぐにその役目は筆跡の美しい何人かの飛行士にまかされた。彼らの理論を書きとめることにしたのは、知的好奇心ゆえでもあるが、もうひとつには、ドラゴンたちが自分の思考過程が具体的な形をなすことを好み、全員が同じものを複写してくれとせがむからだった。彼らはそれを、まるでテメレアが自分の宝石を愛《め》でるように大切に扱った。

「糸で綴《と》じてきれいな本にしてあげる。ローレンスが読んでるすてきな本のようにね」キャサリンがリリーに話しかける声が聞こえてきた。彼女はつづけて言った。「でもそれには、もうちょっと食べてくれなきゃだめよ。マグロをあと何口かだけでも」こんなふうに甘い言葉で釣《つ》っても、うまくいかなかった。

「そうね、もうちょっとなら食べられるかも」リリーはけなげに答えたあと、そっと付け加えた。「そしたら、あんなふうに金色の紙を使って本にしてくれる？　いいでしょ？」


意外にも行き当たりばったりを好む自分を発見して恥じるところはあったが、ローレンスは、この船旅を通して航空隊仲間との親交を大いに楽しみ、飛行士たちの肝《きも》っ玉の太さとユーモアをますます頼もしく思うようになった。だが一方、ドラゴンたちの咳は徐々に気管の奥から出るようになり、どんなに楽しげにふるまってみても、この船旅はつねに憂鬱の種を宿していた。

キャプテンたちの朝は、ドラゴン甲板に出て、前夜の咳で飛び散った血を洗い流すようクルーに命じるところからはじまった。夜は、ドラゴンたちの湿った咳の音を聞きながら眠りについた。どんな娯楽にも、楽しければ楽しい分だけ押し迫る不安を振り払いたいという、いわば大火に呑まれつつある街でバイオリンを奏でつづけるような、不自然な昂《たか》ぶりが交じっていた。

憂鬱な気分をかかえているのは、飛行士だけではなかった。ライリー艦長がエラスムス師を乗船させたくない理由は、彼の政治的立場だけでなく、すでにアリージャンス号が大勢の客であふれていたことにもあった。その客のほとんどが海軍省から無理やり押しつけられた人々で、客以外にも輸送艦ならではの大量の船荷がある。客の一部はマデイラ島で下船し、そこから西インド諸島やハリファックス行きの別の船に乗った。残りは、入植者としてケープ植民地か、さらにその先のインドを目指していた。けっして楽ではない植民地行きに人々をここまで駆りたてる背景には——ローレンスとしては赤の他人をそう悪く思いたくなかったが——フランスによる英国本土侵攻への恐れがあり、彼らは祖国を捨てて逃げようとしているのかもしれなかった。

そう疑うようになったのは、艦尾甲板に外気に当たりに出てきた乗客たちの話が風に乗って聞こえてきたからだった。彼らは思い悩むように平和へのはかない望みについて語り、恐ろしげにナポレオンの名を口にした。ドラゴン甲板が離れた場所にあるために彼らと直接話す機会はまずなく、乗客たちのほうも飛行士たちと親しく交わろうとはしなかった。それでもエラスムス師だけは、ときどきローレンスと晩餐をともにした。彼はけっして噂好きではなかったが、あるときこんな質問をした。「キャプテン、本土侵攻は確実だと思われますか？」そこには、いつも乗客たちのあいだで交わされる話題について、ローレンスにも訊いておきたいという好奇心が見てとれた。

「ナポレオンがそれをたくらんでいるのは確実でしょうね」ローレンスは答えた。「あの暴君は、軍事力にものを言わせて好き放題やろうと思っているでしょう。しかし、一度はそれを試みて完敗しているわけですから、二度目をすぐに決行するとは思えません。そこまで向こう見ずではないはずです。もちろん、また攻撃を仕掛けてきたところで、ナポレオンに勝ち目はありませんが」愛国心からくる誇張ではあったが、ナポレオンを見くびってはならないと、社交の席で口にするのははばかられた。

「それをうかがって安心しました」エラスムス師は言い、しばし沈黙したのち、感慨深げに付け加えた。「あれは、原罪についての神の教えを証明したようなものでした。フランス革命が最初に掲げた自由と友愛という気高き理念は、血と富によっていともたやすく押し流されてしまったのです。神のために闘わなければ、御心《みこころ》に従わなければ、堕落をまぬがれることも、世の不正に打ち勝つこともできません」

ローレンスは、偽りの同意を返すよりはと、プラムを煮た料理の皿をぎこちなくエラスムス師に差し出した。正直なところ、この一年間、牧師の説教をほとんど聞いていなかった。艦上の日曜礼拝にはときどき参加していたが、アリージャンス号付きの牧師、ミスタ・ブリテンのだらけた長い話では厳粛《げんしゅく》な気分になれなかったので、近頃では最初から礼拝に参加せず、テメレアといっしょに過ごすことが多くなっていた。

「お尋ねしたいことがあります」ローレンスは質問することで話題を変えようとした。「ドラゴンも原罪を背負っているのでしょうか？」テメレアの関心を聖書に向かせようとして失敗した経験から、この問題については折りに触れて考えてきた。聖書を読み聞かせると、テメレアの口から神を冒瀆《ぼうとく》するような質問がつぎつぎに飛び出し、かえって罰当《ばち》たりな気がして、早々に聖書の読み聞かせはやめてしまったのだ。

エラスムス師はしばし黙考したのち、ドラゴンは原罪を背負っていないという彼自身の見解を述べた。「もしアダムとイヴのほかに禁断の実を食べた生きものがいたとしたら、聖書にはそのように書かれていたはずです。また、ドラゴンには蛇に似たところがあるとはいえ、神は蛇を地を這う生きものとして、ドラゴンを空を飛ぶ生きものとして創られた。したがって、ドラゴンを蛇と同じように呪《のろ》われた動物ととらえることはできません」エラスムス師の声には確信がこもっていた。ローレンスはいくらか心が軽くなった。そしてその夜、ドラゴン甲板に戻ると、テメレアにもっと食事をとるようにと再度、説得を試みた。

テメレアは体調を崩しているわけでもないのに、竜疫を患う仲間のことを気遣うあまり、自分の食欲を恥じるようになっていた。そして、食べられない仲間に合わせるように、食事の量が少なくなった。ローレンスが食べるようになだめすかしても聞き入れず、ついにゴン・スーがドラゴン甲板にやってきて、料理を食べないのは料理人である自分の名誉を汚《けが》すことであり、それればかりか自分の師匠の、一族の名誉を汚すことでもあるとまくし立てた。そしてこの心の傷はけっして消えないので、この敗北の場から一刻も早く消え去るために、チャンスを見つけしだい艦からおりて故郷に帰らせてもらうとまで宣言した。

「いや、料理はとてもおいしいんだ、ほんとだよ。でも、いまはおなかがすいてないだけで……」テメレアは言った。

しかし、ゴン・スーは丁重な釈明もまったく受け入れず、さらに言った。「旨《うま》い料理はあなたを空腹にする。あなたがおなかがすいてないときでもねっ！」

「いや、その、すいてるんだよ。ただ……」テメレアはとうとう空腹であることを認めて、眠っている仲間を悲しげに見やり、深いため息をついた。

ローレンスはやさしく言った。「愛しいテメレア、きみが飢えたところで、仲間がよくなるわけじゃない。それどころか、きみまで体を壊すことにもなりかねない。きみはケープ植民地に着いたときのために、体力を蓄えておかなければ」

「そうだね。でもなんだか気が咎《とが》めるんだ。ほかのみんなが食べられなくて眠ってばかりいる横でがつがつ食べてるのは。まるで、盗み食いしてるみたいな気持ちだ」テメレアは、眠っている仲間を悲しげに見つめた。もちろん仲間が元気なら、仲間より多く食べることに、自分の食べ物を守ろうとすることに良心の呵責《かしゃく》を感じることもなかったはずだ。しかし、テメレアがそう告白してからは、食事の量を最初から減らすことにした。ほかのドラゴンはあいかわらず食べなかったが、テメレアは食べるときにしぶしぶというようすを見せなくなった。

だが、この状況にけっして満足しているわけではなく、それはローレンスも同じだった。アリージャンス号が南下するほどに、ローレンスの気持ちは沈んでいった。艦はケープ・コーストにもルアンダにもベンゲラにも寄港することはなかったが、ライリー艦長が慎重に海岸沿いを行く航路をとったため、いやでもこれらの港に白い帆がひしめき、にぎわうようすを遠くから眺めることになった。それだけでも、これらの港で行われている陰惨な取引を思い出させるのに充分だった。海には航跡に飛びこんでくる、訓練された犬のようなサメがあふれていた。港に出入りする奴隷船を追いかけるうちに、白い航跡を追うことを覚えたにちがいない。

「あの街は……？」エラスムス夫人が唐突にローレンスに尋ねた。夫人は娘たちと甲板に出てきていた。娘ふたりは、母のそばから離れて、ひとつの日傘《ひがさ》を分け合って甲板をしずしずと行ったり来たりしている。

「ベンゲラです」ローレンスはいささか驚きつつ、夫人に返した。航海がはじまって二か月近く、彼女から話しかけられたことは一度もなかった。エラスムス夫人はどんなときも控えめで、それが癖なのか、いつもうつむいていた。話し声も小さく、その英語には強いポルトガル語なまりがあった。

彼女が結婚する少し前に奴隷の身分から解放されたという話を、エラスムス師から聞いていた。彼女が自由になれたのは所有者の寛大さではなく不運ゆえだった。ブラジルの農園主だったその紳士は、商用でフランスを目指したが、大西洋で彼の乗った商船が拿捕された。そして、その商船が戦利品として英国のポーツマス港に持ちこまれたとき、彼女と仲間の奴隷たちは自由の身となったのだ。

エラスムス夫人は背筋を伸ばし、舷側の手すりを握っていた。彼女の両脚は艦の揺れにびくともせず、ほんとうは手すりなど必要なかったのかもしれない。夫人はかなり長くそこに立って陸を眺めていた。やがて娘たちが散歩にあきて、日傘も慎み深さも放り出し、エミリーやダイアーといっしょにロープをよじのぼりはじめたが、それでもまだ夫人は陸を見つめつづけていた。

ベンゲラ港からは多くの奴隷船がブラジルに向かうことを、ローレンスは思い出した。だが、それについてはなにも触れず、夫人がふたたび振り向いたとき、腕を差し出し、下に戻って飲み物でもいかがですかと提案した。彼女はかぶりを振ってどちらも辞退し、子どもたちを呼び寄せた。子どもたちはばつが悪そうな顔で遊びをやめて戻ってきた。彼女は早口の低い声でなにか言い、こうして親子はまた下に戻っていった。

ベンゲラを過ぎれば、これ以上奴隷貿易港は存在しない。それは土地の人々の奴隷貿易に対する敵意ゆえであり、港には適さない地勢がつづくせいでもあった。だが、アリージャンス号に漂う重苦しい空気は変わらなかった。テメレアとローレンスは、そんな重苦しさから逃れるように、しばしば陸に向かって飛行した。ライリーはアリージャンス号を陸沿いに航行させていたのだが、ローレンスたちはさらに陸に近づき、艦と平行に針路をとり、行きつ戻りつしながら、アフリカ大陸の海岸が浸食されているようすを観察した。

陸地にはジャングルが広がっていた。川から海に向かって黄褐色の岩や土砂が流れ出し、岸辺のあちこちに物憂《ものう》げなアザラシが群れていた。そのうち広大なオレンジ色の砂漠がジャングルに取って代わり、海上には厚い霧が立ちこめ、水兵たちを悩ませるようになった。ほぼ一時間ごとに、当直《ワッチ》の士官が水深を測れと水兵に命じていた。その声は霧のなかでくぐもり、どこか遠いところからの声のようにも聞こえた。時折り、陸地に肌の黒い男たちが立って、警戒心に満ちた目でこちらを眺めていることがあった。だがたいていは油断ならない静寂《せいじゃく》があるのみで、ごくたまに静けさを切り裂くように鳥の声があがった。

「ねえ、ローレンス。ぼくたちだけ、アリージャンス号より早くケープタウンに行くこともできるんじゃないかな」重苦しい雰囲気に食傷《しょくしょう》したテメレアが、ついにある日そう言った。ベンゲラ港を過ぎて海岸沿いに航海すること約一か月、まだ上陸するには危険な地域がつづいていた。アフリカ大陸の内陸は、なにが起きるかわからない未開の地だと言われている。探検隊が跡形もなく消えたとか、海岸沿いのルートをはずした身のほど知らずの伝令竜が忽然《こつぜん》と姿を消したとか、そんな話は枚挙《まいきょ》に暇《いとま》がない。しかしテメレアの提案には、アリージャンス号に漂う重苦しさから逃れられるという点で、またこの旅の目的である治療法さがしに早めに着手できるという点で、訴えるものがあった。

ケープタウンに一日で飛べる距離まで近づいたら——たとえ苦しい飛行になっても——先発隊として艦から離れるという提案を、ローレンスはすぐには却下しなかった。それに気をよくしたのか、テメレアはきちんと食事をとるようになり、筋力を維持するためのアリージャンス号上空での単調な旋回飛行にも前向きになった。テメレアのチームが先に行くという案に、異を唱える者はいなかった。「安全にたどり着けるという確信があるならね」と釘《くぎ》を刺したが、キャサリンもこの案に賛成した。目的地に近づいたのだから一刻も早く調査をはじめたいという点で、飛行士たちの心はひとつになっていた。

「もちろん、お好きなように」この件を公式に提案すると、ライリー艦長は言った。ローレンスと目を合わせず、ふたたび海図に覆いかぶさるような姿勢をとり、計算しているふりをした。それがふりであることは、ライリーが暗算ではなく筆算を用いることを知っているローレンスには隠しようがなかった。

「クルー全員を連れていくのはやめよう」ローレンスは副キャプテンのフェリスに告げた。フェリスは残念そうだったが、反対はしなかった。竜医のケインズとドーセット、料理人のゴン・スーは、当然ながら、先発隊に加わった。一年前にケープタウンを訪れたとき、ヨンシン皇子《おうじ》おかかえのコックたちが、テメレアの食事に土地の産物を熱心に取り入れた。その食材のなにかがテメレアの竜疫を治療したのではないかと、竜医たちは考えていた。

「土地の食材を、前の旅のコックたちがやったように、調理することはできるだろうか」ローレンスはゴン・スーに尋ねた。

「わたし、宮廷のコックとちがう！」ゴン・スーはそう言い返し、ローレンスを落胆させた。彼の生まれた中国南部の料理は、宮廷料理とはまったくちがうものらしい。「頑張ってみるけど、同じにはならない。北の料理、あんまりおいしくない」最後は郷土愛に燃えて付け加えた。

エミリーとダイアーも、先発隊に加えることにした。ゴン・スーの助手として市場へ買い出しに行かせられるし、ふたりの体重ならテメレアの荷としてほとんど勘定《かんじょう》に入れずにすむ。ローレンスは金貨の箱と、自分の剣、ピストル、着替えのシャツ二枚と靴下程度の荷物をまとめた。「ぜんぜん重く感じない。これなら何日だって飛べそうだよ」早く出発したくてうずうずしているテメレアが言った。ローレンスは慎重を期して、一週間出発を延ばしていた。そしてようやく、ケープタウンまでの距離が二百マイルを切った。テメレアの一日の飛行距離としては相当長いが、無理をすれば飛べなくはないだろう。

「明日の朝まで天気がもてば、出発しよう」ローレンスは言った。

出発間際になり、もしやと思って、ローレンスはエラスムス師を誘ってみた。「もちろん、艦に残ってくださってもかまいません。キャプテン・バークリーから、あなたが自分の客として艦に残ってくださるなら幸甚《こうじん》に思うと伝えるように頼まれました」それはバークリーが実際に言ったせりふ――「かまわんぞ。しかたなかろう。宣教師一家を海に放り出すわけにはいかんからな」――よりもはるかに穏当《おんとう》な表現だった。「しかし、あなたはわたしの個人的なお客様ですから、あなたさえよければ、どうか先発隊に加わってください」

「ハンナ、おまえは行きたくないだろうね？」エラスムス師が妻のほうを見て言った。

エラスムス夫人は、現地の言語を学ぶための小さな教科書を広げ、そこに記された言葉を口のなかで繰り返していたが、夫の呼びかけに顔をあげて言った。「かまいません」彼女は怖じ気づくようすもなく、娘ふたりを連れてテメレアの背にのぼり、不安そうな娘ふたりをたしなめてみせた。話はこれで決まった。

「ケープタウンで会おう」ローレンスは副キャプテンのフェリスに言い、キャサリン・ハーコートに敬礼した。テメレアは爽快《そうかい》に羽ばたいてアリージャンス号から飛び立ち、美しい海の上をぐんぐんと進んだ。心地よい風が先発隊の一行を追いかけるように吹いていた。

こうして一昼夜飛びつづけ、夜明けにテーブル湾の上空に到達した。頂上が真っ平らなテーブル・マウンテンが、ケープタウンの背景にそびえ立ち、縞状に層を成す岩肌と山の両脇にある見張り塔のような小さな頂《いただき》に朝日が差し、うっすらと金色に輝いていた。山のふもとの細長い三日月形の土地には建物がひしめき、その中心に海に臨んでキャッスル・オブ・グッドホープが建っている。この城砦《じょうさい》の外壁は上空から見ると星形をなし、その内側に五角形の要塞《ようさい》がある。バターのような黄色に塗装された城壁が朝日にきらめくのが見えてくるころ、城の大砲が風下に向けて礼砲を放った。

テメレアの宿営となった閲兵場《えっぺいじょう》は城の横手にあり、波が打ち寄せる砂浜に面していた。ここまで海が近いと、満潮で風が強いときには波をかぶってしまうが、夏の猛暑はしのぎやすいはずだ。城砦のなかにも緊急時にドラゴン数頭を収容できる広い内庭があったが、そこにテメレアが居すわるのは、城を守る兵士にとっても、テメレア自身にとっても、あまり快適とは言えない。ありがたいことに、閲兵場は一年前に中国への旅の途中で訪れたときより改善されていた。竜疫に冒された伝令竜はこんな南の果てまで飛んでいく体力もないため、今回の調査隊の到来とその極秘任務については、高速のフリゲート艦によってアリージャンス号に先んじて、ケープ植民地の総督《そうとく》代理、グレイ中将《ちゅうじょう》に伝えられていた。グレイは知らせを受けて、編隊のドラゴン全頭の宿営となるように閲兵場を広げ、周囲に塀《へい》を張りめぐらした。

「この塀が不便でないといいのですがね。好奇の目とつまらぬ噂を避けるためには、こうするしかなかった」グレイはそう切り出し、ドラゴン編隊の到来に対する入植者たちの反発についてローレンスに語った。「あなたがた先発隊に来てもらって、むしろよかった。七頭がそろうまでに、いくらか慣れる時間が持てますからね。いきなりドラゴン編隊でやってこられたら、いったいどうなっていたことやら」

グレイはケープタウンにこの年の一月に着任したばかりで、ケープ植民地の総督臨時代理という地位は、カレドン伯爵が正式な総督として着任するまでの短期間のつなぎにすぎず、昨今の不穏な状況下に必要とされる権威を欠いていた。そんななかに本国からドラゴン編隊がやってくるのだから、グレイにとっては心配の種が尽きないのだろう。街の住人は、植民地の支配権をオランダ東インド会社から奪った英国を嫌っていたし、街の郊外や海岸沿いを開拓してひと財産を築いた農園主たちは、英国の占領を嫌悪していた。いや、彼らの自主権をおびやかすいかなる形の支配も嫌悪していた。自主独立こそ、辺境を開拓するという果敢な挑戦に対する当然の報いだと考えていたからだ。

ドラゴン編隊の到来は、真の目的が明かされていないだけに、入植者たちを疑心暗鬼《ぎしんあんき》に駆り立てた。植民地の初期から、安価な労働力として奴隷が買えたので、入植者たちは奴隷の存在を軽んじており、大量の労働者を使役して、農園やぶどう園や放牧地を拡大していった。ケープ植民地から奴隷が輸出されていないのは、ここではつねに奴隷の需要が供給を上まわっていたからだ。黒人奴隷ほど見くだされた存在ではなかったものの、マレー人もまた、自主的にあるいは西アフリカ経由で奴隷として、大量に入ってきていた。また、地元のコイコイ人は、厳密には奴隷ではなかったが、奴隷同然に拘束され、重労働に見合わぬ賃金で働かされていた。

ケープ植民地の白人たちは、このように数では圧倒的に勝る大量の労働者をかかえ、自分たちが築いた体制を厳しい制約と懲罰によって維持しようと躍起《やっき》になっていた。入植者のあいだには、英国の占領以降、奴隷への折檻《せっかん》が禁止されたことへの遺恨《いこん》が渦巻いており、街から遠く離れた地域には不服従への戒《いまし》めとして、縛り首にした奴隷の死体をさらすという野蛮な習慣が残っていた。入植者たちは英国本国において奴隷貿易廃止運動が活発化していることを知っており、彼らにとって新たな労働力の供給をはばむかもしれない運動に憤り、そのなりゆきを注視していた。そんなわけで、運動の推進者であるアレンデール卿も、この地で知られていないわけではなかった。

「このうえ、まだ問題を起こそうという気ですか?」先発隊がケープタウンに到着して数日後、グレイがうんざりしたようすで言った。「そもそも、あの黒人宣教師を連れてきてほしくはなかった。いまや街の住民の半数が、英国では奴隷制度が廃止されたのだと思いこんでいます。そして残る半数は、早晩自分たちの奴隷も解放されて、復讐《ふくしゅう》されるだろうと信じこんでいる。誰もが、あなたがたが奴隷解放を推進するためにやってきたのだと疑っていない。どうか、お仲間に伝えてください。目立たぬように気をつけてくれと。あの宣教師がいまだ街で刺し殺されていないのは奇跡と言うべきですな」

エラスムス師とその夫人は、ケープタウンの街に到着すると、ロンドン宣教会の建物に住みついた。宣教会はこの街にはまだ教会も学校も開設しておらず、みすぼらしい家があるだけで、前の宣教師がマラリア熱で死亡したあとは空き家となって荒れ果てていた。家は痩せた木々に囲まれ、以前は野菜畑だったと思われる小さな土地があった。エラスムス夫人は、すでにこの土地をふたりの娘と現地の若い女性数名の手を借りて耕しており、ローレンスとグレイが訪ねていったときは、トマトの苗に支柱を立てるやり方をみなに教えていた。

夫人は来訪者に気づいて立ちあがり、作業する娘たちに小さな声で指示を出し、ローレンスとグレイを家のなかに招き入れた。その家はオランダ様式で建てられ、壁はすべて厚い土壁で、草葺《ぶ》き屋根を支える天井の太い梁《はり》が剝き出しになっていた。窓もドアもすべて開け放って、新しく塗り直した漆喰《しっくい》の臭いを外へ逃している。内部は長方形のひと部屋だけだが、そこが三つに仕切られて、そのひとつでエラスムス師が、床にすわる十数人の現地の少年に、石板を使ってアルファベットを教えていた。

エラスムス師は立ちあがってローレンスたちに挨拶し、少年たちを外へ遊びに行かせた。少年たちは歓声をあげて、通りに飛び出していった。エラスムス師が台所に行き、やかんやティー・ポットを扱う音が聞こえてきた。

「ずいぶんと仕事を進めたものだな、たった三日間で」少年たちの姿を見送っていたグレイが言った。

「ここの子らは学ぶことに飢えています。そう、福音《ふくいん》にも」エラスムス師がささやかな満足感をにじませていった。「夜になると、畑仕事を終えた彼らの親たちがやってきます。すではじめての礼拝も行いました」

エラスムス師が椅子を勧めたが、ここには二脚の椅子しかなく、それにすわるのはいささか気づまりなので、ローレンスもグレイも立ったままでいた。「さっそくだが」と、グレイが用件を切り出した。「残念ながら、無視できない苦情が来ている」彼はそう言うと、一拍の間を置いて、同じことを繰り返した。「無視できない苦情が」エラスムス師がなにも言い返さないので、気づまりな沈黙が流れた。「ご承知のとおり、わが英国がこのケープ植民地を支配下においたのはごく近年のことだ。ここの入植者たちはひとすじ縄ではいかない。自分たちの農場を、不動産を所有し、己れの運命の主人は自分だという強い自負を持っている。そこで、意見したいのだが——」グレイの口調がきつくなった。「もっと行動を慎んでもらいたい。生徒もこんなに大勢は必要ないだろう。有望な子を三、四人残し、あとは仕事に戻すことだ。子どもらとはいえ、欠けた労働力をそう簡単には補えないのだからな」最後はいくぶん調子が弱くなった。

エラスムス師は黙って聞いていたが、グレイが言いたいだけ言ったことを見とどけると、おもむろに口を開いた。「お立場はわかります。あなたはむずかしいお立場にいらっしゃるのですね。しかし残念ながら、あなたのご意見に従うわけにはまいりません」

グレイはつぎの言葉を待っていた。が、エラスムス師はそれ以上なにも言わず、議論する気すらないようだった。グレイは助けを求めるようにローレンスのほうをちらりと見たが、またエラスムス師に向き直って言った。「はっきり言おう。もはや、あなたの身の安全は保証できません。あなたが主張を通そうとするなら、ぜったいに無理だ」

「わが身を守るためにここへ来たわけではありません。福音を伝えるために来たのですから」エラスムス師は、ほほえみつつも覚悟をにじませて言った。エラスムス夫人がお茶を運んできた。

「奥さん」グレイが、カップにお茶を注ぐ夫人に話しかけた。「あなたからもご主人にお願いしていただきたい。このままでは、あなたのお子さんたちにも危険がおよぶかもしれません」それを聞いた夫人がさっと顔をあげ、その拍子に畑仕事のときに頭に巻いていたスカーフがほどけ、ひたいに印された以前の所有者の名の頭文字があらわになった。それは、抽象的な模様の刺青の上から押された焼き印だったが、不鮮明ながら文字として充分に判別できた。

エラスムス師は、彼を見つめる夫人におだやかに言った。「神を信じよう、ハンナ。神の御心を」夫人はうなずき、グレイには言葉を返さず、畑に戻っていった。

意見する余地はなかった。グレイはため息をつき、帰りしなに陰気な声で言い添えた。「この家に見張りをつけよう」

その日は湿り気を帯びた南東の風が吹きつづけ、雲の毛布がテーブル・マウンテンをすっぽりと覆った。それでも夕刻になると風と雲の勢いが衰え、翌日の昼にはキャッスル・オブ・グッドホープの見張り塔からアリージャンス号の帆影が確認された。こうしてドラゴン輸送艦の到来が、信号弾によって街に知らされた。このころには、ドラゴンの到来に不安を覚えるという段階を超えて、住民たちは疑念と敵意の固まりになっていた。

ローレンスは、グレイに招かれて、城砦の最上階にある涼やかな部屋から沖合のアリージャンス号を見つめた。こうして改めてアリージャンス号を眺めると、その堂々たる姿に――艦体の途方もない大きさだけでなく、砲眼から鈍い輝きを放って突き出す三十二ポンド砲の威圧感や、虚ろな目のような砲口、ドラゴン甲板に群れなすドラゴンたちにも――深い感銘を覚えた。ドラゴンたちは、遠目には頭数を数えられないほど頭やしっぽをからみ合わせて固まっていた。

アリージャンス号はゆっくりと港に近づいた。ドラゴン輸送艦と比べれば、港に停泊する船はすべてちっぽけに見える。陰鬱な沈黙がおりた街の上空に、アリージャンス号の礼砲が響き、雷鳴のようなとどろきがテーブル・マウンテンの切り立つ岩肌に反響し、街に降り注いだ。ローレンスはかすかな硝煙の臭いを感じた。こうして、アリージャンス号が港に錨をおろすころには、街の通りから女性と子どもの姿がすっかり消えていた。

しかし、街の住民はドラゴンを恐れる必要などまったくなかったのだ。ローレンスは海岸から手漕ぎボートでアリージャンス号に近づいたとき、その事実を目の当《ま》たりにして悔《くや》しさを噛みしめた。長い航海のあいだ窮屈《きゅうくつ》な姿勢をとりつづけたせいで、ドラゴンたちの体はこわばりきっていた。おだやかな航海だったにもかかわらず、二か月を超える月日が彼らの筋力を少しずつ衰えさせた。城砦は砂浜のすぐそばにあり、閲兵場はその横手にあるのだが、艦から陸までのごく短い飛行すら衰弱したドラゴンたちには大きな負担となった。

まずは小柄なニチドゥスとドゥルシアが、ほかのドラゴンにスペースを与えるために、先に行くことになった。二頭は深く息を吸いこみ、果敢にドラゴン甲板から飛び立ったものの、短い翼の羽ばたきは緩慢《かんまん》で、高度を保てず、閲兵場を囲む柵に腹が触れそうになるほど低空を飛行し、最後は翼を広げたまま、日差しで暖まった地面にめりこむように着地した。つぎのメッソリアとイモルタリスは身を起こすのさえ苦しげで、閲兵場から心配そうに見守っていたテメレアが叫んだ。「待って！　いま行く。ぼくが助ける！」こうしてテメレアはかわるがわる二頭を背に乗せると、しがみつかれて無数の掻き傷ができるのも厭《いと》わず閲兵場まで運んだ。

まだドラゴン甲板にいるリリーがマクシムスを鼻でそっと押した。「いいんだ、きみが先に行けよ。おれもすぐに行くから」マクシムスが目を閉じたまま眠そうな声で言うと、リリーは不満げな低いうなりを発した。

「マクシムスのことはなんとかするから、心配しないで」キャサリン・ハーコートになだめられて、リリーはようやく自分が先に行くことを受け入れ、移動に際して万が一にも強酸が洩れないように備える器具を装着させた。それは頭部を覆う口輪で、油を染みこませた砂を入れた大きな金属製の受け皿が顎の下に固定されるよう設計されていた。

ライリー艦長がドラゴン甲板に見送りに出ていた。ハーコートが彼のほうを振り向き、片手を差し出して言った。「ありがとう、トム。すぐに戻ってこられるといいんだけど。よかったら、陸のわたしたちを訪ねてね」ライリーはぎこちなく彼女の手を取り、その上にかがみこんで、握手とも手の甲へのキスともとれるしぐさをした。その後はかちこちになって引き返していったが、ローレンスとは一度も目を合わせようとしなかった。

ハーコートはブーツの片足を甲板の柵にかけてリリーの背に跳び移り、搭乗ハーネスを固定した。リリーが種の名の由来でもある〝長い翼《ロングウィング》〟を開いた。その翼端には黒と白のさざ波模様がある。付け根を彩る胴部と同じ濃いブルーは、翼の先へ向かうにつれて濃いマーマレード色に変わり、日差しを受けて虹色に輝いた。翼を開ききると、翼長は体長の二倍ほどになる。リリーはまずまずうまく飛び立ち、ほとんど羽ばたくこともなく優雅に滑空して着地した。

　こうして砂をほとんど落とさず、埠頭《ふとう》や城の胸壁に強酸をこぼすこともなく、リリーの移動が終わり、ドラゴン甲板に残るのはマクシムスだけになった。バークリーが静かに話しかけると、巨大なリーガル・コッパーは深いため息をついて体を起こし、アリージャンス号が波間でわずかに揺れた。マクシムスは舷側までのっそりと二歩進み、ふたたびため息をついた。翼を広げようとすると肩の筋肉がきしんで、すぐに翼が背中に戻った。マクシムスは力なくうなだれた。

「ぼく、手伝おうか」テメレアが岸辺から呼びかけたが、いまでもテメレアの二倍の重量があるマクシムスを背に乗せて運ぶのは無理だ。

「おれだけでなんとかやる」マクシムスはかすれ声で言い、首を曲げてしばらく咳きこみ、緑色の痰《たん》を吐き、動かなくなった。

テメレアは尾をぶんっと振ると、決然と海に入り、アリージャンス号まで泳いだ。舷側に前足をかけて伸びあがり、頭を突き出して言った。「そんなに遠くないよ。いっしょに泳ごう。岸辺まで付き添うから」

バークリーがケインズをちらりと見た。ケインズは言った。「少々海水に浸かるぐらいなら害にはならんだろう。かえって、よい効果があるかもしれん。気温も高いし、この季節なら日が沈むまでまだ四時間もある。そのあいだに体を乾かせばよかろう」

「それなら、わたしも海に入る」バークリーがどら声で言い、マクシムスの横腹をぽんと叩いて後ろにさがった。マクシムスがぎこちなく前かがみになり、体の前半分を水に突っこんだ。アリージャンス号が反動を受けて、太い錨索《びょうさく》がきしみ、高さ十フィートの波が周辺に広がって、港に停泊する何隻かの小さな船を転覆させそうになった。

マクシムスはその場で浮きながら頭を振って水滴を払い落とすと、水を掻きはじめた。が、三掻き、四掻きですぐに動けなくなった。体内の浮き袋のおかげで体はどうにか浮いているが、危なっかしく傾いている。

「ぼくに寄りかかって。いっしょに行こう」テメレアが近づき、マクシムスを横から支えた。少しずつ少しずつ、二頭のドラゴンは岸辺を目指した。そして突然、海底に足がつき、白い砂が煙のように水中から巻きあがった。マクシムスは体半分を水に浸けたままで休憩し、波が横腹をぴちゃぴちゃと洗った。

「水のなかは気持ちいいな」ふたたび咳の発作に耐えながら、マクシムスは言った。

「そんなに疲れてないぞ」だが、まだ岸辺までわずかな距離が残っていた。押し寄せる波とテメレアに助けられ、マクシムスはゆっくりと腹をこするようにして進んだ。

こうしてなんとか水から脱すると、ふたたび休憩をとった。ゴン・スーが極上の肉の塊を持ってきた。それは、移動で疲れたドラゴンに食べさせようと彼が一日がかりで用意した料理で、地元産のやわらかな牛肉に、病で鈍った味覚を刺激するようたっぷり胡椒《こしょう》と塩を振り、よく煮こんだ同じ牛の胃袋とともに、串焼きにしたものだった。マクシムスはその料理をわずかに食べ、大きな桶で運ばれてきた水も何口か飲んだ。しかしあとはぐったりとして咳を繰り返し、浜辺でひと晩眠りつづけた。しっぽだけが繋留《けいりゅう》された小舟のように揺れていた。翌朝、涼しい時間を利用して閲兵場まであと少しの距離を移動し、いちばん端の若いクスノキの木陰というもっとも快適な場所を与えられた。そこは日差しから遮《さえぎ》られているだけでなく、井戸に近いため、飲料水を運ぶのにも苦労しなかった。

バークリーはマクシムスが落ちつくのを見とどけると、帽子を脱いで水桶に近づいた。頭を突っこんで水をすくい、ふた口ほど飲み、汗まみれの赤い顔を手でぬぐって言った。「いいところだな。マクシムスも気持ちよく過ごせる。ここに――」突然口をつぐみ、バークリーは最後まで言わずに城のなかへ入った。その朝は、飛行士全員が黙々と朝食をとった。誰もが口に出さなくてもわかっていた。マクシムスは、治療が成功しないかぎり、もうここから出ていくことはできない。そのときには、この地がマクシムスの墓となるのだろう。

7　とんでもなく臭いもの

艦上では、逸《はや》る気持ちで上陸を待ちわびていたが、いざ目的地に着いてみても、竜と飛行士にとっては相も変わらず待ちつづける日々だった。竜医たちは几帳面《きちょうめん》に実験をつづけるが、どんな見解も出そうとしなかった。毎日、たくさんの土地の産物が持ちこまれ、テメレアの前に差し出された。時折り、病のドラゴンが試すこともあり、そうやってまたいくつかの産物が候補からはずされた。

なかなか成果はあがらなかった。そのうちテメレアがまた胃腸を壊し、排泄物《はいせつぶつ》を溜める穴がたいへんなことになった。穴がすぐ満杯になり、新たな穴を掘らなければならない。上から土をかぶせた古い穴の上に草が生えて小さなピンクの花を咲かせ、そこに縄張り意識の強いスズメバチが群がり、ドラゴンたちを悩ませた。

ローレンスは口にこそ出さなかったが、この実験に煮え切らないものを感じていた。ケインズは胸の内では土地の気候が竜疫《りゅうえき》を癒すと考え、それを待っているのかもしれなかった。それでも、ドーセットは実験結果をきちんと書きとめており、日に三度、ドラゴンたちを回診し、前の診察から咳の発作の回数はどれほどか、痛みはどうか、あるいは——この質問だけは訊かずともわかるので頻繁《ひんぱん》ではなかったが——どれくらい食べたかなどをたんたんと質問した。

最初の週末に、ドーセットはニチドゥスの病状についてキャプテン・ウォーレンに問診《もんしん》したあと、記録帳をぱたりと閉じて、ケインズのところに行った。そして、ほかの竜医たちも交じえて、ひそひそとなにかを相談しはじめた。「優秀な連中だとしても、あんなふうに秘密会議をされると、鼻に一発ぶちかましてやりたくなる」ウォーレンがそう言いながら、ほかのキャプテンたちの集まったカード・テーブルに近づいた。カード・テーブルは閲兵場の中央に張られた大きな天幕のなかに設置されていた。ゲームはあくまでも気を散らすための方便で、実際には誰もカードに注意を払っておらず、ウォーレンが近づいたそのときには、テーブルについた全員が、竜医たちがひたいを突き合わせて話しこむようすを注視していた。

ケインズはその後も二日間、飛行士たちを巧《たく》みに避けつづけ、ついになにか報告はないのかと詰め寄られて、しぶしぶこう言った。「まだ発表できる段階じゃない」それでも、おそらくは気候が作用し、ドラゴンたちの体調にいくぶん回復が見られる——すなわち食欲と活力がやや戻り、咳も少なくなったと認めた。

「ただごとではすまないな。英国航空隊のドラゴンすべてをここまで連れてくるとしたら」みなでドラゴンの回復を喜んだあと、リトルが静かに言った。「英国海軍の保有するドラゴン輸送艦は何隻だった？」

「七隻だな。ライオニーズ号が修理を終えて乾ドックから戻ってくれば」ローレンスが答えた。

沈黙のあと、ローレンスはふたたびみなを励ますように言った。「しかし、ドラゴンを運ぶだけなら、百門艦は必要ないだろう。輸送艦はもともとドラゴンたちを前線に送り出すためにあるわけだから」ただし、ドラゴンたちの移送を困難で経費のかさむものにしているのも戦争なのだ。「ジブラルタルからドラゴンたちを巨大なはしけに乗せるという手もある。フランス軍の襲来に備えて、フリゲート艦の護衛付きで海岸沿いに進むんだ」

検討に値する計画ではあった。しかし実現可能だとしても、そのような大規模な輸送を航空隊の全ドラゴンに対して行うことはまず不可能だろう。自分たちの編隊は生きながらえて帰国できるかもしれないが、同じように治療をほどこせるのは仲間のドラゴンの半数にも満たないはずだ。「なにもしないよりはましだな」チェネリーが開き直ったように言った。「そんなチャンスを与えられて、受けて立たないキャプテンなど航空隊にはひとりもいない」ただ、そのチャンスが平等ではないということなのだ。

　重戦闘竜であり、希少種でもあるロングウィング種とリーガル・コッパー種は、治癒できるなら、移送の困難と費用に見合うだけの価値がある。しかし残りの種、一般的なイエロー・リーパー種や繁殖させやすいウィンチェスター種はそのかぎりではない。キャプテンを亡くした高齢のドラゴン、戦闘力や飛行力に劣るドラゴンも同じだ。こういったドラゴンたちは、国家戦略上の残酷なふるいにかけられ、救う価値なしと判断されて、過疎地にある隔離場で死にゆくままにされるだろう。それを思えば、小さな喜びにも影が差した。

　サットンとリトルはなおさらだった。彼らの担う竜はともにイエロー・リーパー種で、メッソリアのほうは四十歳になり、けっして若くはない。ほかを差し置いて自分の竜だけ救われるかもしれない心の疚《やまし》しさもあったはずだ。しかしそれによって希望が翳《かげ》るわけではなかった。その夜、キャプテンたちはほとんど眠らず、それぞれのドラゴンの咳の回数を記録し、翌朝、ドーセットに報告した。

同じ朝、空を飛んでみてはどうかという勧めに、意外にもニチドゥスが同意した。この小柄なパスカルズ・ブルー種の体力が万が一尽きた場合に備えて、ローレンスとテメレアが付きそうことになった。はたしてニチドゥスは飛びながら荒くかすれた口呼吸になり、何度も咳をした。

遠くまでは行かず、テーブル・マウンテンのふもとまで飛んだ。テーブル・マウンテンとその両脇のふたつの頂のふもとに広がる丘陵は、草を家畜に食われ、木々を薪《たきぎ》にされて、荒れ野になっていた。平らな山頂は突然、垂直な崖に変わり、灰色と黄色の岩が階段状のテラスをかたちづくり、崩れかけた石壁のように草と苔《こけ》と粘土《ねんど》層によって固められている。一行は山の絶壁がつくる日陰で休みをとった。あたりには低木がまばらに生えて、草の茂みでアナグマに似た、茶色の毛のふさふさした小動物が侵入者に驚いて右往左往《うおうさおう》していた。

「とても変わった山だね」テメレアが首を長く伸ばし、パレットナイフで削り取ったような、真っ平らな山頂を見あげた。

「うん、変だ、変だ。それに、なんて暑いんだよ」ニチドゥスが眠たげに言い、頭を翼のなかに突っこんで昼寝に入った。やがてテメレアもあくびをし、眠りはじめた。

ローレンスとウォーレンは来た道を振り返り、深い碗《わん》のような港を眺めた。港の外海に近いところに、蟻《あり》の群れに囲まれたおもちゃの船のようなアリージャンス号が見えた。キャッスル・オブ・グッドホープの黄色い五角形が、黒っぽい地面からくっきりと浮きあがっている。隣接する閲兵場に横たわるドラゴンたちも、ここから見れば小さなひと塊《かたまり》にすぎない。

ウォーレンが手袋を脱いで、手の甲で汗をぬぐい、ひたいに黒い汚れのすじを残した。「きみだったら、海軍に戻るという道もあるんだがな」ウォーレンが言った。

「さあ、どうかな。海軍がそれを望むかどうか」ローレンスは言った。

「騎兵隊なら、金を積めば入隊できると聞いた。ナポレオンがやりたい放題やるかぎり、兵隊不足がつづくだろう。まあ、いまの仕事とは比ぶべくもないが……」

しばらく沈黙がつづき、ふたりは多くの飛行士たちがいずれ直面する選択肢について、つまり騎乗するドラゴンが死んだときの身の振り方について思いをはせた。

「ローレンス」少し間をおいて、またウォーレンが言った。「あの、ライリーってやつ、いったいどんな人物なんだ？　その……つまり、きみは近頃、彼と意地の張り合いをしているように見えるが」

ローレンスは、そんなふうに見られていたのかと驚きつつ、答えを返した。「ライリーは紳士で、わたしの知りうるもっとも優秀な海軍士官のひとりだ。彼について悪く言うことはなにもない、わたし個人としては」

ウォーレンがなぜそんなことを尋ねるのか、ローレンスには量《はか》りかねた。アリージャンス号は、ドラゴンたちがケープタウンから出ていけるようになるまで港で待機せよと命令されていた。そこで当然ながら、ライリーもキャッスル・オブ・グッドホープに来て、一度ならずグレイ中将と晩餐をともにした。ローレンスは欠席したが、キャサリンとほかのキャプテンのおおかたも同席したようだ。もしかしたら、そんな場でいまのような質問を生じさせる話題が持ちあがったのかもしれない。

ローレンスは、ウォーレンがさらに詳しく説明してくれるだろうと期待した。が、彼はただうなずいただけで、一行が戻るまでに風向きが変わるだろうかという話題に移った。ローレンスの疑問は解けず、ライリーとの口論を悔やむ気持ちがぶり返した。あんな口論などしなければよかった。いまになって思えば、あれがふたりの友情を終わらせてしまったのかもしれない。

「ニチドゥスはずいぶんよくなったみたいだね」帰りしな、テメレアがローレンスにこっそりと打ち明けるように、だがささやきと呼ぶには大きすぎる声で言った。ローレンスはそのとおりだと心から賛同した。閲兵場に帰り着くと、ニチドゥスは健康だったときと同じくらいの量を食べ、また眠りについた。

翌日、ニチドゥスはまた出かけるのはいやだと渋《しぶ》った。そこでドゥルシアが出かけたが、ニチドゥスの半分も行かないうちに力尽きて休みをとった。「でも、彼女は牛を一頭まるごと食べたんだ。それと仔牛も」チェネリーが水割りウイスキーをあおって言った。「よい兆候だ。この半年間、ろくに食べなかったんだから」

その翌日は、ニチドゥスもドゥルシアも出かけたがらなかった。行こうと説得されて体を起こしたが、勘弁《かんべん》してほしいと言うためだった。「だって、暑いよ、暑い」ニチドゥスがぼやき、さらに水を要求した。ドゥルシアはもっと哀れを誘う言い方だった。「ねえ、お願い、あたしを寝かしておいて」

ケインズがドゥルシアの胸に聴診器をあてがって音を聴き、また背を伸ばすと、かぶりを振った。病のドラゴンたちは眠ったままで、姿勢を変えるとき以外は、ほとんど身じろぎしなかった。飛行士たちが数えた咳の数が報告され、検討された。咳は確かに減ったが、大幅な減少とは言えなかった。咳が減った代わりに、倦怠感や無気力な状態が顕著《けんちょ》になった。

猛暑がドラゴンたちの眠気を誘い、いっそう怠惰にさせていた。新しい環境への興味が薄れ、一時的な食欲の復活もまた元に戻った。長い船旅のあとだけに、陸でしか手に入らない良質な食材に食欲が刺激されたのかもしれない。しかし慣れてしまえば、その効果も薄れた。

「よくなると思ってたのに！」サットンがテーブルにつっ伏し、独りごとを言った。しかし、その語気の激しさに周囲の者は耳をそばだてた。「すまなく思うことなんてないんだ。そうだろう？　すまなく思うことなんて」多くの英国のドラゴンがただ死にゆくばかりのときに、彼の担うメッソリアは手厚い治療を受けられることになった。しかし、それを後ろめたく思う気持ちがこの調査実験の失敗を招いてしまったのではないかと考えて、サットンは苦しんでいた。そばにいたリトルが蒼ざめ、打ちしおれてしまい、見かねたチェネリーが彼を自分のテントに招き、眠りにつくまでラム酒を酌《く》み交わした。

「病気の進行がゆるやかになってきたようだ」第二週目の終わりにケインズが言った。「無視できない成果だとわたしは思うがな」そう付け加えたのは、飛行士たちにわずかでも希望を持たせようという配慮からだった。

ローレンスはテメレアを外に連れ出し、その日の夜は仲間のもとに戻らず、海岸で過ごした。せめてその夜だけでも、ほかのキャプテンたちが健康なテメレアと自分の担うドラゴンを比較せずにすむようにしたかった。ローレンスにも、やはり後ろめたさはあった。それは、喩《たと》えて言うなら、サットンやリトルの鬱積《うっせき》を映し出すゆがんだ鏡のようなものだ。これまでテメレアの健康を残りすべてのドラゴンの健康と引き換えてもいいと思ったことは一度もなかった。仲間のキャプテンも、この思いはわかるだろうし、自分の担うドラゴンに対しても同じ思いをいだいているだろう。しかしわかっていながらも、なぜか、今回の調査実験の失敗が自分の秘めたる身勝手さへの罰のように思えてしまうのだった。

ある朝、目覚めると、新たな英国艦が港に到着していた。速達便を携えて夜のうちにやってきた高速のフリゲート艦、フィオナ号だった。キャサリンが朝食のテーブルで速達便の包みをほどき、一通の手紙をゆっくり開いて、名前を読みあげた。アウクトリタス、プロリクサス、ラウダビリス、レプグナティス……。その手紙には今年に入って死亡した四頭のドラゴンの名が記されていた。

ローレンスは母親からの手紙を受け取った。

みなが今年こそはと力を尽くしましたが、結果は惨憺《さんたん》たるものでした。内閣さえ倒れなければ、見込みは充分にあったのです。けれども、奴隷貿易廃止法案は庶民院《しょみんいん》を通過しながら、またしても貴族院で否決されました。あらゆる手を尽くし、ウィルバーフォース氏が心ある者なら涙せずにはいられない、すばらしい演説をなさったにもかかわらず……。新聞各紙がわたしたちの味方につき、この事態を憂慮する論調を保っているのはせめてもでしょう。タイムズ紙はつぎのように書きました。「未来を慮《おもんぱか》ることのない法案反対者は、今夜は深き眠りにつくであろう。一方、運動推進者たちは、床についたとしても寝苦しい夜を過ごすにちがいない。それは、多くの奴隷の苦悩と悲惨を真に知っているからにほかならない。苦悩と悲惨はいずれ晴らされねばならない。たとえいまは不可能だとしても、来たるべき世界において」と、このような批判精神こそが……

ローレンスは手紙をたたんで、上着のポケットにしまった。それ以上先を読む気になれず、黙りこんでいる仲間たちを残して食堂を去った。

海に臨む城の兵舎は調査隊の一行を収容して余りある大きさだったが、ドラゴンたちの病が重くなるにつれ、キャプテンたちは互いに相談し合ったわけでもないが、それぞれの担うドラゴンのそばで眠るようになった。そうなるとキャプテン以外の士官やクルーも黙って見ているわけにいかず、閲兵場に、たまに降る雨をしのぐ野営テントや天幕を張って、ほぼ一日じゅう戸外で過ごすようになった。

テント暮らしは、ときどき襲来する地元の子どもたちを追い払うのにも好都合だった。子どもたちは一年前のテメレアの来訪を覚えており、ドラゴンをあまり怖がっていなかった。そのうえ今回は、少年たちのあいだで、あるゲームが流行っていた。互いにけしかけ合い、ついにこらえきれなくなったひとりがドラゴンのあいだを縫《ぬ》って閲兵場を全力疾走し、戻ってきて仲間の拍手喝采《はくしゅかっさい》を浴びるという遊びだ。

日ごと過激になっていく少年たちのゲームを鎮圧《ちんあつ》したのは、サットンだった。ある午後、ひとりの少年が閲兵場に飛びこみ、メッソリアの横腹を片手でぴしゃりと打った。珍しくぐっすり眠っていたメッソリアが驚いて目を覚まし、頭をもたげて、警戒するようにくんくんとあたりの匂いを嗅いだ。少年は驚いて転倒し、両手と両足と尻を地面についたまま、蟹のように逃げ出した。その驚きようは、およそメッソリアの比ではなかった。

サットンはカード・テーブルから立ちあがって少年に近づき、腕をつかんで立ちあがらせると、自分のチームの見習い生に呼びかけた。「オールデン、小枝を一本とってきてくれないか」小枝が届くと、サットンは少年を閲兵場の端まで連れ出した。少年の仲間は散りぢりに逃げたが、少年がお仕置《しお》きされるのを少し離れた低木の茂みからのぞいていた。やがて哀れな少年の叫びがすすり泣きに変わるころ、サットンがカード・テーブルに戻ってきた。「失礼した、諸君」こうしてふたたび漫然《まんぜん》とゲームがはじまり、その日は少年たちも二度と閲兵場に近づくことはなかった。

ところが翌日の早朝、ローレンスがテントから出ていくと、閲兵場の門の近くでまた騒ぎが起きていた。敵対するふた組の少年がつかみ合い、蹴り合い、いくつかの言語で罵り合っていた。少数のマレー人とみすぼらしい身なりのオランダ人の少年たちが結託し、ケープ植民地に先住する、肌の黒いコイコイ人の少年たちとやり合っている。ただ、この敵対するふた組はいっしょに閲兵場に侵入する仲間どうしでもある。

あいにくながら、少年たちの大声がドラゴンを起こしてしまい、いつもの朝より一時間早く咳の発作がはじまった。夜も苦しんでいたマクシムスが、深いため息のようなうめきを洩らした。怒りで顔をまだらに赤く染めたサットンが、テントから飛び出してきた。バークリーは剣の背《みね》で少年たちに襲いかかりそうになり、両手を開いて前に飛び出した副キャプテンのフェリスに止められた。そのとき、見習い生のエミリーとダイアーが、乱闘の土ぼこりのなかから飛び出してきた。

「こんなつもりじゃ……」エミリーの声は、鼻血を止めようと鼻をつまんでいるので聞きとりにくかった。「その、どっちも持ってきちゃったんです、例のやつを」

どういう運命のいたずらか、数週間さがしても見つからなかった巨大キノコが、この日偶然ふた組の子どもたちによって、別々の場所で発見された。そのために、直径が子どもの腕の長さほどもあり、強烈な臭気を放つ巨大キノコを、どちらの組が先に持ちこむかで争いがはじまったのだった。

「フェリス空尉、この場をなんとかおさめてくれ」ローレンスはそう命じると、ことさら声を大きくして言った。「どちらにも代金を払うと言ってくれ。大騒ぎする必要などないと」

そう請け合ったにもかかわらず、子どもたちのけんかはすぐには収まらなかった。互いの言語を話せなくても相手をコケにする罵倒《ばとう》だけは理解できるので、無理やり引き剝がされたあとも、何度も怒りを再燃させ、空《くう》を蹴ったり腕を振りあげたりで威嚇し合っている。しかし突然、彼らはぴたりと口を閉ざし、動きを止めた。この騒ぎで起きたテメレアが、低い柵から首を突き出し、キノコのかさの匂いをうっとりと嗅いでいるのに気づいたのだ。少年たちが腕ずくでフェリスらに引き離されているあいだ、キノコはそれぞれの組の背後の草むらに転がっていた。

「ふふん、むむう」テメレアが舌舐《したな》めずりをした。さっきまでの強がりはどこへやら、少年たちはテメレアのもとへ駆けつけてキノコを引ったくるのをためらった。それでも、キノコが食べられそうになるのを見かねて、敵も味方も関係なく、一斉に抗議の叫びをあげた。こうしてようやくけんかは収まり、どちらの組にも同じ枚数の金貨が手渡されて一件落着した。

より大きなキノコをとってきたオランダ＝マレー人組は不平たらたらだった。彼らのキノコは一本の柄《え》に三個のかさが重なり、コイコイ人の少年たちがとってきたかさが二個のものよりずっと大きかった。が、サットンがひとにらみすると、少年たちは口をつぐんだ。「もっと持ってきてくれ。そうしたら、また金を払おう」ローレンスは言ったが、少年たちの顔には希望というより見込みが薄いことを匂わせる表情が浮かんだ。少年たちはローレンスの閉じた財布をいくぶん恨めしげに見つめると、散りぢりに駆け出し、今度は報酬をどう分けるかで内輪げんかをはじめた。

「これって、食べられるの?」キノコを見つめていたキャサリンが言った。声がくぐもっているのは口と鼻をハンカチーフで覆っているからだ。そのキノコはふつうのキノコよりはるかに大きく、いびつでぷっくりとふくらみ、魚の腹を思わせる白い表面に茶の斑点が散っていた。

「あれのことは、よく憶えてるよ。すっごくおいしかったからね」テメレアはそう言って、ゴン・スーがキノコの二本の長い柄を両腕で抱きかかえるように運んでいくのを恨めしそうに見送った。

一年前の苦い経験から、今回は城の厨房を使わず、戸外でキノコを調理した。ゴン・スーの指揮のもと、クルーたちが焚き火を熾《おこ》し、縦と横に木材を組んで、鉄の大鍋が吊るされた。ゴン・スーがかたわらの脚立《きゃたつ》から、大きなひしゃくを使って鍋を掻きまぜた。「たぶん、赤い胡椒だな」テメレアが言った。「いや、もしかしたら緑のだったかも。よく憶えてないんだ」香辛料の箱を持ってきて一年前の料理について詳しく知りたがるゴン・スーに、申し訳なさそうに言った。

竜医のケインズが肩をすくめた。「煮こむだけで充分だろう。一年前にコックが五人がかりでつくった幻のレシピを再現しなきゃならんのなら、即刻、艦《ふね》を出して、英国に帰ったほうがましだ」

その日の昼までかかって、大鍋でキノコがぐつぐつ煮こまれた。テメレアは鍋に鼻を突っこまんばかりに匂いを嗅ぎ、ワインを試飲するかのように匂いについて講釈を垂れ、ゴン・スーにあれこれと助言した。そしてとうとう鍋のふちをぺろりと舐めて味見をし、これなら成功だと宣言した。「うん、あのときみたいな味がする。上出来だよ！」

しかし、誰も聞いてはいなかった。あまりの臭気のすさまじさに全員が閲兵場の端まで避難し、咽《む》せていたからだ。なかでもキャサリンは相当にこたえたらしく、茂みの奥で嘔吐《おうと》していた。

クルーたちが鼻を布で覆って、どろどろのキノコ汁をマクシムスのもとに運んだ。マクシムスは旨そうに味わい、そのうえ最後はかぎ爪を鍋に突っこんで残りをこそげ取って舐め尽くした。しばらくはだるそうにしていたが、やがて上機嫌になり、起きあがって、バークリーがもしやという思いで夕食として用意しておいた仔山羊をぺろりと平らげ、もっとほしいと要求した。だが、お代わりを待つあいだにまた眠ってしまった。

新たな山羊が準備されたところで、バークリーがマクシムスを起こそうとすると、彼のチームの竜医、ゲイターズも同意していたというのに、ドーセットが食事を与えるのはやめたほうがいいと主張した。余計な食べ物を消化することでキノコ汁の効果が薄れる可能性があるというのがドーセットの主張だった。ドーセットがバークリーに異議を唱えるのはこれがはじめてで、すぐにふたりのあいだで口論がはじまり、最初は声を殺していたものの、ついには激しい応酬が周囲にまる聞こえとなって、ケインズが大声で怒鳴った。「いまは寝かせておけ！　だがつぎは、薬を服用したあとも食べたいだけ食べさせろ。体重を取り戻すことも、マクシムスの体力を保つために、ないがしろにはできないからな。ドゥルシアは、マクシムスより肉付きがいい。だから、明日は彼女に食事抜きでキノコを与えよう」

「ぼくは、牡牛といっしょに食べたんだったな。もしかすると、アンテロープだったかな」テメレアがなつかしそうに言い、憂《うれ》い顔で空っぽの鍋に鼻を近づけた。「そう、すごく旨い脂肪がついてたよ。よく憶えてる。キノコのソースをかけたあの脂肪の旨さったら……。そう、やっぱりあれは牡牛だった」この地方には、肩に奇妙な脂肪のこぶをつけた牛がいた。

テメレアが巨大キノコを食べたのは、一年前のその一回きりだった。今回はけっして充分とは言えない量のキノコをケインズが分割し、翌朝もそれを使った。こうして、マクシムスとドゥルシアが三日間つづけてキノコを摂取し、すべて使い尽くされた。ローレンスは、テメレアが巨大キノコを食べたあと、こんこんと眠りつづけたのを憶えていた。マクシムスも同じように反応した。ところが三日目、ドゥルシアが異様な興奮状態に陥り、驚いたことに、遠出したいと言い出した。彼女の体力で長距離飛行はまず不可能だし、たとえ可能だったとしても、体調を維持するという点において避けるのがのぞましい。

「まかせとくれっ！　あたしは元気！　元気さっ！」ドゥルシアは叫びながら翼をば

たばたさせ、閲兵場のなかを後ろ足でぴょんぴょん跳びまわった。そのあとを竜医たちがなんとか落ちつかせようと追いかけた。彼は希望を打ち砕かれてキャプテン・リトルと飲んだくれていたのだが、ドゥルシアがいきなり元気だと宣言したものだから、ケインズがどんなに釘を刺そうが、今度はすっかり浮かれてしまい、そのまま酔いにまかせてドゥルシアと飛び立っていきそうだった。

結局、みなで仔羊二頭を食べさせるという誘惑をちらつかせてドゥルシアを説得し、ゴン・スーが大あわてで、仔羊二頭をテメレアの好きな胡椒に似た、地元の莢《さや》付き豆で風味付けした料理をこしらえた。今回ばかりは誰ひとり食べさせないほうがいいとは言い出さなかった。ドゥルシアは喜んで料理に飛びつき、いつもとは打って変わり、肉片を飛び散らせて豪快に食い尽くした。

そのようすを妬《ねた》ましそうに見つめていたテメレアが言った。「ま、治療法が見つかったみたいでよかったね。効き目があったんじゃないの?」キノコ汁の味見は最初の一回しか許されず、試験的に大量の食べ物をとりつづけたせいで、またも腹具合がおかしくなり、舌の肥えたテメレアにはなんとも味気ない、ただの炙り肉しか食べてはならないとケインズから厳命されたのだ。

ドゥルシアは食事を終えると、ごろりと横になり、すぐに大いびきを掻きはじめた。息を吐くとき、鼻からピーピーと高い音が出た。それでも、最近のドゥルシアが口呼吸しかできなかったことを思えば、よい兆候だった。竜医のケインズがやってきて、ローレンスのかたわらの丸太に尻をおろし、汗まみれの赤ら顔をハンカチーフで拭いて、ぶつぶつと言った。「だまされん、もうだまされんぞ。いつもぬか喜びしては希望を叩きつぶされてきた。それを思い出したほうがいい。実際、ドゥルシアの肺はちっともよくなっていないんだ」

その夜は厚い雲が空を流れつづけ、翌朝みなが目を覚ましたときには、雨が世界を灰色に染めていた。地面は冷たくぬかるみ、空気は生暖かだったが、じっとりと湿っていた。ドゥルシアの体調がふたたび悪化した。前日浮かれ騒いだせいか、ぐったりとして元気がなかった。ドラゴンたちの咳も増えた。テメレアさえため息をつき、ぶるっと身を震わせて、表皮や骨と筋肉がつくるくぼみにたまった雨を振り払った。

「中国が恋しいよ」濡《ぬ》れた食事を悲しげにつまみながら言った。ゴン・スーが調理したアンテロープは中途半端な生焼けだった。

「治療法はほかにもあるはずだわ。それをさがしましょうよ、ローレンス」キャサリンが言った。ローレンスは城の食事室で、彼女から手渡されたコーヒー・カップをぼんやりと受け取り、ほかの飛行士たちと朝食のテーブルについた。みなが黙々と食べ、皿とフォークの触れ合う音だけが聞こえていた。塩入れを回そうとする者もいなければ、回してくれと頼む者もいない。いつもなら場の中心になる陽気なチェネリーが、まるで顔を殴られたように目のまわりに疲労のくまをつくっていた。バークリーは朝食に姿をあらわさなかった。

そのとき、竜医のケインズが、どすどすと荒っぽい足どりで、靴の泥を床に落としながら食堂に入ってきた。上着は濡れそぼち、白い粘液らしきものが付着している。彼はぶっきらぼうに言った。「結果は上々だ。例のやつをもっと手に入れねばならん」全員がまじまじとケインズを見つめた。その口ぶりからはおよそ想像できないことを言っている。ケインズはみなをにらみつけてから、おもむろに付け足した。「マクシムスがまともに呼吸できるようになった」

キャプテン全員が、それを自分の目で確かめようと、ドアに向かって走り出した。

ケインズは飛行士たちを過剰に期待させるのをことのほか嫌ったので、もっと詳しく話せというみなの要求に抵抗した。しかしマクシムスの頭のそばに立ってみれば、その呼吸が鼻を通して行われていることを、誰であろうが、直接確かめることができた。ドゥルシアも同じように鼻呼吸に戻っていた。二頭とも咳の発作はつづいていたが、咳の音が変わっており、治癒に向かうことを予感させた。あの止むことのなかった、痛々しい湿った肺の音は消えた。少なくともキャプテンどうしでそう認め合うことができた。

だがそれでも、若手竜医のドーセットは毎日たんたんと問診と記録をつづけ、ほかの竜医たちもさまざまな実験を続行した。熟しきらないバナナとココナッツの実からつくられたカスタード・クリーム状のものがリリーに与えられ、リリーはひと口味見しただけで、きっぱりと拒絶した。説き伏せられたメッソリアが体を丸めて横向きに寝ると、肺を温めるためにと、火をつけた蠟燭《ろうそく》の蠟が大量に垂らされた。しかし効果はなく、メッソリアの表皮を蠟だらけにしただけだった。ある日、閲兵場の門にコイコイ人の白髪の老女があらわれた。彼女が引きずっている洗濯桶には、ふちからあふれんばかりに猿の肝臓からつくったという、どろどろの薬が入っていた。彼女は、片言ながらオランダ語と現地の言葉を交えて、これは万病の特効薬だと力説した。だが、それをあてがわれたイモルタリスは、しぶしぶとひと口試しただけで、あとは全部残してしまった。それにドゥルシアが飛びついた。彼女は洗濯桶の底の薬まできれいに舐めとり、もっとほしそうな顔をした。

ドゥルシアの食欲は味覚が戻ることで飛躍的に向上し、咳の発作も日に日に少なくなり、五日目の終わりには、時折り咳きこむ程度になった。マクシムスの咳はそれより長引いていたが、同じ週のある深夜、すさまじい絶叫が、まさしく断末魔の悲鳴が闇に響いて、驚いてテントから飛び出した飛行士たちは、抜き足差し足で閲兵場に戻ってくるマクシムスを発見した。

狩りが予想外の成功をおさめたらしく、マクシムスは血だらけの顎に持ち帰り分の牡牛までくわえており、見つかったと気づくと、その牡牛をあわててひと呑みにした。それからは、なにを訊かれようが知らんぷりを決めこみ、体を軽く動かしたくて外へ出ただけだと言い張った。しかし地面のしっぽを引きずったあとには血痕が点々とついていたし、それをたどっていくと、近くの半壊状態になった家畜小屋に行きつき、さらには柵を壊された囲い地があり、牛をごっそり奪われて怒りに震え、恐怖におののいている牧場主一家がいた。

「風向きが変わったら、旨そうな匂いがしたもんだからさ」動かぬ証拠を突きつけられて、マクシムスは白状した。「もうずいぶん、新鮮な牛を食べてなかった。炙っても、スパイスを振りかけてもいないやつをね」

「言ってくれるな、このデカブツ。まるでおまえに好物を食わせてこなかったみたいじゃないか」担い手のバークリーが言った。しかしその口ぶりには、マクシムスがかわいくてたまらないという愛情があふれていた。「明日は二頭、食べさせてやるぞ」

「とんでもないやつめ！　腹をすかせたライオンみたいに、闇にまぎれて牛を狩りにいくとはな。もう、ぜったい、食べられないなどとぬかすなよ」ケインズはバークリーより辛辣で、不精《ぶしょう》ひげを生やした顔の表情も険しかった。一週間ほぼ毎日、夜を徹してドラゴンたちを回診し、やっとまともな時間に眠れるようになった矢先のことだったのだ。「まったく、腹がすいたとなぜ言わなかった？　理解できん！」

「おれは、バークリーを起こしたくなかった。バークリーはこのごろ、まともに食事もできてなかったからね」マクシムスが真顔で反論した。ケープ植民地に来てからさらにげっそりと痩せたバークリーは、突然、言い訳に使われて咳きこみはじめた。

それからは、マクシムスに英国式の竜の食事が、すなわち牛の生肉が与えられるようになった。ときどきは、そこに少量の塩が振りかけられた。こうして地元の家畜を食べるようになると、出費が増えたため、テメレアが植民地の北に行って狩りをする仕事をまかされた。そのあたりには野生のバッファローの大群が棲息《せいそく》していた。ただし、マクシムスは憂い顔で、バッファローは牛ほどおいしくないと感想を述べた。

また、そのころにはケインズも用心深さゆえの悲観主義から脱け出し、全員一丸《いちがん》となって一日も早く巨大キノコを見つけ出さなければ、と言いはじめた。土地の子どもたちは探索から手を引いていた。ローレンスや仲間のキャプテンが、子どもたちの参加も認めるとさんざん請け合ったにもかかわらず、誰ひとり、きわめて低い発見の可能性にわざわざ時間を割こうとは考えなかったのだ。

「わたしたちだって行けなくはないんだけど……」キャサリンが言葉を濁《にご》した。その朝、ローレンスはチェネリーとともに部下のなかから同行者を選んで、巨大キノコ探索隊を編成した。まずはキノコが生えている場所を見つける必要があり、目当ての薬キノコの種類を見定めるためにドーセットも隊に加わった。ほかのキャプテンたちは病気のドラゴンを残して出ていきたくないようすで、例外としてバークリーは行く気満々ながらも、原野を歩きまわるほどの体力は持ち合わせていなかった。

「いいってことよ！　気にするな！」チェネリーが快活に言った。ドゥルシアが回復して以来、チェネリーはそのかされれば机にのぼって歌いだしかねないほど上機嫌だった。「ぼくたちでなんとかする。きみはここにいて、きみのドラゴンといっしょに食事をたっぷりとれ。またもとのように肉をつけなきゃな」

その朝のチェネリーの装いはなんとも珍妙だった。上着は身につけず、首に巻くクラヴァットを汗止め代わりにひたいに巻き、城の武器庫からとってきた古いサーベルを腰にさげていた。どう見ても子分を引き連れた海賊だが、外に出てきた彼は、上着もクラヴァットも帽子もきっちり身につけて待っていたローレンスを見るや、なんだそりゃ？　という顔をした。ローレンスとて心のなかは同じだったが、慎《つつし》み深く顔には出さなかった。

こうして、テメレアとドゥルシアの二頭のドラゴンは北を目指して出発した。テーブル・マウンテンを背に湾を渡るとき、アリージャンス号が眼下に見えた。薄緑色の浅瀬を越え、淡い金色の砂浜がつづく海岸を過ぎると、針路を北東にとって内陸へ進んだ。はるか先の山岳地帯の外縁にそそり立つ山、カスティールバーグの荒涼たる長い尾根を目標にした。

チェネリーの乗るドゥルシアが、その背に信号旗をなびかせて、テメレアの先を行った。入植地の町や村を過ぎ、草を刈り取った野原も越え、ドゥルシアは小気味よくスピードをあげ、テメレアは遅れまいと大きく羽ばたいて声の届く距離を保ちつづけた。そのうち昼の休憩時間となり、ついにドゥルシアもスピードを落とし、当初の目標だった山からさらに十マイルほど先にいった川の岸辺に降下した。

ローレンスは口にこそ出さなかったが、こんなに遠くまで来ることにいささか疑問を感じていた。あの巨大キノコはケープ植民地に固有の種ではないだろうか。それにこの内陸の地域に不慣れなことも不安を煽る。しかしドゥルシアは気持ちよさそうに太陽の日差しに翼を広げ、川の流れから水をごくごく飲んだ。彼女の喉がふくらんで、水が落ちていくのが見える。ドゥルシアは首をのけぞらせ、歓喜の表情で水しぶきを散らした。チェネリーが少年のような笑い声をあげ、頬を竜の前足に押し当てた。

「あれは……ライオン？」テメレアが翼をたたみ、いぶかしげに小首をかしげて言った。茂みのなかから威嚇するような低いうなり声が聞こえてきた。ドラムとファゴットを同時に奏でるようなドラゴンのうなり声とはちがうが、その怒りに満ちた低い気息音がなわばりに侵入した者たちへの警告であることは間違いなかった。「ぼくは、ライオンをまだ見たことないんだ」テメレアが言った。しかし、ライオンなら、こちらから挑もうとしないかぎり姿をあらわさないはずだ。どれほど侵入者に苛立っていようが、危険を冒してまで攻撃を仕掛けてくることはまずないだろう。

「そいつら、でかいのかい?」ドゥルシアが心配そうに訊いた。クルーたちには護衛として射撃手《ライフルマン》がついていたが、ドゥルシアもテメレアも、彼らが下生えのなかに分け入って行くのを引きとめたいようなそぶりを見せた。「ねえ、あたしたちといっしょに、ここにいたほうがいいよ」

「よせやい。宙からキノコが生えてると思うのか?」チェネリーが言った。「まあ、ここで休んでおいで、大事な子。きみは食事でもしてればいい。すぐに戻ってくるさ。ライオンと出くわしても、うまくやる。こっちには六挺も銃があるんだから」

「でも、向こうが七頭だったら?」ドゥルシアが言う。

「だいじょうぶだ。わざわざ撃たれに出てくるような間抜けなライオンはいない」ローレンスはテメレアに言った。「最初の銃声で、ライオンは退散するだろう。きみたちを呼びたいときは、信号弾を打ちあげる」

「なら、いいんだけど……くれぐれも気をつけてね」テメレアが言い、まだ納得いかぬようすで前足に頭を乗せた。

チェネリーの古いサーベルは、草木をなぎ払って道をつくるのにうってつけだった。ドーセットは、薬キノコは森の涼しい湿地で見つかるのではないかと考えていた。ほっそりしたアンテロープや鳥たちなど、森の生きものはいつも遠くにいて、一行が通り過ぎる音に驚き、すぐに逃げ去った。銀色の棘を持つ灌木《かんぼく》が何度も行く手をはばんだ。棘は厚い緑の葉のなかに潜んでおり、先端が針のように鋭くてかなりの長さがあった。からみついた蔓《つる》を断ち切り、覆いかぶさる枝をなぎ払い、道なき道を進んだ。

それでも時折り、大型動物が通ったとおぼしきけもの道に出くわした。けものの残した足跡があり、樹皮に爪痕が刻まれ、そこから血のように赤い樹液がこぼれていた。けもの道をたどれば歩みは楽になるのだが、長く歩きつづけるのは避けた。けもの道を歩けば、いずれはその道をつくった大きな生きもの――おそらくは象の群れに出くわすのではないかとドーセットが心配したからだった。それにどのみち、巨大キノコは日当たりのよい開けた土地には生えないというのが彼の持論《じろん》だった。

夕方が近づくと、ますます蒸し暑くなり、疲労が押し寄せた。誰もが体のあちこちに引っ掻き傷をつくり、血をにじませていた。コンパスがなければ、森のなかで迷子になっていたにちがいない。そしてついに、ダイアーが歓喜の叫びをあげた。彼はまだ少年で体が小さいために、おとなに比べて引っ掻き傷が少なかった。ダイアーは腹這いになって灌木の茂みに入っていくと、腐った樹木の根もとに生えていた薬キノコをつかんで引き返してきた。

小さくて泥まみれでかさも二つしかないが、それでもようやくキノコが見つかったことで、みなが活気を取り戻した。ダイアーの手柄を褒めちぎり、ラム酒をレモン水で割ったグロッグ酒を分け合うと、ふたたび茂みに戻って探索をつづけた。

「先が思いやられる」チェネリーが枝をなぎ払いながら、息をあえがせて言った。「ひとつ見つけるのにこんな調子じゃ、英国のすべてのドラゴンを治療するのに、いったいどれだけ――」そこで、ぴたりと口をつぐんだ。

無数の小枝が砕ける、水滴が熱い油に当たってパチパチと跳ねるような音が、低く荒い息遣いとともに、茂みの向こうから聞こえてきた。「き、気をつけて」ドーセットが近づこうとしたリグズに警告した。チェネリーのチームの副キャプテン、リブリーが片手を出し、チェネリーが剣を手渡した。「な、なにかいますよ、そこに」

リグズが立ち止まり、リブリーが灌木にからみつく蔓草を剣で払った。リグズが両手で枝を左右に押し分けて進むと、空間がぽっかりと開けて、こちらをにらんでいる巨大な頭部が見えた。ざらりとしたいかにも硬そうな表皮は灰色で、鼻先から二本の大きな角《つの》が縦に並んで飛び出している。小さな黒い目が貪欲そうにぎらりと光り、斧の刃のような奇妙な形の口もとがくちゃくちゃと動いた。おそらくは、なにかを反芻《はんすう》しているのだろう。ドラゴンほど巨大ではなく、牡牛やこの地域に棲息するバッファローとほぼ同じ大きさだった。しかし、そのがっしりとした、まるで鎧《よろい》を着こんだような体つきは、見る者を威圧する風格を備えていた。

「象……ですか？」リグズが振り返り、押し殺した声で尋ねた。と同時に、その得体の知れないけものが荒々しく鼻息を噴き、突進してきた。けものは鈍重《どんじゅう》そうな巨体に似合わぬ驚くべきスピードを出し、頭を低くして二本の角でぶち当たるものすべてを突きあげ、振り払い、低木をつぎつぎに木っ端《こっぱ》に変えた。混乱の叫びがあがり、ローレンスはダイアーとエミリーの襟首を引っつかんで後退するので精いっぱいだったが、木立に行く手をはばまれ、ピストルと剣に手をやった。が、そのときには、けものは進路にあるものをすべてなぎ倒して、猛烈な勢いで走り去っていた。誰ひとり発砲できた者はいなかった。

「サイだ」ドーセットがつぶやいた。「視力が弱くて、短気な傾向があると……本から仕入れた知識ですが。キャプテン・ローレンス、クラヴァットをもらえますか？」

ローレンスが視線をあげると、ドーセットはチェネリーの脚を手当てしているところだった。ふとももに太い枝が刺さって、流血していた。

ドーセットは、ドラゴンの翼の処置に用いる繊細ではあるが特大のメスを取り出し、その刃先を器用に使って、チェネリーのズボンを切り裂き、手際よく包帯で止血した。そののちに、ローレンスが首からほどいて手渡したクラヴァットをふとももに巻きつけた。ローレンスはクルーに命じて、木の枝と彼らの上着とで担架《たんか》をつくらせた。

「なんの、かすり傷だ。竜たちを呼ぶまでもないさ」朦朧《もうろう》としたチェネリーが言った。だが、ドーセットが厳しい表情でかぶりを振るのを見て、ローレンスはチェネリーの抵抗に取り合わず、青の信号弾を空に打ちあげた。

「いいから、横になってくれ」と、チェネリーに言った。「すぐに来てくれる」まさにその瞬間、ドラゴンの翼の大きな影が地上に差した。とっさに空を見あげたが、あまりにもまぶしく、逆光に黒く浮かぶ竜の姿が、テメレアなのかどうか判然としなかった。木々の幹や枝がバキバキと折れ、着陸した竜がローレンスたちのほうに頭を突き出し、あたりの匂いを嗅いだ。その大きな頭は赤みを帯びて、鼻から十本の湾曲した角が生えていた。テメレアとは似ても似つかないドラゴンだった。

「ああ、まいった」ローレンスは思わずつぶやき、ピストルに手をかけた。そのドラゴンはテメレアよりわずかに小さいだけで、一般的な野生種よりもはるかに巨大だった。たくましい肩には二連になって棘状の突起が並び、体は赤褐色で、黄色や灰色がまだらに混じっている。「もう一発だ、リグズ。信号弾を」

ローレンスの命令を受けて、リグズが信号弾に点火した。野生ドラゴンはシュッと苛立ちの声をあげ、信号弾を追いかけようとしたものの、それはまたたく間に空まで駆けのぼり、青い光を炸裂させた。野生ドラゴンは蛇が鎌首を動かすようにローレンスたちに向き直り、猛々しい黄緑色の瞳孔を細くし、歯を剝き出した。まさにそのとき、ドゥルシアが樹葉の天蓋を突き破り、「チェネリー！ チェネリー！」と叫びながら、急降下してきた。地面におり立つや、ドゥルシアはかぎ爪を振りあげ、自分よりもはるかに大きなドラゴンに体当たりした。

赤褐色のドラゴンは、捨て身の攻撃に最初こそ驚いて飛びすさったものの、間髪容《かんぱつい》れずドゥルシアに襲いかかり、その翼端に咬みつき、首を振ってドゥルシアを振りまわした。ドゥルシアは苦痛の叫びをあげたが、いったん解放されると、翼に赤黒い血が編み目のように広がっていくのもかまわず、同じ過ちは二度と犯すものかという余裕さえ見せて、野生ドラゴンの背に飛び乗り、咬みついた。

赤褐色のドラゴンは数歩後退し、樹林にぶつかると、幾本かの木を尻でなぎ倒した。そしてどこか当惑したような表情でドゥルシアをシュッと威嚇した。ドゥルシアは野生ドラゴンからチェネリーを守るように立ちはだかり、体を最大限に大きく見せる後ろ足立ちになって、両翼を開き、かぎ爪を振りあげた。野生ドラゴンの巨体の前で、ドゥルシアはまるでおもちゃのようだった。

野生ドラゴンは、ドゥルシアに襲いかかるでもなく、尻をおろし、鼻づらを前足にこすりつけた。ローレンスはそのしぐさに覚えがあった。テメレアが体重差がはなはだしい小型ドラゴンと戦うことに気乗りしないときに、よく見せるしぐさだ。通常小さなドラゴンは、重量級の仲間がほぼ同等の敵と戦うのを支援するときを除いて、自分よりはるかに大きなドラゴンに戦いを挑もうとはしない。だが、いまは担い手のチェネリーを守ろうという気持ちだけが、ドゥルシアを突き動かしている。

そのとき、テメレアの影が地面を覆った。野生ドラゴンが肩をいからせ、空に向かって首を突きあげた。自分の相手にふさわしい新たな敵を見つけたと思ったにちがいなく、すぐさま空に飛び立った。ローレンスは空を仰《あお》いだものの、そのあとの戦いはほとんど見えなくなった。チェネリーの怪我を心配するドゥルシアが覆いかぶさってきて、視界をさえぎってしまったからだ。

「もういいだろう。チェネリーを搭乗させてやってくれ」ドーセットがそう言って、ドゥルシアの腹をなだめるようにぽんぽんと叩き、後ろにさがらせた。「腹側のネットに乗せましょう。まずは、彼を担架に固定しなくちゃなりませんね」こうして、急ごしらえの担架にチェネリーがしっかりとおさまった。

そのあいだも、上空では野生ドラゴンが行きつ戻りつし、テメレアはやかんから蒸気が噴き出すような威嚇音を発して、野生ドラゴンをにらみつけていた。テメレアは、天の使い種《セレスチャル》にしかできない、空中停止《ホバリング》を行っていた。冠翼が立ちあがり、胸部が大きくふくらんでいく。野生ドラゴンが数回の激しい羽ばたきで、テメレアと距離をあけた。

テメレアは空中で定位置を保ったまま、雷鳴にも似たすさまじい咆吼《ほうこう》を放った。

木々が揺れ、古い葉や枝が、樹葉の天蓋に引っかかりながらも、雨あられとローレンスたちの頭上に降り注いだ。いっしょにソーセージのような奇妙な果実も落ちてきて、地面にどすどすと当たり、くぼみをつくった。そのひとつがチェネリー配下の空尉候補生ハイアットに当たり、ウッというめき声と悪態がこぼれた。ローレンスは塵や花粉を顔からぬぐい、目を細めて空を仰いだ。予想どおり野生ドラゴンはすっかり度《ど》肝《ぎも》を抜かれて、しばし動きを失ったのち、はっとわれに返って猛烈な勢いで羽ばたき、すぐに姿を消した。

チェネリーがあわただしく腹側ネットに収容されて、一行はケープタウンに向けて飛び立った。ドゥルシアは何度も首をめぐらし、自分の腹側のネットにいるチェネリーのようすを確かめた。街に帰り着くと、城砦の内庭にチェネリーをおろした。彼はすでに高熱を出しており、建物に運びこまれて総督付きの医師から手当てを受けた。一方、ローレンスは一日がかりの労苦で得た小さな一個の薬キノコをケインズに届けた。

ケインズはキノコを厳しい面持ちで見つめたのちに言った。「与えるとしたら、ニチドゥスだな。もしかしたら、近場の森にも野生ドラゴンがいるかもしれん。樹林に分け入ることができる小型ドラゴンを連れていくべきだろう。チェネリーが重傷となると、ドゥルシアを連れていくわけにはいかんからな」

「キノコは、灌木の茂みのような、見つけにくい場所に生えているんだ」ローレンスは言った。「ドラゴンの背に乗ってキノコを狩るなんて無理だな」

「サイに突き倒され、野生ドラゴンに食われてもいいのか？」ケインズが言い返す。「それじゃあ、救われんだろう、キャプテン。薬キノコを得るために失ったドラゴンの数が、治した数を上回るなんてことにもなりかねん」彼はそれだけ言うときびすを返し、キノコを料理人のゴン・スーに届けるために歩み去った。

ケインズの決定を伝えられたウォーレンは、喉をごくりと鳴らし、感情を抑えた低い声で言った。「リリーに与えるべきではないだろうか」

だが、キャサリンはきっぱりと言った。「竜医には逆らえないわ、ウォーレン。ケインズ先生の思し召《おぼ》《め》しのままに」

ケインズが声を潜めて言った。「たっぷりあれば、どれくらい薄めても効果が落ちないかを試せるんだがな。いまはもっと大量のキノコを得るために、ドラゴンのなかから確実に回復するものを選ばなければならん。今回の量は重量級のリリーを治療するには足りない。マクシムスも短い飛行ができるようになるまで、あと数週間はかかるだろう」

「わかってる、ケインズ。それ以上解説は不要よ」キャサリンは言った。こうしてニチドゥスに薬キノコが与えられ、リリーの痛々しい咳はなおもつづくことになった。キャサリンはひと晩じゅうリリーに付き添い、強酸を浴びる危険も顧みず、リリーの頭を撫でつづけていた。

8　ディメーンとサイフォと犬

「まさか……あ、ありえない、そんなことは」ドーセットの声が厳しくなった。薬キノコを見つけてから二週間後、キャサリンが失意の声で、もうこの世にある巨大キノコはすべて取り尽くしてしまったのかもしれない、と言ったときだった。

ニチドゥスは口うるさく訴えるわりに仲間内でいちばん病状が軽かったので、薬キノコを与えられるや、ドゥルシアにも勝る目覚ましい回復ぶりを見せた。ただ、肉体が回復しても、神経質な性質ゆえにか、咳がまだ残っていた。「今朝も、まだ頭がもやもやする」ニチドゥスは苛立たしげに言い、喉がひりつくだの肩が痛いだのと不平を並べた。

「当たり前だ」薬キノコを与えてから一週間で、ケインズが業《ごう》を煮やして言った。「数か月間寝てばかりで、体を動かさなかったんだからな。明日はあいつをどこかに連れ出してくれ。ぎゃあぎゃあとうるさいのなんの」

こうしてケインズのお墨《すみ》付きを得て、チェネリーの負傷以来縮小されていた探索隊にニチドゥスが加わった。だがドラゴンを増やして探索範囲を広げても、目当てのキノコはいっこうに見つからず、野生ドラゴンにも遭遇しなかった。一縷《いちる》の望みを託して、外見がまずまずよく似たキノコを何種類か持ち帰ってみたが、ドーセットがこの地方特有の柔毛《じゅうもう》を持つネズミで試したところ、二種類に毒性があることが判明した。

ケインズがねじれたネズミの死骸をつついて、かぶりを振った。「危険を冒すのはやめよう。テメレアに与えなかったのはせめてもだった」

「では、どうすればいいの?」キャサリンが言った。「もし、薬キノコがこれ以上見つからなかったら――」

「いや、ある。きっと、ある」ドーセットが力をこめて言った。彼は毎日市場をめぐり、商店や屋台の店主に、鉛筆とインクで詳細に描いた巨大キノコの自作スケッチを見せてまわっていた。そんな地道な努力が実を結び、ついにある日、ドーセットのしつこさに辟易《へきえき》したコイコイ人の店主が、エラスムス師を引き連れて閲兵場の門の前にあらわれた。商いに必要な英語とオランダ語の一から十までの数字しか知らないコイコイ人には、ドーセットの連日の〝いやがらせ〟から逃れるために、エラスムス師の通訳がぜひとも必要だった。

「彼はあなたにこう言いたいそうです――ケープ植民地の近隣に巨大キノコは育たない。わたしの理解が正しければですが」エラスムス師が説明した。「もしそれを見つけたいなら、コーサ――」ここでコイコイ人の店主がその地名を不満げに言い直した。舌打ち音を含む複雑な発音で、ローレンスが真っ先に思い出したのは、人間の舌では容易にまねられないドラゴンの言語、ドゥルザグ語だった。

「ともかく」と、エラスムス師は、何度か正しくその地名を言おうとして失敗したのちに言った。「海岸沿いの遠いところに住み、内陸とさかんに交易しているコーサ人と呼ばれる人々の集落があるようなのです。そのコーサ人なら、例のキノコがどこで大量に見つかるかを知っているだろうと……」

しかしながら、この情報を追いかけたローレンスは、コーサ人と接触するのはきわめてむずかしいことを知らされた。ケープ植民地からもっとも近い土地に住んでいたコーサ人ですら、八年前に入植地を襲い――けっして謂《いわ》れなき襲撃ではなかったが――反撃されて以来、奥地へと移り住んでしまった。植民地総督府とは完全に休戦したわけではなく、いま彼らと交渉できるのは辺境に住む開拓者だけだろうという話だった。

「しかも――」と、辺境の開拓者でリーツと名のる男がローレンスに言った。会話はどちらもたどたどしいドイツ語で交わしていた。「連中は、わたしらの牛を盗んでいく。月に二度は、一、二頭の牛が姿を消すのです」

ミスタ・リーツは、ケープ入植地のなかでもっとも古い集落のひとつ、スウェレンダムの長だった。スウェレンダムはもっとも内陸に位置する入植地で、野生ドラゴンの侵入をはばむ高い山の尾根に守られていた。白壁の簡素な家々から成る集落のまわりに、ブドウ畑と農地があり、それより周辺部に点在する農家は砦《とりで》のように頑丈につくられていた。ときに尾根を越えて襲来する野生ドラゴンに備えて、集落の中央に六ポンド砲二門を備えた小さな砦があった。村人は野生ドラゴンだけでなく、肌の黒い隣人たちにも恨みをいだいていた。リーツは言った。「あいつらは、ごろつきです。コーサ人どもと取引するつもりなら、言っておきましょう。とにかく残忍な連中です。寝首《ねくび》を掻かれるのが落ちですぞ」

リーツがそこまでしゃべったのは、集落のはずれにテメレアがいて、無言の威圧を与えていたせいかもしれない。だがそれ以上詳しい話はせず、どんな協力も拒み、ローレンスが申し出をあきらめて自分の仕事に戻るのを辛抱強く待っていた。

「だって、すごくおいしそうな牛たちじゃないか」ローレンスが戻ると、テメレアは悪びれることなく言った。「野生ドラゴンが牛を盗《と》るのは責めないでほしいな。彼らは道理がわかってないんだ。牛たちはただ囲いのなかにいるだけで、なにかの役に立ってるようには見えないからね。それにしても、この村の人たちが助けてくれないんなら、そのコーサ人てのをどうやって見つければいいの？　飛びながら空からさがすとか？」入植者たちと同じように、コーサ人も野生ドラゴンに悩まされているにちがいない。だとすれば、テメレアの背からさがしても人間の姿を見つけ出すのはまず無理だろう。

ケープタウンに引き返したローレンスは、グレイ中将のもとへ赴き、リーツとの一件を報告し、よい考えはないものかと相談した。が、グレイは鼻を鳴らし、こう言った。「ふむ。あなたもコーサ人と出会ったら、リーツとまったく同じことを言うでしょう。連中は永遠に牛を盗みつづける。やつらと意見の一致を見るとしたら、野生ドラゴンの悪さに対する不満ぐらいのもの。関わったところで、ろくなことはありません」グレイはつづけて言った。「入植者たちはいくらでも放牧地をほしがる。だが、野生ドラゴンに襲われない土地が無限にあるわけじゃない。だから、先住民から奪い取るしかないんですよ」

「野生ドラゴンをなんとかできないのですか？」ローレンスは尋ねた。実のところ、野生ドラゴンの扱いに詳しいわけではない。知っているのは、英国本土ではおもに繁殖場に囲いこむような方針をとっていること、それと引き換えにドラゴンたちには恒常的に食糧を与えつづけているということだけだ。

「どうにもなりません。野生動物があふれる地なら、獲物には事欠かないはずだ」グレイは言った。「なのに、野生ドラゴンは入植地を放っておかない。被害はたびたび起きています。毎年、無鉄砲な若者が何人か、金になるものを目当てに奥地に分け入っていく。しかし金になるどころか」グレイは肩をすくめた。「多くの者は行方《ゆくえ》知れずだ。そして、総督府は見殺しにしたと責められる。しかし、彼らの捜索にどんなに経費と困難が伴うかを、責める者たちはわかっちゃいない。わたしなら、少なくともドラゴン六頭の編隊と野戦砲を備えた砲兵隊二個小隊を伴わないかぎり、奥地へ向かう気にはなれませんね」

ローレンスはうなずいた。現時点で、海軍省がそんな援軍を、成果が確約できないこの計画のために送って寄こすとは思えなかった。たとえ見通しの明るい計画だったとしても無理だろう。いまは国家の主要戦力を対フランス戦に投じなければならない正念場《しょうねんば》なのだから。

「自分たちで全力を尽くすしかないわね」その夜、ローレンスが成果のなかった一日の出来事を報告すると、キャサリンが言った。「エラスムス師なら助けてくれるんじゃない？　彼なら現地語が話せるし、もしかしたらコーサ人がどこにいるか知っているかもしれないわ」

翌朝、ローレンスはバークリーとともに、エラスムス師に助力を求めにいった。最初の訪問のときと比べると、宣教会の建物や地所はずいぶん様変わりしていた。荒れた土地にはトマトや胡椒の木が植えられ、質素な黒衣に身を包んだコイコイ人の少女数名がトマトの苗に支柱を添える作業をしていた。大きなミモザの樹の下で熱心に縫い物をする少女たちもいた。エラスムス夫人のほかに宣教会に属す白人女性がいて、夫人と交替で聖書を現地の言葉に換えて子どもたちに読み聞かせていた。

建物の内部はほとんど生徒たちで占められ、子どもたちは文字の練習に精を出していた。貴重な紙を無駄にしないように、石板に一生懸命に文字を刻んでいる。ここには話を交わす場所すらなかったので、エラスムス師はローレンスとバークリーを戸外に連れ出した。

「この地までわたしを運んでくださった感謝を忘れてはおりません。キャプテン、喜んでお供《とも》しましょう。しかし、コイコイ語とコーサ語というのは、フランス語とドイツ語ほどもちがうのです。最初はうまく話せないかもしれません。でも、ハンナならコーサ語をわたしよりうまく話せるはずです。わたしたちは自分たちの母語をかろうじて憶えていますが、役には立たないでしょう。ふたりとも、北の出身ですから」

「それでも、われわれより、あなたがたのほうが話せるわけだ」バークリーがざっくばらんに言った。「こっちの伝えたいことは、むずかしくない。例のキノコの見本が残してあるから、目の前でひらひらやって、これがほしいと言えばいい」

「コーサ人は、コイコイ人の近くに長く住んでいたと聞いています」と、ローレンスは言った。「だとすれば、コイコイ人のなかに、コーサ語をわずかなりとも話せる者がいるかもしれませんね。それなら、あなたを介《かい》して意思の疎通をはかることもできるのではありませんか？　お頼みします。もうこの方法しかないのです。たとえ失敗したとしても、事態はいまより悪くなりようがありません」

エラスムス師は菜園の前で立ち止まり、彼の妻が少女たちに聖書を読み聞かせるのをしばし見つめたあと、なにか考えこむように低い声で言った。「わたしの聞きおよぶかぎり、コーサ人には福音を伝えた者はまだ誰もいないということです」

白人の入植地は大陸の奥に拡大することはなかったが、ケープタウンから東の海岸沿いに、着実に開拓地を延ばしてきた。いまのところ、ケープタウンから二日間の飛行でたどり着くツィツィカマ川が、オランダ人による開拓地とコーサ人の土地とを隔てる一応の境界線になっている。〝一応の〟というのは、この川の西岸ぎりぎりまで入植地が迫っているわけではないということで、川からいちばん近い入植者の村はプレッテンバーグ湾に固まってあった。ただ、村人たちが用心するように、プレッテンバーグ湾沿いの東端の村の東の境界から五歩入った茂みに、コーサ人が潜んでいることは充分にありうる。前の戦闘がツィツィカマ川をはさんでの攻防だったため、この川がいまは地図上の便宜《べんぎ》的な境界線と見なされているのだ。

テメレアたちの一行は、ツィツィカマ川を目指して海岸沿いに飛んだ。さほど高くはない断崖が湾曲しながらどこまでもつづき、奇妙にも美しい景観をつくっていた。

崖には豊かに緑がしげり、ふもとのところどころに鮮やかな赤やクリーム色、茶色の岩が顔をのぞかせている。ときには、ずんぐりしたペンギンのいる黄金色の砂浜もあった。小さすぎてドラゴンの餌食になりようがないペンギンたちは、頭上を通過するドラゴンを恐れなかった。

ケープタウンを発って二日目、狭い入口のみで外海とつながるナイズナのラグーンを通過した。そして夜遅く、ツィツィカマ川西岸に到達した。川は両岸に緑を茂らせ、内陸の奥深くから流れてきていた。翌朝、川を渡る前に大きなシーツを棒に縛って白旗をつくり、テメレアの両肩に掲げた。こうして慎重を期してコーサ人の土地の上空に侵入し、樹林のなかにテメレアが待機できるだけの広さのある空き地を見つけた。川幅の狭い、流れの速い川があり、視界をさえぎるものはないが、ここなら、川が対岸にいる者を安心させる境界になってくれるだろうと思われた。

ローレンスは、小さな嵩《かさ》で高い価値のあるギニー金貨の袋と、コーサ人の興味を引きそうな、アフリカで物々交換に用いられることの多い品々をいくつか持ってきた。その筆頭は、たくさんのタカラ貝を何連にも絹糸でつないだ豪華な首飾りだった。タカラ貝はアフリカ各地で貨幣として使われ、土地によっては宝石以上に珍重されている。しかしテメレアはタカラ貝にさほど興味を示さなかった。色が鮮やかではなく、黄金のきらめきも虹色の光沢もないため、光りものに魅了されるドラゴンにはほとんど訴えるところがないようだ。テメレアはむしろ、今回の目的のためにキャサリンが提供した真珠のネックレスに大いに魅了され、つらつらと眺めていた。クルーたちが対岸から見えるように川にぎりぎり近い場所に毛布を広げて、持ってきた品々を並べた。あとは向こう岸からなにか反応が返ってくるのを待つしかなかった。テメレアは精いっぱい身を縮めていた。一行は充分に騒がしい物音をたてていたはずだが、なにしろ広大な土地だ。こちらもツィツィカマ川にたどり着くまで二日もかかったほどなのだ。すぐになにか反応があると考えるほど楽観はしていなかった。

その日は何事もなく終わり、川の土手で眠った。二日目もなにもなかった。夕方、テメレアが狩りに出かけてアンテロープを四頭獲ってきたので、串に刺して焚き火で焼いた。仕上がりは最悪だった。ゴン・スーが病のドラゴンの世話をするためにケープタウンに残ったため、士官見習いの少年、アレンが串を回す役をまかされた。しかし、アレンはしょっちゅう気が散って回すのを忘れるので、片面が黒焦げ、片面が生焼けというひどいしろものになった。ひと口食べたテメレアの冠翼がぺたりとしおれた。それに気づいて、ローレンスはいささか気持ちが沈んだ。近ごろのテメレアは口が奢《おご》っており、これは軍務に就くものとして、けっして喜ばしいことではない。

三日目は朝から蒸し暑く、時間はいっこうに進まず、みながしだいに押し黙るようになった。見習い生のエミリーとダイアーがやる気なく石板で書き取りをし、ローレンスは時折り立ちあがって、その場を行ったり来たりして眠気を払った。テメレアは大きなあくびをすると、頭をおろして、いびきを掻きはじめた。午後一時、全員で食事をとった。パンとバターと少量のグロッグ酒だけの質素な食事だったが、この暑さのなかでは——前日の残念な夕食のあとでも——誰もそれ以上ほしがらなかった。長い一日をさらに引き延ばすように、日はゆっくりと傾いていった。

「快適に過ごされていますか?」ローレンスはエラスムス夫人のもとにグロッグ酒のお代わりを運んで尋ねた。今回の旅では、夫人のために就寝用テントのほかに、日中の日差しを避ける小さな天幕が用意されていた。幼い娘たちはケープタウンの城に残り、メイドに世話をまかせてあった。夫人はうなずいてグロッグ酒を受け取った。自分の快適さなど、どうでもよいと思っているのかもしれない。考えてみれば、それが地球の果てまでも神の教えを伝えにいく宣教師の妻に求められる資質なのだろう。

しかしローレンスには、女性を炎暑にさらすのは紳士としてあるまじき行為に思われた。夫人は不満を口にせず、恐れも巧みに隠しているようだが、ドラゴンの背に乗せられることを喜んでいるはずがない。そのうえ黒いドレスはハイネックで、袖は手首まであり、たとえ天幕のなかにいても、日中の強い日差しは相当にこたえるはずだ。

「無理なお願いをして恐縮しています」ローレンスは言った。「明日、なにも反応がなければ、この試みは失敗と見なすべきかもしれません」

「よき結果を祈りましょう」夫人はうつむいたまま、よく響くしっかりした声で答えた。黄昏《たそがれ》とともに蚊《か》が襲来した。蚊はドラゴンのそばへは寄りつかなかったが、蠅《はえ》は遠慮がなかった。木々の梢が空の色に溶けこむころ、テメレアがはっと頭をもたげて言った。「ローレンス、誰か来るよ」対岸の草がざわざわと鳴った。

対岸の土手にぼんやりと人影があらわれた。細身の男だ。帽子も頭飾りもかぶらず、体にはわずかな部分を覆う布しか巻きつけていない。片手に刃が細長いスペード形をした槍《やり》を持ち、もう片方の肩に痩せたアンテロープを担《かつ》いでいた。男は川を渡ってこようとせず、警戒するようにテメレアを見つめていた。それから首を伸ばし、毛布の上に広げられた品々をもっとよく見ようとした。しかしそれ以上近寄るつもりはないようだった。

「エラスムス師、わたしといっしょに来てもらえますか？」ローレンスは声を潜めて言い、足を踏み出した。命じたわけではないが、すぐに副キャプテンのフェリスが後ろに従った。ローレンスは毛布の前で立ち止まり、もっとも手の込んだタカラ貝の首飾りを高く持ちあげた。濃い色と薄い色の貝を交互につないだ六連ほどの首飾りで、ところどころに黄金のビーズが入っている。

ローレンスはタカラ貝の首飾りを持って川を渡りはじめた。浅瀬を選んだので、水がブーツの上まで来ることはなかった。槍を見つめながら、もう一方の手でピストルの台尻に触れていた。このまま川の土手にあがっていけば、いつ攻撃されてもおかしくない。が、ローレンスたちが川からあがると、対岸の狩人《かりうど》は背後の樹林のほうに後ずさったので、薄暗がりと生い茂る草にじゃまされて姿を見分けるのがむずかしくなった。彼がその気にさえなれば、いつでもさらに深い草のなかに飛びこんで姿を消してしまえるだろう。もちろん、彼が警戒するのは当然だった。多勢《たぜい》に無勢《ぶぜい》。そのうえテメレアが背後で猫のように背を丸め、不安そうになりゆきを見守っている。

「キャプテン、ここはわたしにまかせてください」フェリスが言った。ローレンスは竜の担い手の宿命を自覚し、いたしかたなく部下の申し出を受け入れ、タカラ貝の首飾りを手渡した。フェリスは慎重に男との距離を縮め、首飾りを手のひらから垂らして、男のほうに差し出した。男は受け取るのをためらった。しかし気をそそられているのは確かで、やがてしぶしぶというようすで肩にかついでいたアンテロープをフェリスのほうに突き出した。これは公平な取引ではないと言いたげな表情だった。

フェリスは首を横に振った。つぎの瞬間、背後の茂みから音がして、狩人がはっと身をこわばらせるのがわかった。人間の両手が枝葉を押し開き、顔があらわれる。好奇心で目をまん丸にした、六、七歳の少年だった。狩人が幼い少年を振り返って鋭い口調でなにか言ったが、声が途中で裏返ったために、叱責にしては威厳《いげん》を欠いていた。ローレンスはようやく気づいた。この狩人は小さなおとなではない。変声期にある少年なのだ。隠れていた少年とは五、六歳しかちがわないだろう。

幼い少年はすぐに姿を消し、しなっていた枝がもとに戻った。年長の少年が、挑むような表情でフェリスを振り返った。彼の片手の指がタカラ貝の首飾りをつかもうとして曲がり、淡いピンクの手のひらがのぞいた。

「彼に伝えてください。きみたちがなにかしないかぎり、こちらもきみたちを傷つけるつもりはないと」ローレンスは小声でエラスムス師に言った。そして、集落のほかの者が姿をあらわさないのに、なぜこの少年たちだけが危険を冒して品物に近づいたのかについて思いめぐらした。狩人は痛々しいほど痩せ、幼い少年にも子どもらしいふっくらとしたところがなかった。

エラスムス師がうなずき、狩人に近づいて、地域の言葉でふたことみこと話した。しかし、うまく伝わらなかったようだ。そこで、もっと単純な伝達手段として自分の胸を軽く叩き、名前を名のった。狩人も同じようなしぐさを返し、ディメーンと名のった。こうして名のり合うことで、ディメーンがいくぶん緊張を解いた。いきなり逃げ出すようには見えなかったので、フェリスが近づき、薬キノコの小さなかけらを突き出した。

ディメーンがわっと声をあげ、顔をしかめて後ずさった。無理もない。革袋に入れられて暑い数日が経過し、その独特の臭いはいっそう強烈になっていた。だが、ディメーンは自分の反応に苦笑いして戻ってきた。フェリスとエラスムス師は、キノコとタカラ貝を交互に指差した。が、彼はぽかんと見つめ返すだけだった。それでもやがてタカラ貝に手を伸ばし、いかにもほしそうに貝の表面を親指と人差し指でこすった。

「こんなものをタカラ貝と交換したがる人間がいるなんて、彼には信じられないのではないでしょうか」フェリスがディメーンから顔をそむけ、声を殺して言った。

「ハンナ」エラスムス師が妻を呼ぶ声にローレンスははっとした。気づかないうちに、エラスムス夫人が近づいていた。夫人は裸足になり、スカートからしずくがぽたぽた落ちている。ディメーンが背筋を伸ばし、タカラ貝から手を放した。まるで学校の先生に見つかった生徒のようにじりじり後退する。エラスムス夫人がディメーンに低い声で話しかけた。ゆっくりとした話しぶりだが、発音は鮮明だ。夫人はフェリスから薬キノコの見本を受け取り、ディメーンが顔をしかめても、威厳ある態度でキノコを突き出した。ディメーンがおずおずとキノコを手に取ると、夫人はその手首をつかんで、それをフェリスに差し出すように促した。フェリスのほうはタカラ貝を差し出し、互いの品を交換するしぐさをした。こうしてついに、キノコ探索隊の要求がディメーンに伝わった。

甲高い驚きの声が茂みからあがった。ディメーンはひとにらみでそれを黙らせ、エラスムス夫人のほうに向き直り、淀《よど》みなく語りはじめた。そのなかに奇妙な舌打ち音が何度も交じった。いったいどうやったらこんな音をこんな早口でつくりだせるのか、ローレンスにはさっぱりわからなかった。夫人は眉間にしわを寄せ、ディメーンの言葉を懸命に耳で追いかけた。彼はキノコを手に取り、ひざまずいて地面に置き、つぎに木の根もとに置き、それからキノコを引き抜き、地面に投げ捨てるまねをした。「おい、やめろ!」フェリスが、貴重なキノコの見本がディメーンの裸足で踏みつけられるのを恐れて飛び出した。

そんなフェリスに、ディメーンは当惑のまなざしを向けた。「彼は、このキノコが牛を病気にする、と言っています」エラスムス夫人が言った。これでディメーンのしぐさの意味がわかった。つまり、この地で巨大キノコは厄介もの扱いされ、見つけしだい引き抜かれ、踏みつぶされるのだ。なかなか見つからない理由はそれかもしれない。牛の放牧で暮らす民なら当然だろうが、ローレンスは落胆を隠せなかった。もし巨大キノコが彼らにとっては畑の雑草も同じで、見つけしだい除去するのが何世代にもわたって習慣になっているのだとしたら、英国の全ドラゴンを救うために必要な大量のキノコをいったいどこで手に入れればいいのだろうか。

エラスムス夫人は狩人の少年と話しつづけた。彼の手からキノコを受け取り、それが貴重だと示すために、そっと撫でるしぐさをした。「キャプテン、どなたかに鍋を持ってきていただきたいのですが……」夫人がローレンスに言った。鍋が用意されると、夫人はキノコを入れ、鍋を搔きまわすまねをした。ディメーンがローレンスとフェリスを疑わしげに見つめたが、すぐに肩をすくめ、空を指差した。東の地平線から西の地平線まで手でなぞるように半円を描いてみせる。「では明日」夫人が言った。ディメーンが足もとの地面を指差した。

「彼は、キノコを持ってきてくれると？」ローレンスは期待をこめて尋ねた。が、夫人はその質問を少年に発することも、ローレンスに答えを返すこともなく黙っており、少しして首を横に振った。「うむ。では、最良の結果に望みをつなぎましょう。もし、キノコを見つけてきたら、報酬を与えると彼に伝えてください」

こうして翌日、夕暮れ時の同じ時刻に、ふたりの少年が茂みからあらわれた。幼い少年は真っ裸で、ディメーンの後ろをとことこと歩いてきた。彼らは一匹の小さな犬を連れていた。黄色と茶色の混じった、ぼさぼさの毛並みの犬だった。犬は土手に足を踏ん張り、テメレアに向かってけたたましく吠えた。ディメーンがそれに負けまいと声を張りあげ、この犬がどんなに役に立つかを説明した。ローレンスは半信半疑で吠えつづける犬を見つめた。しかし、ディメーンはふたたびキノコのかけらを受け取ると、それを犬の鼻先に突きつけた。それから膝をつき、犬の両目を手で覆った。幼い少年が走っていって、キノコを草むらに隠し、戻ってきた。ディメーンが犬から手を放し、鋭い声で命令した。が、犬はふたたびテメレアに吠えはじめた。主人の命令などからきし無視している。

ばつの悪い思いをしたディメーンがとうとう小枝をつかんで犬の尻を打ち、低い声で叱った。キノコのかけらが保管されていた革袋を突きつけて臭いを嗅がせると、犬はようやくしぶしぶとその場から離れ、跳ねるように駆けていき、キノコを口にくわえて駆け足で戻ってきた。それをローレンスの足もとに落とし、しっぽを勢いよく振った。

この一行はよほど頭がおかしいか、酔狂《すいきょう》な金持ちだと思われたにちがいない。ディメーンはタカラ貝を小馬鹿にしたように見やって、キノコへの支払いは牛がいいと主張した。牛こそがコーサ人にとっては富の源だった。少年は十数名のおとなを相手に交渉をはじめた。「一週間、雇わせてくれるなら、一頭の牝牛を渡すと言ってください」と、ローレンスは提案した。「それから、キノコが大量に採れるところに連れていってくれたら、取引の条件をさらに引きあげるつもりだし、最後は報酬とともにきみたちをここまで送り届けると」

ディメーンは、報酬という点では最初の要求よりいくぶん目減りしたこの取引条件を一礼して受け入れた。落ちつき払っていたが、彼の弟で名はサイフォだという幼い少年は、目を皿のようにしてディメーンの手をぎゅっと握った。この土地の基準からすると損な取引をしてしまったのかもしれない、とローレンスは思った。

テメレアは、犬がもがきながら抱きかかえられて自分のほうに近づいてくるのを見ると、冠翼をぺったりと寝かせて、不愉快そうに「うっとうしいやつだな」と言った。犬もお返しのように吠えたて、主人の腕から跳び出した。ディメーンも犬に負けず劣らず不安そうだった。エラスムス夫人があと少し近づいてみるように促し、テメレアの前足をぽんぽんと叩いて、危険がないことを示してみせた。しかしそれはかならずしも適切な励ましとは言えず、ディメーンはテメレアの大きなかぎ爪をまじまじと見つめることになってしまった。彼は不安より好奇心が勝るサイフォを自分の後ろに押しやり、戻ってきた犬を片腕にしがみつかせたまま、首を振ってなにか言い、それ以上近づくのを拒んだ。

テメレアが小首をかしげた。「おもしろい発音だね」と言い、舌打ち音をまねて、ディメーンの言葉のひとつを再現してみせた。誰よりもうまくまねていたが、コーサ人にとっては珍妙だったのか、サイフォがディメーンの背後で声をあげて笑い、同じ言葉をテメレアのためにもう一度口にした。何度かそれを繰り返したのち、テメレアが言った。「ふふん、つかめてきた」それでもまだ舌打ちの音は完璧ではなかった。テメレアの音は少年たちが発するより喉の深いところから出てくるようだ。こうして言葉を交わすうちに、少年たちはテメレアに少しずつ心を許し、その背に乗ることを受け入れた。

ローレンスはアジアにいるとき、家畜をドラゴンで輸送する際、乗せる直前に阿片《アヘン》を与える方法をサルカイから学んでいた。だがこの場に家畜に与えられるような薬物はなく、危ぶみながらもしかたなく、うるさく鳴く犬を腕ずくでテメレアの背にくくりつけた。犬はもがき、身をよじり、急ごしらえの犬用ハーネスから逃れようとして何度か失敗した。しかし、テメレアが空に舞いあがると、興奮して数回吠えたのち、尻ずわりになって口から舌を垂らし、しっぽを振りはじめた。怯えきった主人より、よほど楽しそうだった。ディメーンは片手で竜ハーネスにしがみつき、片手でサイフォを抱き寄せていた。もちろんふたりとも搭乗ベルトを身につけ、カラビナでしっかりと固定されていたのだが。

「きみらでサーカス団をつくってはどうだ？　はっはあ」バークリーが大笑いしてからかいながら、帰還した一行を出迎えた。テメレアが着陸すると、犬はすぐに閲兵場を走りまわり、ドラゴンたちに吠えかかった。ドラゴンたちはもの珍しそうに犬を眺めていたが、関心を持ちすぎたドゥルシアが鼻先のやわらかい部分に咬みつかれた。ドゥルシアは怒ってシュッと威嚇した。犬は哀れっぽく鳴いて、自分の味方だと思っているのか、テメレアの足もとに逃げこんだ。テメレアは苛立って犬を見おろし、鼻で追い払おうとした。

「そいつを大切にしてくれよ。代わりはいないし、別の犬をどうやって訓練すればいいかもわからないんだから」ローレンスはテメレアに警告した。テメレアは不満のうめきを洩らしたが、しぶしぶながらも、犬が自分の脇腹に寄り添って体を丸めるのを受け入れた。

その夜、チェネリーが足をひきずりながら閲兵場にあらわれ、野外の食事に加わった。回復したことをドゥルシアに伝えて安心させると、もうベッドで安静にしているのはあきあきしたと言い、みなとローストビーフを食べ、酒瓶を回し、楽しい時間を過ごした。そんな自由な雰囲気もあって飲みすぎたのか、葉巻の時間が終わると、キャサリンが唐突に言った。「やだ。まただわ」彼女は宿営の端まで行って地面に吐いた。

キャサリンが吐き戻すのは、これがはじめてではなかった。しかし今回は激しかった。男たちは礼儀として気づかぬふりをした。しばらくすると、キャサリンが浮かない顔で焚き火のそばまで戻ってきた。ウォーレンがワインを少しどうかと勧めたが、首を振り、水で口をすすいで地面に吐いた。それから一同を見まわし、重苦しい調子で切り出した。「紳士のみなさん、お行儀が悪くてごめんなさい。でも、これからもこんなふうに気分が悪くなるでしょうから、みなさんには伝えておいたほうがいいと思うの。どうやら、わたし、へまをしたみたい。つまり……わたしのなかに、もうひとり」

ローレンスは、口をあんぐりとあけてキャサリンを見つめるという信じがたい不作法を犯しているのに気づき、あわてて口を閉じた。そしてつぎは、焚き火を囲む同僚たちを見まわしたい衝動と闘った。相手はいったい誰なんだ……？

バークリーとサットンは、ローレンスより十歳年上で、キャサリンとは叔父《おじ》と姪《めい》のような関係だった。ウォーレンも年上で、彼はその実直な性質ゆえに、きわめて神経質な竜、ニチドゥスともうまくやっている。そんなウォーレンが、この状況下でキャサリンと情事に走るとはとても思えない。では、チェネリーはどうか。彼は若くて活力にあふれている。礼儀作法とは無縁で、笑顔と屈託のなさで実際の容姿——薄い胸、こけた頰、青白い顔色に藁《わら》のような茶色の直毛——より男ぶりがよく見える。可能性としてはチェネリーがいちばんか。イモルタリスのキャプテン、リトルはチェネリーとほぼ同い歳。大きなかぎ鼻ながら、藍色の瞳とウェーブのかかった黒髪を伸ばした詩人風の髪型はなかなか見栄えがする。しかし今回の一件は決意のうえではなく不注意が招いた結果だろうから、好色というよりむしろ禁欲的なリトルが相手とは考えにくい。

もちろん、キャサリンの部下の副キャプテン、ホッブスという可能性もある。彼女の補佐役となって一年になる血気盛んな若者だ。しかし、キャサリンが部下と不用意に関係を持つものだろうか。ローレンスは海軍時代に上官と部下との不適切な関係――こちらはさらなる禁忌《きんき》に属する間柄だが――によって艦内に生じる敵意と弊害を見聞きしていた。やはり、相手は部下ではなくキャプテンの誰かだろう。ローレンスは目の端で同僚を盗み見せずにはいられなかった。サットンとリトルは、程度の差こそあれ、驚きの表情を浮かべていた。そして、ローレンスは、自分自身が同じように、いや、もっとあからさまな疑いの目を向けられているのに気づいた。

だが、仲間を責められなかった。自分も同じように社会道徳に触れる秘密の関係を持っているからだ。だが、ジェーンがこんな不測の事態に陥ったとき、自分がなにを言うか、どうするかについてはなにも考えていなかった。ましてや、ふたりの関係を伝えたときの両親の反応など想像すらできなかった。自分よりもふたつ年上で、婚外子を持ち、由緒正しい家柄の出身とは言えない女性。彼女に自己犠牲的な軍務への献身と輝かしい戦功があったとしても、それが評価されるわけではない。それでもジェーンが妊娠したら、結婚は避けられないだろう。淑女として戦友として尊敬に値するジェーンを傷つけるわけにはいかないし、彼女とその子を社会の厳しい非難にさらすなどもってのほかだ。

そんな事情もあって、ローレンスは今回の事態においては、進んで非難の矢面に立とうと心に決めた。仲間の誰かのために自分が痛手をこうむることになっても、不平は言うまい。もちろん、罪を犯した者だけが真実を知っている。その人物が名乗り出ないかぎり、疑いをかけられたキャプテンたちは世間の好奇の目にさらされるだろう。それがどんなに不快だろうが、いたしかたないことだ……。

「そりゃあ、運が悪かったな」バークリーがフォークをおろして言った。「で、相手は誰なんだ?」

ハーコートは、いともあっさり告白した。「相手? トムよ。そう、ライリー艦長のこと。あら、ありがとう、トゥック」彼女はチームの見習い生が持ってきた紅茶を受け取った。そのとき、ローレンスの顔は誰よりも真っ赤になっていた。

ローレンスはその夜、外から聞こえる甲高い犬の鳴き声と、心に渦巻く思いに悩まされ、まんじりともしなかった。ライリーと話し合いを持つべきなのか、話し合いを持つならその目的はなんなのか、答えを見いだせずに悶々《もんもん》とした。

キャサリンとその子の名誉を守らねばならないという強い気持ちがあった。彼女の無頓着なようすからしても、その子は婚外子として生まれることになるだろう。だがキャサリンは上流社会の評判など気にしないし、恥じることもない。それは仲間の飛行士も同じだ。だが、ライリーはちがう。彼は世間の目から不名誉と映ることを是《よ》としはしない。アフリカまでの航海の後半で見せた彼の不可解な遠慮も、いまは腑《ふ》に落ちる。あれは罪悪感からくるものだったのだ。以前のライリーは女性が軍務に就くことを認めていなかった。いつのまにか考えを改めた背景に、まさかキャサリンとの情事があったとは……。ライリーがみずからの欲望のために、淑女にとって破滅に等しい事態に加担したのだとしたら、悪気はなかったとしても、制裁を受けてしかるべき利己的な行為だ。しかしローレンス自身、彼に制裁を加えられるような立場にはない。自分がどう動こうが醜聞《しゅうぶん》を広げるだけだろう。そのうえ、飛行士は軍規によって決闘のたぐいを固く禁じられている。

いや、ライリーと会って話さなければと考えるのは——なんとも複雑な気持ちだが——彼を非難したいという動機だけではなかった。キャサリンの妊娠について彼に伝えなければと思っていた。もしかしたら、ライリーはまだなにも知らされていないのかもしれない。ジェーン・ローランドはエミリーが婚外子であることをなんとも思っておらず、彼女自身の告白によれば、エミリーを身ごもってから相手の男との関係を断ったので、男は自分が父親であることも知らないだろうということだった。このあっけらかんとした無頓着さはキャサリンにも共通した。

こうなってはじめて、ローレンスは女性飛行士たちの非情な生き方についてつらつらと考えた。しかし、ライリーの立場に身を置けば、彼は一刻も早くこの困難な状況に向き合ったほうが、キャサリンと話し合いを持ったほうがいいと思えるのだ。

なにも結論できず、ろくに眠れずに朝を迎え、覇気《はき》もあがらないまま、犬を連れ出す最初の試みに参加した。犬は人間が準備に追われているのを見てとると、さっさとテメレアの背に飛び乗り、栄誉の座、すなわちローレンスがいつも坐す首の付け根に踏ん張って、早くしろと言わんばかりにうるさく吠えた。

「こいつをニチドゥスに乗せられない？」テメレアは不機嫌そうに言い、首を後ろにめぐらしてシュッと威嚇した。犬はもう慣れたのか、どこ吹く風でしっぽを振り返しただけだった。

「いやだいやだいやだ。ぜったい、乗せたくない」ニチドゥスが翼をばたばたさせて抗議した。「きみはでかい。そいつの重さぐらい、なんてことないじゃないか」そう言い返されたテメレアは冠翼を寝かせ、口のなかでぶつぶつと文句を言った。

今回も山脈を越え、いちばん大きな頂を過ぎて入植地の村が尽きるあたりで、最近の岩なだれで木々が倒れた斜面を見つけて降下した。そこなら、ドラゴンは下生えだけが残った地面に身を落ちつけることができた。ニチドゥスは、大木が倒れて細い木々だけ残っている箇所に、木と木のあいだを狙ってうまく着地した。しかしテメレアは、細い木々や頑固にはびこる灌木を押しつぶして着地するしかなかった。アカシアの長く細い棘がうろこの隙間に刺さり、やわらかな肉まで達した。テメレアは何度か体をよじり、ようやく安定できる場所を確保した。クルーが背から這うようにおりて、近くにテントを張った。

設営のあいだ、じゃまもの扱いされた犬はそこらじゅう跳ねまわり、茶と白の肥えたキジを追いかけ、キジは頭を突き出しながら迷惑そうに逃げまわった。ところが突然、犬が鳴くのをやめて、ぴたりと動きを止めた。リグズ空尉がライフルを構えた。一同は前回のサイの襲来を思い出し、身を凍らせた。

だがほどなく森からあらわれたのはヒヒの一群だった。いちばん大きなヒヒは気むずかしげな長い顔に毛並みは灰色で、鮮やかな赤い尻だけがやけに目立っていた。そいつは地面にどっかりと腰をおろし、一同を睥睨《へいげい》したが、ほどなく群れとともにゆっくりと去っていった。赤ん坊のヒヒたちは、母親からぶらさがったまま、頭をねじって最後まで興味深そうに人間とドラゴンを見つめていた。

近辺に大木はほとんどなかったが、人間の背丈以上もある黄色の草がいたるところに茂っていた。痩せた木々が頭上に小さな雲のように枝を伸ばしていたが、日除《ひよ》けにはならなかった。大気は蒸し暑く、ほこりっぽい。枯れた草や葉が粉状になって、あたりに立ちこめていた。あちこちから小鳥のさえずりが聞こえた。犬は一行を引き連れ、硬くて手強《てごわ》い灌木の茂みを抜け、うろうろと歩いた。枝を掻き分け、倒木を乗り越えて進むしかない人間とちがって、犬は軽々と茂みを抜けた。

ディメーンが時折り、気を逸らしそうになる犬に話しかけたり呼びかけたりしたが、おおむね犬が先導役だった。ディメーンとその弟は誰よりも速く犬のあとを追い、前方で姿が見えなくなることもあった。そんなときはよく通る声でじれったそうに後方に呼びかけ、自分たちの居場所を知らせた。そしてついに午後も半ば、ローレンスが彼らを追ってよろめきながら茂みから出ていくと、目当てのキノコをどうだとばかりに誇らしげに掲げたサイフォの姿があった。

「前回よりはるかにましだ。しかしこのペースじゃ、編隊の残りのドラゴンを治療する分を確保するのに、あと一週間はかかる」その夜、ウォーレンは彼の小さなテントの前でそう言いながら、ローレンスにポートワインのグラスを差し出した。ふたりは切り株と岩を椅子代わりにしていた。その日、キャンプへの帰路で、犬はさらに三個のキノコを嗅ぎあてた。どれも見逃してしまいかねないほど小さなキノコだった。もちろん喜んで持ち帰ったが、個々の割り当て分はわずかしかない。

「ああ。それも、少なく見積もってだ」ローレンスは答えた。一日じゅう慣れない山歩きをして棒のようになった脚をどうにか運び、小さな焚き火に近づいた。若木がくすぶってはいたが、暖かさが眠気を誘った。

テメレアとニチドゥスが、昼間の手持ちぶさたな時間を利用し、キャンプ地を整備していた。地面が平らに踏み固められ、木々の茂みが一掃された。テメレアが、棘のあるアカシアを恨みにまかせて引っこ抜き、つぎつぎ放り投げていったので、はるか下の木々の上に、根っこをあらわにしたアカシアの山が築かれた。

二頭の竜は、夕食のために二頭のアンテロープまで用意した。いや、そのつもりだったが、みなの帰りを待って退屈な時間を過ごすうち、仕留めた獲物に手を出すことになった。結局、一同がキャンプに帰り着いたときには、二頭は顎のまわりをしきりと舐めており、夕食に食べるものはなにもないというありさまだった。「ごめんなさい。でも、あなたたちの帰りがすごく遅いから」テメレアが弁解がましく言った。

幸いにも、ディメーンが大量のキジを一気に捕らえるみごとな技を見せた。網を持った協力者のもとにキジを追いこむというやり方で、捕獲されたキジはすぐに串焼きにされて、航海用の乾パンとともに、満足のいく食事になった。キジは、この土地の草の実とベリー類しか食べないためか、肉にまったく臭みがなかった。

こうして夜が更《ふ》け、ドラゴン二頭は、キャンプ地の端で体を丸めた。夜間に危険なけものを追い払う充分な守りになってくれるだろう。クルーたちは灌木を押しつぶし、それぞれの寝床をこしらえた。上着を丸めた枕で眠りにつく者もいれば、隅のほうで仲間とサイコロやカードで勝負する者もいて、賭け金を告げる低い声が聞こえ、そこに歓声や落胆のうめき声が交じった。

土地の少年ふたりは、狼《おおかみ》のように食事を平らげて元気を回復すると、エラスムス夫人の足もとでくつろいだ。夫人はふたりに、宣教会の少女たちに縫わせたズック製のゆるいズボンをはかせていた。エラスムス師が厚紙のカードを地面に一枚ずつ並べ、そこに描かれたものを少年たちの言語で言わせた。それを夫人がかたわらでノートに書きとっていった。甘い菓子が褒美《ほうび》になった。

ウォーレンが長い枝で物憂く焚き火をつついているのを見て、ローレンスはこれでようやくまわりを気にせずに話ができると感じた。気詰まりだったが、話し合ったほうがいいと考えて切り出した。

「いいや、知らなかった。腹に赤ん坊がいることまでは」ローレンスの質問に、ウォーレンは動じることなく、だが憂鬱そうに答えた。「まずいことになったな。彼女の身の安全を祈るばかりだ。いまのところ、ほかに女性はきみのチームの見習い生しかいない。しかし、あの子はまだキャプテンになれる技量じゃない。もしなったとしても、エクシディウムを将来誰が担うかという問題もあるからな。ナポレオンがイギリス海峡の対岸から虎視眈々《こしたんたん》と本土を狙ういま、海軍省には新たな飛行士候補の少女をさがしている余裕などないだろう」

ウォーレンは返事を待たず、ローレンスをちらりと見て言った。「きみたちも、予防措置はちゃんととっているんだろうな。ジェーン・ローランドなら心得ているはずだが」ふいを突かれ、ローレンスは答えに窮《きゅう》した。あえて彼女に尋ねることはなかったが、ジェーンがしょっちゅう暦《こよみ》と相談していたことを思い出す。

「気を悪くしないでくれ」ウォーレンはローレンスのこわばった表情を誤解して言った。「責めようとしてるわけじゃないんだ。不測の事態はつねに起こる。ハーコートだって、不注意の言い訳はいくらでもあるだろう。この数か月間、われわれは過酷な状態にあったからな。しかし、彼女はこの先いったいどうなるんだろうな。休職給で暮らしていけたとしても、淑女の名誉は金では買えない。だからまあ、以前、きみに尋ねたわけだ。キャプテン・ライリーはどういう人物なのかとね。もしリリーが死んだときは、わたしは、やっとハーコートが結婚するのもありかと思っていたんだが」

「キャサリンに身寄りは……？」

「ひとりもいない。少なくとも、相談できるような家族は。彼女はジャック・ハーコートのひとり娘だ。ジャックは、フルイターレに乗り組む空尉だったが、残念ながら、一八〇二年に戦死した。しかし少なくとも彼はそのとき、娘がリリーのキャプテンに選ばれたことを知っていたよ」ウォーレンは言った。「キャサリンの母親は、プリマスのドラゴン基地の近くに住んでいた娘だ。しかし、キャサリンがまだ赤ん坊のころに熱病で亡くなった。赤ん坊を引き取る縁者《えんじゃ》はいなかった。キャサリンが航空隊に入隊したのは、そんな事情があってのことなんだ」

「お節介《せっかい》かもしれないが、彼女に身寄りがないのなら、よけいにライリーに話すべきじゃないだろうか。そう、新しい命を授かったことを」ローレンスはぎこちなく言い添えた。

「それで、やつになにができると？」ウォーレンが言った。「幸運にも、生まれた子が女なら、航空隊は大喜びで迎え入れるだろう。もし男なら、海軍という選択肢もある。しかし、どうかな？　婚外子では、つらい思いをするだけかもしれんぞ。だが航空隊なら、本人に見どころさえあれば、キャプテンの息子がドラゴンを担う可能性は高い」

「だから、そこだ」ローレンスは、誤解を解こうとして言った。「その子を婚外子にしなくてすむかもしれない——ふたりが結婚すれば」

「いやいや」ウォーレンはとまどった。「いまとなってはもう無理だ、ローレンス。結婚したって、なんの意味もない。もちろん、彼女が航空隊から抜けるのなら話は別だ。しかしありがたくも、いまはその可能性を考えなくてもよくなった」ウォーレンは、この日収穫したキノコを収めた箱を、顎で示してみせた。その荷は翌朝にはケープタウンに運ばれ、リリーの治療に使われることになっている。「キャサリンには軍務があり、担うべきドラゴンがいる。結婚したところで、どっちが女房かわからなくなるぞ。夫婦なのに会う時間もない。亭主と女房が地球の反対側ってこともありえない話じゃないからな、ははは！」

ローレンスは自分の意見が一笑に付《ふ》されたことに納得がいかなかった。しかし、ここまで否定されるからにはそれなりの道理があるのかもしれない。いや、そうだろうか……。その夜は、心の定まらないまま無理やり眠りについた。

（下巻につづく）

本書は
二〇一一年七月　ヴィレッジブックスから刊
行された「テメレア戦記4　象牙の帝国」
を改訳し、二分冊にした上巻です。

テメレア戦記4
象牙の帝国　上
2022年6月7日　第1刷

作者　ナオミ・ノヴィク
訳者　那波かおり

発行者　松岡佑子
発行所　株式会社静山社
〒102-0073 東京都千代田区九段北1-15-15
電話・営業 03-5210-7221
https://www.sayzansha.com

ブックデザイン　藤田知子
組版　アジュール
印刷・製本　中央精版印刷株式会社

ISBN978-4-86389-646-8